을 유 세 계 문 학 전 집 · 3 4

돈 후안 외

돈 후안 외

EL BURLADOR DE SEVILLA Y CONVIDADO DE PIEDRA
EL CONDENADO POR DESCONFIADO

티르소 데 몰리나 지음 · 전기순 옮김

❖ 을유문화사

옮긴이 **전기순**

한국외국어대학교 스페인어과를 졸업하고 스페인 마드리드 국립대학에서 『라파엘 모랄레스 시의 리듬 연구에 대한 기여』로 문학박사 학위를 받았다. 현재 한국외국어대학교 스페인어과 교수이다. 저서로는 『세계의 소설가』(공저, 2000), 『환멸의 세계와 매혹의 언어: 붐 이후 라틴아메리카 소설』(공저, 2005)이 있고, 세르히오 피톨의 『사랑의 행진』(2007) 외 다수의 역서가 있다. 『스페인 사회시 연구』, 『기사소설 아마디스 데 가울라의 사회사적 의미』, 『알모도바르의 삼부작』, 『보르헤스 영화론』 외에 스페인, 중남미 문학과 영화에 대한 다수의 논문이 있고, 현재는 스페인 황금세기 문학과 스페인 및 중남미 영화 그리고 스페인 문화에 대해 연구하고 있다.

을유세계문학전집 34
돈 후안 외

발행일·2010년 6월 25일 초판 1쇄 | 2022년 4월 10일 초판 3쇄
지은이·티르소 데 몰리나 | 옮긴이·전기순
펴낸이·정무영 | 펴낸곳·(주)을유문화사
창립일·1945년 12월 1일 | 주소·서울시 마포구 서교동 469-48
전화·02-733-8153 | FAX·02-732-9154 | 홈페이지·www.eulyoo.co.kr
ISBN 978-89-324-0364-9 04870   978-89-324-0330-4(세트)

차례

돈 후안,
석상에 초대받은 세비야의 유혹자

등장인물

돈 후안 테노리오

옥타비오 공작

모타 후작

돈 디에고 테노리오 돈 후안의 아버지

돈 페드로 테노리오 돈 후안의 삼촌

카탈리논 돈 후안의 시종

나폴리의 왕

카스티아의 왕

돈 곤살로 데 우요아 기사단장. 도냐 아나의 아버지이자 석상

이사벨라 공작 부인

티스베아 어촌 처녀

도냐 아나 데 우요아

아민타 시골 처녀

벨리사 시골 처녀

안프리소 어부

코리돈 어부

가세노 농부

바트리시오 농부

리피오 하인

파비오 하인

배역에서 바트리시오를 파트리시오라고 부르기도 한다.
도냐 아나 데 우요아는 무대에 등장하지 않는다.

제1막

(돈 후안과 이사벨라 공작 부인이 등장한다.)

이사벨라 옥타비오 공작님, 이리로 오세요.

　　　여기가 더 안전하답니다.

돈 후안 공작 부인, 그대에게

　　　내 언약을 다시 맹세하오.

이사벨라 제가 받은 영광이 진실이며

　　　약속과 헌신이며

　　　은총과 수행이며

　　　의지와 우정인가요?

돈 후안 그렇소, 내 사랑.

이사벨라 불을 가져와야겠습니다.

돈 후안 무슨 이유로 불을 밝히려 하오?

이사벨라 제가 누린 이 행운이 진실인지

확인하고 싶습니다.

돈 후안   가져온다 해도 내가 다시 꺼 버리겠소.

이사벨라   그렇게 말하는 당신은 정작 누구십니까?

돈 후안   나로 말하면, 이름 없는 남자.*

이사벨라   그렇다면 공작이 아니란 말입니까?

돈 후안   아니요.

이사벨라   아, 궁전 사람들이여!

돈 후안   사람은 부르지 말고, 어서

당신의 손을 내게 주시오.

이사벨라   닥쳐라! 사악한 놈.

아, 전하 이 일을 어찌할지!

병사들이여, 어서 이자를 잡아라!

(나폴리의 왕이 촛대에 밝힌 양초를 들고 등장한다.)

왕   무슨 일인가?

이사벨라   이런, 전하께서!

왕   그대들은 누구인가?

돈 후안   누구일 것 같습니까?

한 남자와 한 여자일 뿐.

왕   (만만치 않은 놈이다. 신중히 대처할 놈이다.)

여봐라, 이놈을 체포하라.

이사벨라   아, 이제 내 명예도 끝장이구나!

(이사벨라 퇴장한다.)

(나폴리 주재 스페인 대사 돈 페드로 테노리오가 호위대와 함께 등장한다.)

돈 페드로   전하, 대령하였습니다.

이자가 소란을 피웠습니까?

왕   돈 페드로 테노리오,

그대에게 이 사건을 맡길 테니

알아서 처리하도록.

이 두 사람을 보아하니

틀림없이 뭔가 있는 게 분명해.

아무도 모르게 처리하는 것이 좋을 듯싶군.

나는 이 사건을 못 본 것으로 하겠네.

돈 페드로   저자를 체포하라.

돈 후안   누가 감히 내 자유를 뺏을 수 있단 말인가?

내 목숨을 장담할 수 없겠지만,

그대들의 목숨도 알 수 없는 것.

괜히 불행을 자초하지 마라.

돈 페드로   저놈을 죽여라!

돈 후안   나는 스페인 대사의 기사로

죽음을 두려워하지 않으니

나와 대적할 자는 누구든

이리 나와 나를 눕혀 보아라.

허풍이 아니라는 것을 알게 해 주마.

돈 페드로 너희들은 저 여인을 데리고

모두 밖으로 나가 있으라.

자, 이제는 우리 둘밖에 없으니

여기서 너의 의기와 늠름함을 보여라.

돈 후안 내 늠름함이 하늘을 찌르나,

삼촌에게 쓰기 위한 것은 아니지요.

돈 페드로 내가 너의 삼촌이라?

그렇게 말하는 너는 누구인가?

돈 후안 조카를 못 알아보시겠습니까?

돈 페드로 아, 심장이 터질 듯하구나.

내가 불충을 저질러야 한다는 말인가?

도대체 무슨 일을 저질렀단 말인가?

어찌하여 이런 운명에 놓이게 되었는가?

무슨 일이 있었는지 속히 말해 보라.

돈 후안 존경하는 삼촌이시여,

제가 젊듯 삼촌도 젊은 시절이 있었을 터이고,

그때 사랑이 무엇인지 경험하셨다면

원수는 바로 사랑 자체라는 것도 아실 겁니다.

그러나 제가 진실을 말해야 한다면

이제부터 말하겠으니 잘 들으시옵소서.

사실은 공작 부인 이사벨라를 유혹해

정을 통했나이다……

돈 페드로 이놈, 입을 닥쳐라!

어떻게 그녀를 유혹했느냐?

길게 끌지 말고 간단히 대답하라.

돈 후안 옥타비오 공작으로 가장했습니다.

돈 페드로 됐으니 더 이상 입을 놀리지 마라!

(왕이 진상을 알면 내게

문책이 있을 터. 이를 어쩐다?

이렇게 난처한 일에는

전략을 써야 하는 법.)

빌어먹을 놈, 말해 보라!

다른 남자의 여인을

그것도 명문가의 여인을

이렇게 욕보이면 스페인에서는

그 죄가 얼마나 큰지 몰랐단 말이냐?

여기 나폴리에서도 사정은 마찬가지다.

지극히 높은 신분의 여인을

그것도 궁전 안에서 범했단 말이냐?

천벌을 받아 마땅한 짓이다.

네 아버지가 너를 카스티야에서

나폴리로 보내 당신 땅의

일부로서, 파도 넘치는 이탈리아

해변을 네게 주었을 때는

응당 그 은혜에 감동하여 혼신의 힘으로

보답할 것을 염두에 둔 것이거늘.

너는 하필 명문가의 여인을 탐해

네 아버지의 명예를 이토록 더럽힌단 말인가!

그러나 어찌 되었든, 이런 일은

지체할수록 우리 모두에게 해가 되는 법.

여봐라, 너는 어떻게 하기를 원하느냐?

돈 후안   삼촌께 구구이 변명을 드리지는 않겠습니다.

그래 봤자 기분이 더 나빠지실 테니까요.

다만 저의 피는 곧 삼촌의 피니

그 피를 뿌려 저를 벌하시옵소서.

이렇게 삼촌의 발아래 엎드려

용서를 빌며, 저의 칼을 바칩니다.

돈 페드로   일어나 마음을 가라앉혀라.

너의 겸손함이 나를 이겼도다.

너는 저 발코니로

뛰어내릴 수 있겠느냐?

돈 후안   기꺼이 그리하겠습니다.

삼촌의 배려로 날개가 달린 듯합니다.

돈 페드로   너를 도와주고자 하는 것이니

나가거든 시칠리아나 밀라노로 가서

조용히 지내야 한다.

돈 후안   이제 떠나겠습니다.

돈 페드로 꼭 그렇게 지내겠다고 약속해라.

돈 후안 여부가 있겠습니까.

돈 페드로 네게 서신을 보내 이곳에서

이 비극적인 사건이 어떻게

처리되었는지 알려 주마.

돈 후안 (그렇게까지 해 주면 나는 좋지만······.)

모든 것이 저의 잘못입니다.

돈 페드로 너의 젊음이 너를 그렇게 만든 것이니라.

이제 저 발코니로 뛰어내려라.

돈 후안 (스페인으로 떠나리라.

그곳에서 내 뜻을 활짝 피워 보리라.)

(돈 후안 퇴장하고 왕이 등장.)

돈 페드로 전하, 전하의 엄하신

분부대로 실행하였습니다.

왕 죽었느냐?

돈 페드로 그놈이 지엄하신 분부를 어기고

그만 도주하였습니다.

왕 어찌 그런 일이 일어났단 말인가?

돈 페드로 실상은 이렇습니다.

전하께서 막 명을 내리시고

그놈의 변명을 채 듣기도 전에

그놈이 칼을 손에 꽉 움켜쥐고
손으로 옷자락을 휘저으며
날아갈 듯한 재빠름으로
부하들을 공격하는 척하면서
도망갈 구석을 찾더니,
죽음이 가까이 왔음을 느꼈는지
정원으로 난 발코니를 보더니
절망에 떨며 그곳을 향해 몸을 날렸나이다.
전하의 부하들이 그 뒤를 쫓아
옆에 난 창문으로 나가 보니
그 작자가 마치 똬리 튼 뱀처럼
웅크린 채 숨이 넘어가고 있는 것을 보았습니다.
"저놈을 죽여라!" 하고 군사들이 외치자,
그자가 일어났는데 얼굴이 피범벅이었습니다.
그러더니 놀랄 만큼 재빠르게
사라져 버려, 저는 그만 혼미해지고 말았습니다.
존귀하신 전하의 이름을 받들어 말하건대,
이사벨라라는 그 여인이 자리를 떠나며
(이름을 불러 주는 것만도 고맙게 생각해라.)*
제게 고백하길, 자기를 교묘히 유혹하고
농락한 자는 옥타비오 공작이라 하였습니다.

왕   무엇이라고?

돈 페드로 제가 말씀드리고자 하는 것은

그녀 스스로 고백했다는 것입니다.

왕   아, 귀족의 명예가 이렇게 추락할 수가!
불행한 옥타비오! 그대가 사나이라면,
어찌 그런 부정한 여인을 두었는가?
그렇듯 경박한 여인을…… 여봐라!

(시종이 대령한다.)

시종   네, 전하!

왕   그 여인을 내 앞에 대령하라!

돈 페드로   전하, 벌써 경비대가 그녀를
데려오고 있습니다.

(경비대, 이사벨라를 데리고 들어온다.)

이사벨라   (아, 무슨 낯으로 전하를 본다?)

왕   너희들은 나가 있고,
방문을 잠가 출입을 금하라.
자, 어서 말해 보시오.
어떤 힘이, 어떤 바람 든 별이
그대를 자극하였소?
아름다움을 이용해 불경한 생각으로
내 궁전의 문지방을 더럽힐 생각이었소?

이사벨라 전하…….

왕 닥치시오, 혀에 금을 칠한들
나를 모욕하고 저지른
죄를 덮을 순 없는 일,
그자가 옥타비오 공작이었소?

이사벨라 전하…….

왕 사랑에는 요새도, 성벽도, 축성도
파수꾼도, 하인들의 꼼꼼한 감시도
무용지물이지. 사랑은 아이 같은 힘만으로도
두꺼운 장벽을 뚫어 버린다네!
돈 페드로 테노리오, 당장 이 여인을
포박하여 저 탑에 가두라. 그리고
은밀하게 이 소식이 옥타비오의 귀에
들어가도록 하라. 그로써 그가
이사벨라에게 한 말과 언약을 지키기를.

이사벨라 전하, 얼굴을 돌리시어 저를 봐 주십시오.

왕 내 등 뒤에서 나를 욕되게 했으니
그에 대한 대응도 이처럼
등을 돌리고 하는 것이
정의이며 도리가 될 것이다.
(왕, 퇴장한다.)

돈 페드로 자, 공작 부인.

이사벨라 내 죄가 커서, 그 죄를 덮을

변명은 없을 것이다.
다만 옥타비오 공작께서
내 죄를 용서해 주신다면
내 마음이 이렇게 힘들지는 않을 터인데.

(두 사람 퇴장하고, 옥타비오 공작과 하인 리피오가 등장한다.)

리피오 주인님, 어인 일로 이렇게 이른 아침에
일어나셨습니까?

옥타비오 내 영혼에 사랑의 불을 지른
화염이 타고 있는데 어찌 평안이 있겠느냐.
사랑에 빠진 순간, 나는 어린애가 되어
부드러운 침대도, 선물 받은 담비 가죽을
씌운 네덜란드 담요도 싫더구나.
그러니 누워 있어 봐야 뭐 하겠느냐,
마음이 이토록 안정이 안 되는데.
뛰어놀고 싶은 마음에 새벽에
일어나곤 했던 그 옛날 어린 시절처럼,
이사벨라에 대한 생각에 빠지면
그 생각이 내 마음을 사로잡아
정신은 반짝이듯 영롱한데
몸은 언제나 고통 속에 빠진단다.
그리고 명예라는 성(城)조차

그 중요함이 오락가락하게 되는구나.

리피오 죄송한 말씀이오나, 주인님의 사랑은

사랑이 아닙니다.

옥타비오 못난 놈, 무슨 헛소리냐?

리피오 말하자면, 주인님이 하는 식의 사랑은

진실하지 않을 수도 있다는 이야기입니다.

계속 말해 볼까요?

옥타비오 그래, 계속해 보아라.

리피오 주인님은 이사벨라 아씨를 사랑하십니까?

옥타비오 여부가 있느냐. 일말의 의심도 없다.

리피오 그렇겠지요. 그래도 다시 질문을 드립니다.

주인님은 그녀를 사랑하지 않지요?

옥타비오 사랑한다니까!

리피오 만일 저를 사랑하고, 또 제가

사랑해 마지않는 여자가 있는데

그 여인이 점점 저에 대한 마음을 잃는다면

저는 바보 소리를 듣거나

엄마 젖이나 더 먹고 오라는 놀림을 받지 않겠습니까?

하물며 그 여자가 주인님을 사랑하지 않는다 해도

끈질기게 따라붙고, 선물도 바치고

온갖 아부를 떨며, 열 번 찍어서라도

넘어가게 해야 마땅하거늘.

더구나 이처럼 두 사람이

똑같은 마음의 크기로 서로를 원하고 있는데,

도대체 두 사람이 언약을 맺어

이루어지는 데 무슨 방해가 있단 말입니까?

옥타비오 이놈아, 이게 어디 상놈들의 결혼이더냐.

우리의 결혼식이 촌부나 빨래터 여인의

결혼식과 어찌 같을 수 있겠느냐.

리피오 빨래는 아무나 하는 줄 아십니까?

옷감을 이렇게 움켜쥐고서

씻고, 문지르고, 비비고, 당기고,

욕도 하고 욕도 먹고

선물도 하고 선물도 받고.

세상에 주는 것처럼 좋은 일은 없습니다.

암요, 그보다 더 좋은 일은 없지요.

이사벨라 아씨에게 선물을 해 보세요.

선물을 받을 줄 아는지 한번 확인해 보시라고요.

(하인이 들어온다.)

하인 스페인 대사께서

이제 막 말에서 내리셨습니다.

현관에 계시는데,

무척 화가 난 모습으로

나리와 얘기하기를 원하십니다.

제가 잘 못 알아들은 건지

무슨 감옥에 가야 한다고…….

옥타비오 감옥이라고……. 무슨 연유로?

아무튼 들어오시라고 여쭤라.

(돈 페드로 테노리오가 호위대와 함께 들어온다.)

돈 페드로 이렇게 무방비 상태로 잠드는

사람은 필시 의식이 맑은 거겠지.*

옥타비오 이렇듯 귀한 행차를 해 주시니

몸 둘 바를 모르겠습니다.

저는 한시도 방심하지 않고

늘 깨어 있습니다.

어떤 일로 왕림하셨는지요?

돈 페드로 주군께서 나를 이곳으로 보내셨소

옥타비오 주군께서 그 일로 저를 다 기억하시고…….

주군을 위해 목숨을 바칠 수 있다면

큰 영광이며 의로운 일이 될 것입니다.

대사님, 주군께서 저를 다 기억하실 정도로

어떤 특별한 행운이 제게 있는지

속히 말씀해 주십시오

돈 페드로 행운이 아니고, 불행이오

나는 왕의 대사로서 골치 아픈 일을

하나 가지고 왔소.

옥타비오   대사님, 저는 어떤 일이 있어도

동요하지 않는 사람이니

속히 말을 해 주십시오.

돈 페드로   그대를 체포하라는 주군의 명령이니

저항하지 말고 명령을 받으시오.

옥타비오   주군께서 저를 체포하라고 하시다니,

무슨 일로 그리 명하셨습니까?

돈 페드로   그대가 나보다 더 잘 알 것이오.

그러나 만일을 생각해

주군께서 나를 보내신 이유를

말해 줄 테니 잘 들으시오.

내가 주군을 모시고 뭔가를

상의 드리고 있을 때였소.

원래 높은 사람들이란 태양이

없는 곳에서 대사를 논의하는 법.

아무튼 그때 검은 피부의 거인들이

황혼 무렵이 되어 음산한 빛을 발하는

차일을 접고 있었는데, 갑자기 우왕좌왕

하더니 자기들끼리 좌충우돌하며

도망치는 게 아니겠소.

거기다 여자의 괴성이 들려

주군께서 직접 달려가셨소.

그랬더니 이사벨라가 어떤 힘센

남자의 팔에 안겨 있는 것이었소.

하늘 무서운 줄 모르는 그놈은 필시

거인이나 괴물로 보였지.

두 사람을 체포하라는 주군의 명을 받들어,

나 혼자 남아 그놈과 상대하게 되었지.

가까이서 보니 그 괴물은

인간의 모습을 하고 있었소.

그런데 불현듯 연기와 먼지에 휩싸이더니

발코니로 몸을 던져 왕궁을 둘러싸고 있는

커다란 느릅나무 발치로 사라졌지.

그래, 공작 부인을 붙잡았는데

모든 사람들이 있는 데서

그러는 게 아니겠소. 남편이 되겠다는

간교한 말로 자기를 범한 사람이 바로 당신

옥타비오 공작이라고 말이오.

옥타비오 그게 무슨 말입니까?

돈 페드로 내가 말하고자 하는 것은

이사벨라가 폭로한 사실이

이제는 모든 사람들에게 알려져서…….

옥타비오 잠깐만, 이사벨라가 그런 어처구니없는

배신을 제게 저질렀단 말입니까?

만약 그녀의 사랑이 그토록 의뭉스러운 것이라면

왜 그녀를 추궁하지 않는 겁니까?

진정한 마음을 가진 사람에게

당신은 큰 상처를 주고 있는 겁니다.

증거도 없이 무조건 그 말을 믿다니요,

이사벨라가 설마 나를 잊었을 리 없을 텐데,

나를 이렇게 모함할 이유가 없습니다.

후작 나리, 이사벨라가 나를 능멸하다니,

그게 있을 수 있는 얘깁니까?

내 사랑하는 사람이 나를 농락한다?

아무리 봐도 그건 있을 수 없지!

게다가 어젯밤에 내가 궁전에서 이사벨라와 있었다고?

돈 페드로 하늘에는 새들이 있고,

바다에는 물고기가 헤엄치는 법.

그리고 만물에는 우주를 움직이는

네 개의 요소가 작동하는 법.

친한 친구 사이에는 우정이

적대적인 인간들 사이에는 배반이,

밤은 어둠을, 낮은 밝음을.

그게 인생의 진실이 아니겠소!

옥타비오 후작, 나는 당신을 믿고 싶소,

이번 일보다 나를 놀라게 하는 일은 없을 겁니다.

내가 믿었던 여자도 결국

평범한 여자에 불과했다는 말인데…….

내가 그녀를 추행했다는 것이

사실인지 확인해 봅시다.

돈 페드로   그대는 현명하고 신중한 사람이니

가장 좋은 방법을 선택해 보시오.

옥타비오   내가 없어지는 게 가장 좋을 듯싶소.

돈 페드로   그렇다면 서두르시오, 옥타비오.

옥타비오   나는 스페인으로 가는 배를 타고

내 불행을 끝장내겠소.

돈 페드로   정원에 있는 문으로 가시오,

나는 체포하는 척만 하겠소.

옥타비오   이제 알지도 못할 곳을 떠돌게 되었으니,

내 분노가 하늘을 찌른다.

이사벨라가 궁전에서 남자와 있었다고?

아, 이 일을 어떻게 하나. 미칠 것만 같구나.

(두 사람 퇴장하고, 어촌 처녀 티스베아가 고기 담는 바구니를 들고 바닷가 바위 위에 나타난다.)*

티스베아   나타났다간 사라지는 파도와

흰 장밋빛의 발을 살며시 적셔 주는

바닷물. 여자들 중에 나만큼

자유로운 여자가 있을까.

나는 사랑에도 빠지지 않고

정념에도 관심이 없으니
어리석은 집착에서 스스로
나를 지키고 있지 않은가.
태양이 꿈결 같은 파도를 밟는 곳,
놀란 그림자들이 사파이어를
즐겁게 하는 곳.
때로는 작은 진주처럼
때로는 미세한 가루처럼
태양 빛을 반사하는
고운 모래사장으로
새들의 사랑의 속삭임과
바위를 빠져나가는
달콤한 물결 소리 넘쳐 나네,
작은 물고기의 빈약한
무게에도 휘청거리는
짠 바닷물 배어 있는
가벼운 바구니 들고,
깊은 거주지처럼
조개 집을 거둬들이는
그물을 들고
스스로 즐기며
사랑이라는 독사가 쏘아 대는
독을 걱정하지 않는

자유로운 영혼을 즐기고 있네.
작은 쪽배를 타고
다른 처녀들과 하나가 되어
바다 머리에 빗질을 하듯
흰 거품을 일으키네.
다른 처녀들 사랑싸움에
온 정신을 빼앗길 때,
나 혼자 모든 남정네들을 비웃으니
모든 처녀들이 나를 부러워하네.
나는 얼마나, 얼마나 행복한가!
사랑아, 사랑을 초월한 나를 용서해라.
그리고 초라하다 하여
내 움막을 비웃지 말아 다오.
내 거처에 짚으로 오벨리스크
올려놓고, 매미 대신 미친 듯
울어 대는 호로새 둥지를 트네.
맛있는 과일처럼 내 정조
짚 더미 속에 보존하고,
행여나 깨질세라
유리 덮어 지켜보네.
타라고나(Tarragona)
은빛 해변가에 득실대는 해적들과
불꽃을 지닌 남정네들로부터

나를 지켜 주네.
기쁨과 실망이 오직 내게 달렸으니
나는 그들의 한숨에 귀머거리 되고,
불꽃 같은 욕정을 멀리하며
달콤한 언약에 바위로 변하네.
두 손에 권능과, 영육에 강건함을
가진 하늘로부터 세상의 모든 은총을
부여받았던 안프리소
내 경멸에 고통받고는
어떤 일에도 연연하지 않으며
말에 신중을 기하고
슬픔에도 담담하더라.
얼음처럼 차가운 밤에도
내 집의 지푸라기 문지방을
기웃거리던 그는 그러다가도
아침이면 언제 그랬나 싶게 살아나지.
그가 느티나무에서 꺾은
싱싱한 나뭇가지, 내 초가집
사랑 타령으로 아침을 여네.
달콤한 비구엘라*와 섬세한
피리 소리로 나를 유혹하지만
내게는 모두 중요치 않네.
내가 살고 있는 사랑의 제국에서

사람들은 고통 속에서 기쁨과 위안을
지옥 불 속에서 영광을 발견하지.
다른 처녀들이 안프리소 때문에
죽어 못 살 때, 나는 날마다 그를
애태워 죽이는구나.
그래, 그게 바로 사랑의 본질이지.
자신을 미워하는 사람을 좋아하고
자신을 사랑하는 사람을 미워하는 것.
기쁨이 넘칠 때 죽고 싶고
죽이려 들면 살고 싶은 거지.
사랑 타령 들으며 한편으론 행복한
내 젊은 시절을
그 사랑 때문에 망칠 수 없는 것.
꽃 같은 내 나이에
그대가 쳐 둔 사랑의 그물을 보지 못한다면
그 또한 어찌 행운이라 하겠는가.
기꺼이 갈대를 바람에 맡기고,
미끼를 물고기 입에 맡기노라.
그러나 바다가 어떤 배를 집어삼켜
배를 뒤집으려 할 때
그 배에 타고 있던 두 남자가
물속으로 뛰어들었으니,
아름다운 공작새처럼

암초에 부딪혀
돛들이 누워 버리고
배를 움직이는 이들은
모두 그곳에 시선을 던져
넘치는 파도가 도도하게
배를 삼켜 버리고
측면으로 배가 들어가더라.
그러고는 물에 잠겨
마스트가 바람에 휘청거리더니,
그 마스트를 자기
집으로 삼는가 싶더니
그 미친 사람 그만
거기다 살림을 차리는 게 아닌가.
한 남자 물에 빠진다고
외치며 다른 이를 붙잡는데,
트로이 몰락할 때
아이네이아스가 안키세스에게 하듯*
그의 두 어깨를 움켜잡았네.
그러고는 물살을 가르며
용맹하게 헤엄치는 게 아닌가.
그런데 막상 해변가에는
그들을 구해 줄 사람이 아무도 없었지.
그래서 소리를 질러 댔어.

"티르세오, 안프리소,
알프레도, 사람을 구해 줘!"
"하느님이시여, 제발 저들이
제 목소리를 듣게 하소서!"
쳐다보는 어부들,
그리고 어느새 해변에 이른 두 사람.
헤엄치던 사람은 숨이 없고
그를 힘들게 하던 이는 멀쩡하더라.

(카탈리논이 자신의 품에서 돈 후안을 모래사장에 내리고 있
다. 두 사람 모두 물에 흠뻑 젖어 있다.)*

카탈리논 가나안 여인이여, 부디
짜디짠 바다에서 나를 구해 주오.
구원을 바라는 사람은
여기서 헤엄치면 되겠어.*
바닷물 안에는 광기가 있어서
죽음도 썩지 않을 거야.
이 많은 물을 모으신 하느님,
포도주를 이렇게 모으셨으면…….
바닷물은 고기잡이하지 않는
이들에게는 너무 지독해!
강물에 빠져도 감당하기 어려운데

바닷물에 빠졌으니 오죽하겠는가.

미쳐 버려도 좋으니, 몸을 데워 줄

독한 포도주 한 모금 마셨으면 좋겠네!

내가 마신 물 이제는 다 뱉어 냈지만,

이제 물이라면 신물이 나네.

그 물이 성수(聖水)라 해도

보는 것조차 진저리가 난다.

나리, 얼음장처럼 얼어붙었구려,

죽기라도 했단 말입니까?

이 황당함이 바다의 것이라면

이 넋두리는 나의 것.

바다에 처음으로 소나무를 심고*

썩어 빠진 나무로 배를 만든

인간에게 부디 저주가 함께하길!

하늘의 바늘로 바다에 바느질을 한

못된 재봉사에게 부디 천벌을!

이아손에게 저주를

티피스에게도 저주를!*

이제 그가 죽었으니

누가 그를 다시 살린단 말인가!

오, 불쌍한 카탈리논!

이제 나는 어찌해야 한단 말인가?

티스베아 무슨 일로 그리 탄식을 하시는지?

카탈리논 바다의 여인이여,

감당할 수 없는 사고를 겪은 나머지

이제는 아무 희망이 없소.

간신히 목숨 건져 육지로 나왔건만

글쎄, 내 주인은 이 지경이 되지 않았소.

자, 보시오. 그가 이렇게 죽었소이다.

티스베아 아닙니다. 아직 숨을 쉬고 있는데요.

카탈리논 어디로 말요? 여기로?

티스베아 네, 그런데 어디라니요?

카탈리논 그분은 몸의 다른 부분으로도

숨을 쉬는 양반이거든.

티스베아 별소리를 다 하시오.

카탈리논 그대의 눈처럼 흰 손에

입맞춤하고 싶소.

티스베아 도움을 청하시려면 저기 움막에 있는

어부들을 부르는 것이 좋을 듯합니다.

카탈리논 내가 부른다고 오겠소?

티스베아 잽싸게 달려올 겁니다.

저들은 무정한 사람들이 아니랍니다.

그런데 이 기사 분은 누구신지?

카탈리논 왕의 수석 비서관인

지체 높으신 분의 아드님이오.

앞으로 6일만 있으면 전하가 계신

세비야에서 백작이 되실 분임을

믿어 의심치 않고 있었는데,

이 양반이 내 우정을 저버리지 않는다면 말이오.

티스베아 존함이 어떻게 되시는지?

카탈리논 돈 후안 테노리오라 하오.

티스베아 어서 저 사람들을 부르세요.

카탈리논 자, 이제 부르러 가리다. (퇴장한다.)

(티스베아가 자신의 무릎 위에 돈 후안을 올려놓는다.)

티스베아 우아하고 고귀하실 뿐 아니라

늠름하고 총명하신 도련님,

어서 정신을 차리세요.

돈 후안 여기가 어디요?

티스베아 어디기는요. 한 여인의 품이지요.

돈 후안 바다에서 죽었는데, 그대 품에서

다시 살아났구려.

내가 부주의하는 바람에

물에 잠겼지 뭐요.

지옥 같은 바다로 들어갔다가

그대의 맑은 하늘로 나왔구려.

가공할 폭풍이 내가 탄 배를

강타하여 바닷물로 떨어졌는데

그대의 두 발이 나타나

내게 항구와 은신처를 제공했구려.

그대의 하늘 같은 사랑으로

내가 다시 태어난 셈이오.

놀라지 마시오. 사랑과 바다 사이에는

불과 한 글자 차이밖에 없지 않소.*

티스베아 호기가 대단하십니다.

이렇게 숨도 고르지 않고 그 말을 하시다니.

엄청난 폭풍을 당하시더니

더 큰 폭풍을 제게 주십니다.

그러나 바다의 폭풍이

잔인한 파도를 일으킨다면

당신으로 하여금 그런 말을 하게

하는 것은 낚싯줄 같은 힘일 것입니다.

당신은 바다에서 저의 간절한

기도(祈禱)를 마신 것이 틀림없습니다.

바닷물이 아무리 짜다 해도

제 기도만큼은 강하지 않을 테니까요.

당신은 말을 하고 있지 않을 때도

무슨 말을 생각하시나 봐요.

죽은 듯이 오셔서 이렇듯 감정을 쏟아 내니.

부디 당신의 그 말이 거짓이 아니기를!

당신은 그리스의 말〔馬〕처럼

내 두 발에 바닷물을 적셔 놓고

겉에는 물을 잔뜩 적시고 왔지만

안에는 큰 불을 품고 오셨어요.*

그렇게 불을 품고 오셨다 해도

만일 담대하지 않았다면……

부디 당신의 그 말이 거짓이 아니기를!

돈 후안 하느님께 기도하고 싶소.

당신에게 미쳐 죽느니

제정신이 들도록

다시 바다에 빠지게 해 달라고.

그 거친 은빛 파도로 바다가 나를

물속에 잠들게 할 수 있을지는 몰라도,

나를 태워 죽일 수는 없을 거요.

태양이 당신에게 어떤 특별함을 준 것일까?

당신은 태양의 모습을 닮았고

눈처럼 희게 그저 나타나는 것만으로도

내 마음을 뜨겁게 사로잡는구려.

티스베아 당신의 몸은 아직도 이렇게 차지만

그 안에 뜨거운 불을 가지고 있군요.

하여 제 마음도 그 불길에 휩싸여 갑니다.

부디, 당신의 그 말이 거짓이 아니기를!

(카탈리논과 어부들인 코리돈과 안프리소가 도착한다.)

카탈리논 우리가 왔습니다.

티스베아 당신의 주인께서 살아났어요.

돈 후안 너를 다시 보니 잃었던

　　　기운이 나는구나.

코리돈 우리가 뭘 도와주면 되지?

티스베아 코리돈, 안프리소, 내 친구들······.

코리돈 오히려 우리는 내심

　　　이런 기회가 오기를 바라고 있었어.

　　　티스베아, 무엇을

　　　도와줘야 하는지. 카네이션 같은

　　　그 붉은 입술로 명령만 내리길.

　　　그대는 나의 우상

　　　무엇을 못하겠는가?

　　　원하기만 하면,

　　　평야든 산이든 달려가며,

　　　바다를 가로지르고

　　　땅을 갈아 내며

　　　바람을 잠재우고

　　　불꽃을 짓밟으리.

티스베아 (어제만 해도 그런 사탕발림이

　　　나쁘게만 생각되었는데

　　　오늘은 그 말이 진실로 들리네.)

　　　친구들이여, 내가 여기 바위에 앉아

낚시를 하고 있었는데

저 멀리 배 하나가 침몰하는 게

보이지 않았겠어.

그리고 파도를 헤치고

두 남자가 헤엄치는 게 보였어.

그래, 불쌍한 마음에 소리를 질렀지만

아무도 대답이 없었지.

그사이 그들은 바다의 분노를 피해

거의 죽은 상태로 모래사장에 도착했어.

바로 이 사람이 다 죽어 가는

저 양반을 어깨에 메고 말이야.

그래, 다급한 마음에 너희들에게

도움을 청하려고 사람을 보낸 거야.

안프리소   그래서 우리가 온 게 아니겠어.

무엇을 도와주면 되겠니?

뜻하지 않았던 일이라도 괜찮으니

어서 말해 봐.

티스베아   우선 그들을 우리 움막으로

안내해서 젖은 옷을 벗기고

새 옷으로 갈아입혀야겠어.

아버지도 기뻐하실 거야.

카탈리논   아름다운 마음씨로다!

돈 후안   카탈리논, 귀 좀 빌리자.

카탈리논   예, 말씀하십시오.

돈 후안   혹시 내가 누구냐고 묻거든

　　　　　너는 잘 모른다고 하여라.

카탈리논   제가요……!

　　　　　그럼 제가 뭐라고 해야 하나요?

돈 후안   저 아가씨가 예뻐 미칠 지경이다.

　　　　　내 오늘 밤 그녀를 꼭 품으리라.

카탈리논   무슨 수로 말입니까?

돈 후안   너는 잠자코 있기만 해라.

코리돈   안프리소, 한 시간 뒤에는

　　　　　어부들이 노래하고 춤출 시간이네.

안프리소   자, 그럼 우리도 오늘 밤

　　　　　파김치가 될 때까지

　　　　　미친 듯이 놀아 볼까.

돈 후안   나 죽네.

티스베아   잘만 걷는데, 무슨 말씀이십니까?

돈 후안   아픈 마음 부여잡고 걷고 있소.

티스베아   말씀도 많으십니다.

돈 후안   그대는 이해심도 크오.

티스베아   제발, 아까 그 말이 거짓이 아니기를!

(카스티야의 왕 돈 알론소와 돈 곤살로 데 우요야가 등장한다.)

왕   수석 기사단장, 대사관에서 무슨 일이 있었습니까?

돈 곤살로   리스본에서 전하의 사촌이신 돈 후안 왕을 뵈었는데,

무장한 배 30척을 준비하고 있었습니다.

왕   어디로 진격한단 말이오?

돈 곤살로   고아로 간다고 했습니다. 그러나 제가 보기에는

다른 일을 계획하고 있는 듯했습니다. 올여름

탕헤르나 세우타로 진격하려는 것이 아닐까요?

왕   그에게 하느님의 가호가 있기를.

하느님의 영광을 드높이기 위해 애쓰는 그 마음에도

주님께서 합당한 상급을 주시기를.

돈 곤살로   전하, 세르파와 모라,

올리벤시아와 토로의 땅을 요구하십시오.

그리하면 카스티야와 포르투갈 사이에 있는

비야베르데와 알멘드랄, 그리고 메르톨라와 에레라가

다시 전하의 수중으로 들어올 것입니다.

왕   때가 되면 협상에 이르게 될 것이오.

그나저나 돈 곤살로, 우선 다녀온

여행에 대해 설명해 주시오.

무척 힘들고 위험한 여행이었지요?

돈 곤살로   전하를 위한 일에 어찌 힘든 일이 있겠습니까.

왕   그래 리스본은 어떤 곳이오?

돈 곤살로   스페인에서 가장 큰 도시였습니다.*

제가 두루두루 본 것과

특별히 생각하신 곳을 일러 주시면

소상히 전해 올리도록 하겠습니다.

왕   듣고 싶소. 자, 의자를 가져오시오.

돈 곤살로   리스본은 정말 보석 중의 보석이었습니다.

물이 풍부하기로 유명한 타호강은

스페인의 심장이라 할 수 있는

쿠엔카에서부터 시작합니다.

그리고 스페인 땅의 반을 돌아

리스본 남쪽 지역의

성스러운 강변을 휘저으며

대양을 향해 흘러 들어가

자신의 여행을 마치고

이름도 잃어버리게 됩니다.

강이 생을 마감하는 그곳에는

두 개의 산맥 사이에 항구가 있는데

그곳으로 세상의 모든 종류의

배들이 몰려듭지요.

바르카, 나베, 카라벨라,

갈레라, 사에티아.*

배가 얼마나 많은지 육지에서 바라보면

넵투누스가 지배하는 거대한 도시로 보입니다.

항구의 서쪽에는 카스카이스와

상지앙이라는

두 개의 철옹성이 항구를 지키고 있습니다.

리스본에서 반 레구아* 거리에

벨렘이라는 수도원이 있는데

돌로 만든 성인상과

사자 수호상으로 유명한 곳입니다.

또 독실한 가톨릭 왕들과 왕비들의

영원한 안식처가 묻혀 있는 곳이기도 합지요,

이 멋진 여정은 알칸타라에서

하브레가스 수도원까지

꽤 먼 거리 사이에 펼쳐지고,

그 사이에는 세 개의 봉우리로 이루어진

아름다운 계곡이 있는데,

그 모습이 어찌나 찬란하던지

아펠레스*가 그림을 그리려다

망연자실해했다는 전설이 있을 정도입니다.

멀리서 보면 진주 다발이

하늘에 매달린 형상이온데

그 장엄함이 로마 열 개를 합쳐 놓은 듯,

수도원과 교회들로,

건물들과 거리들로,

주택들과 장원들로 가득 차 있습니다.

게다가 학문뿐 아니라 군사력에서도

엄격한 정의가 있는가 하면,

다른 한편으로는 그런 엄격함을
보완하고, 학문에 명예를 덧입히는
자비심 역시 적지 않으니
스페인을 명예롭게 하는 것은 물론이요
나아가 명예가 무엇인지를
스페인에 능히 전할 만한 가치가 있습니다.
이 늠름한 도시에서 신이 가장
경외해 마지않는 곳은 도시의 성에서
6레구아 떨어진 곳에 위치한
오디벨로스라는 수도원으로
제 눈으로 직접 목격한 사실이온데,
그 안에 수도실이 무려 630개에 이르고
수녀들과 복자들의 수가 1천2백 명에 달했습니다.
리스본과 가까운 주변 지역을 아울러,
킨타가 무려 1130채가 있는데
스페인에서는 코르티호라고 부르는 것으로
집집마다 포플러 정원과 과수원을 가지고 있습니다.
리스본 도시 한가운데에는 루시오라는
유명한 광장이 있는데, 크고 아름다우며
멋진 조화를 이루고 있습니다.
백 년 전에 새워졌는데
그때는 광장의 모래사장까지
바닷물이 이르렀다고 합니다.

그런데 지금은 광장과 바다 사이에

3천 채의 집이 세워져 있고

바다가 제 물길을 잃은 채

사방으로 흩어지는 곳입니다.

그곳에는 루아 노바

즉 '새로운 길'이 있는데

동방의 세계가 풍부하고

거대하게 재현되어 있습니다.

포르투갈 왕께서 직접 말씀하시길,

시장이 하나 있는데

돈을 일일이 세지 못하고

파녜가로 계산할 정도라 했습니다.*

포르투갈 왕가가 있는 그 땅에는

수도 헤아릴 수 없을 만큼

많은 배들이 있고 해안에는

언제나 수백 척의 배들이

정박해 있는데, 그 모습이

프랑스나 영국에 비교할 때

밀밭이나 보리밭으로 보일 정도입니다.

타호강이 그 팔에 입맞춤한다는

포르투갈 궁전은 그 규모만으로도

율리시스의 건축물로 비견될 만한 것이어서

라틴어를 따 울리시보나라고

부르고 있습니다.

그곳의 군대는 원형으로 되어 있는데

천주께서 피비린내 나는 전투에서

돈 알폰소 엔리케스 왕에게

주셨던, 십자가에 매달리신 그리스도의

피 흘리시는 상처가 그려진 주춧돌이

있는 곳이기도 합니다.

군수 창고에는 다양한 배들이 있고

그것들 중에는 정복에 사용되는

엄청난 크기의 배들이 있어

육지에서 바라보면 마치 밤하늘의

별에도 닿을 것처럼 느껴지옵니다.

이 항구의 대단한 면모에 대해 말하자면

주민들은 식사를 하면서,

자기들이 음식을 나누는 식탁에서 저 멀리

바다에서 그물에 가득 생선을 싣고

오는 배들을 바라볼 수 있을 뿐 아니라

오후가 되면 물건을 가득 싣고

수천 척의 배들이 해안에 도착하는데,

그 종류가 너무나 다양하여

빵, 올리브유, 포도주 그리고 땔감 같은

일용품부터 여러 지방의 과일들,

시에라 데 에스트레야의 눈﹝雪﹞까지 있습니다.

눈을 팔 때는 그것을 머리 위에 이고

거리에서 고래고래 소리 질러

사람들에게 파는 것을 볼 수 있었습니다.

그런데 제가 피곤할 일이 무엇이겠습니까?

그 거대한 도시는 한 부분만 세어 보아도

별을 세는 것과 맞먹으니

무려 13만 명의 주민이 살고 있습니다.

더 말씀드리면 전하를 피곤하게 할까 싶으니

여기서 전하의 팔에 입맞춤하려 합니다.

왕 돈 곤살로 그대의 입을 통해

그 멋진 얘기를 들려주니

내가 그대에게 상금을 내리고 싶은데

혹시 자식들이 있소?

돈 곤살로 전하, 하늘처럼 맑은 얼굴에

자연의 경이가 서려 있는

딸아이가 하나 있사옵니다.

왕 그렇다면 내가 나서서 그 아이의

결혼을 주선해 보면 어떻겠소?

돈 곤살로 모든 것이 전하의 뜻이오니

신은 분부를 받들겠습니다.

하오면 신랑감은 누구일지?

왕 지금은 여기 세비야에 없는 사람인데

돈 후안 테노리오라는 청년이오.

돈 곤살로   이 기쁜 소식을 제 딸에게
　　　전하도록 하겠습니다.
왕　　그렇다면 속히 가서 얘기를 나누고
　　　생각이 어떤지 알아보시오.

(두 사람 퇴장하고, 돈 후안 테노리오와 카탈리논이 등장한다.)

돈 후안   길들이느라 꽤 애를 먹었으니
　　　저 암말 두 마리를 잘 지키고 있어라.
카탈리논   소인의 이름이 비록 카탈리논이오나
　　　정말 괜찮은 사나이옵니다.
　　　그래서 굳이 "카탈리논, 너는 사나이야"
　　　라는 말을 아무도 하지 않지요.
　　　주인님도 인정하시겠지만
　　　제 이름은 실제 저와는 반대로
　　　붙인 이름이옵니다.*
돈 후안   어부들이 축제에 가서
　　　즐기고 있는 동안
　　　너는 저 두 암말을 잘 붙들고 있어야 한다.
　　　오직 이 빠른 발로 줄행랑을 놓아야
　　　아무 일 없이 내 목숨을 부지할 수 있단다.
카탈리논   결국 티스베아를 가지려고요?
돈 후안   이놈아, 내가 누구인지 잘 알면서

그런 질문을 하느냐?

여자를 유혹하는 것은

내게는 오래도록 몸에 밴 습관이다.

카탈리논 결국 그 여자들로부터

벌을 받을 것입니다.

돈 후안 티스베아 때문에 몸이 달아 죽겠다.

정말 괜찮은 여자로다.

카탈리논 그녀의 헌신을 이런 식으로 갚는군요!

돈 후안 무식한 놈, 아이네이아스도

카르타고의 여왕에게 똑같이 했느니라.

카탈리논 그렇게 여자들을 속이고

범한 죄를 언젠가는 죽음으로

갚아야 할지 모릅니다.

돈 후안 그래, 정말 오래도록 참아 주는군!

사람들이 너를 카탈리논이라 하는 게

다 이유가 있느니라.

카탈리논 주인님은 주인님 생각을 좇아

사십시오. 소인은 여자들을 농락하는 면에서는

계속 카탈리논으로 살겠습니다.

저기 운 없는 여자가 오고 있군요.

돈 후안 자, 가서 암말들이나 챙겨라.

카탈리논 불쌍한 여자야. 기껏 돌봐 준 대가를

이렇게 갚고 있다는 걸 알지도 못하고.

(키탈리논이 퇴장하고, 티스베아가 등장한다.)

티스베아 당신이 없는 잠시 동안인데도
저는 스스로에게 낯설었어요.

돈 후안 그렇게 애써 말해도
나는 그대를 믿지 못하겠소.

티스베아 무슨 말씀이신지?

돈 후안 그대가 나를 사랑했다면
내 영혼을 감동시켰을 것이오.

티스베아 저는 당신 것입니다.

돈 후안 그렇다면 말해 보시오.
무얼 기다리고 있는 거지?
아니면 어디에 마음 두고 있는 거지?

티스베아 제가 마음에 걸려 하는 것은
당신에게서 본 것이
사랑의 징계였기 때문입니다.

돈 후안 내가 당신 안에 살고 있다면
나는 어떤 일도 감당할 수 있소.
당신과의 관계 때문에
내 생명을 잃는다 해도 말이오.
맹세컨대, 당신의 남편이 되고 싶소.

티스베아 저는 당신과 근본이 다른 사람입니다.

돈 후안 사랑에는 높고 낮음이 없으니

비단과 광목이 같은 것이 바로
사랑의 공정한 법이오.

티스베아 저도 당신 말을 믿고 싶지만,
남자들은 원래 겉과 속이 다른 법.

돈 후안 내 생각에는 아마도 그대가
내 사랑의 행동을 무시하는 것 같소.
오늘 그대의 머릿결로
내 마음을 잡아 보구려.

티스베아 남편의 말과 손으로
내게 맹세하세요.

돈 후안 쳐다보기만 해도 멀 것 같은
그대의 아름다운 눈에 대고, 그대의
남편임을 맹세하겠소.
이것이 내 손이고, 내 믿음이오.

티스베아 당신을 지성껏 모시는 데
부족함이 없는 여자가 되겠어요.

돈 후안 벌써 마음이 두근거리는구려.

티스베아 자, 이리 오세요. 저를 따라오시면
사랑의 보금자리가 만들어지고
사랑을 나눌 신방이 생긴답니다.
이 갈대숲 안으로 들어가면
아무도 우리를 볼 수 없어요.

돈 후안 어디로 들어가야 할지?

티스베아 이리 오시면 일러 드릴게요.

돈 후안 내 사랑, 그대의 마음에 큰 축복이 있기를!

티스베아 이 모든 것이 그대의 의지이기를.

그렇지 않으면 신의 벌이 그대와 함께하기를.

돈 후안 정말 오래도록 내버려 두시는군!

(두 사람 퇴장하고, 코리돈, 안프리소, 벨리사 그리고 악사들이 등장한다.)

코리돈 이보게 친구들, 티스베아를 부르게,

혹시라도 외로움에 못 이겨 그 객(客)이

무슨 맘을 먹을지 어찌 알겠나.

안프리소 티스베아, 우신드라, 아탄드리아!

만약 그렇다면 그보다 더 악한 일은 없을 거야.

자신의 불꽃에 불도마뱀을 가지고 다니는

남자는 얼마나 불쌍하고 슬픈 존재인가!

우리 춤을 추기 전에

먼저 티스베아를 보호하도록 하세.

벨리사 그녀를 부르러 가지.

코리돈 그래, 가자.

벨리사 그녀 움막으로 가 보는 게 좋겠어.

코리돈 그 귀족한테 정신이 팔린

티스베아를 보지 못했나?

나는 그 사람이 부러워 죽겠네.

안프리소 티스베아는 원래 모든 남자들이
가지고 싶어 하는 여자야.

벨리사 가면서 함께 노래하는 건 어때?
우리 춤추고 싶어 했잖아.

안프리소 이렇게 시샘이 생겨
안절부절못하니 차라리 그게 낫겠네.

(모두 노래한다.)
아가씨 물고기 잡으러
그물을 던져 보네.
이걸 어쩌나 물고기 대신
남자의 마음을 잡았으니.

(티스베아, 등장한다.)

티스베아 불이야 불, 내 몸이 타고 있네.
내 움막이 뜨거워지네!
친구들아, 불이 났다고 알려 줘.
내 눈에선 벌써 눈물이 나오네.
내 가련한 집. 불길에 싸인
트로이 목마 같은 신세 되었네.
트로이로도 모자라 사랑은
이렇게 움막까지 태워야 하는 것인가.

그러나 사랑이 바위를 태울 만큼
엄청난 분노와 낯선 힘을 가졌다 해도
그 힘으로 비천한 볏짚 하나 보호하지 못한다면
무슨 대단한 것이라 하겠는가.
얘들아, 불이 났어, 불이야! 물, 물!
영혼을 태우는 사랑이여, 광기여!
아, 내 움막이 내 정조를 깨뜨리고
명예를 더럽히는 데 이용되다니!
짐승 같은 도둑놈들의 소굴이 되고
내 모욕과 치욕을 도와주는 장소가 되다니!
바람도 치욕에 떨어 별들을 거칠게
쓸어버리니, 그 바람으로 별들이
좌충우돌하며 강한 광선이
네놈의 머리 위에 떨어져라!
아, 사악한 객이여, 어찌 한 여인을
이렇게 농락할 수 있단 말인가!
바다에서 구름이 흘러나와
내 안의 모든 것을 가려 주네.
얘들아, 불이 났어, 불이야! 물, 물!
영혼을 태우는 사랑이여, 광기여!
그동안 숱한 남정네들의 유혹을
이기며 유유자적 살아왔는데,
그동안 그 많은 남자들을

비통에 빠뜨린 게 죄라도 된단 말인가?

남편이 되겠다는 언약을 어기고

내 신실함과 침대를 속되게 한 그 남자.

나를 농락한 것도 모자라

내가 애써 키운 암말 두 마리를

타고 내뺐으니, 세상에 이런 일이

어찌 있을 수 있단 말인가.

자, 그놈을 잡으러 가자. 어서 가자.

그러나 잡지 못한다 해도 상관없다.

내 임금님께 나아가

그 면전에서 이 사실을 고하고,

응분의 징계를 요청할 것이다.

얘들아, 불이 났어, 불이야! 물, 물!

영혼을 태우는 사랑이여, 광기여!

(티스베아, 퇴장한다.)

코리돈   그 사악한 기사를 잡으러 가자.

안프리소   감당할 수 없는 고통을 당했구나!

그러나 정의는 언제나 승리하는 법.

그놈을 잡아 꼭 복수하고 말겠다.

우선 티스베아를 찾아야 한다.

절망에 빠진 그녀가 더 큰 불행을

저지를지 누가 알겠는가?

코리돈   성질 급한 티스베아.

그녀기 미치면 충분히 그럴 수 있지.

(무대 뒤에서 티스베아의 목소리. 불이야! 물, 물!)

안프리소　바다에 뛰어들려는 거야.

코리돈　티스베아, 그러지 마. 잠깐만!

티스베아　얘들아, 불이 났어, 불이야! 물, 물!

　영혼을 태우는 사랑이여, 광기여!

(제1막 끝)

제2막

(카스티야의 왕 돈 알론소와, 돈 디에고 테노리오가 등장한다.)

왕　무슨 말이오?

돈 디에고　이것은 제 동생의 편지이온데

이 편지로 보아 확실하게

알 수 있는 것은

왕의 거처에서 어떤 왕실 여인이

그와 함께 있었다고 합니다.

왕　신분은?

돈 디에고　전하, 이사벨라 공작 부인이라 합니다.

왕　이사벨라?

도저히 용서할 수 없는 일이다!

그자는 지금 어디에 있는가?

돈 디에고　어느 안전(案前)이라고 거짓을 고하겠습니까.

어젯밤 하인을 데리고 세비야에 도착했다 합니다.

왕　테노리오, 그대는 알고 있었구려. 대단하오.

이 사실을 곧 나폴리 왕에게도 통고하겠소.

그자가 그런 줄 모르고 이사벨라와 결혼시켜

죄 없이 고통받는 옥타비오에게 안식을 주고자 했으니⋯⋯.

적당한 곳으로 돈 후안을 유배시키도록 하시오.

돈 디에고　전하, 어디가 좋을까요?

왕　세비야를 떠나게 하는 것이 좋겠소.

오늘 밤이라도 우선 레브리하로 보내시오.

그나마 부친의 은공이라는 것을 고맙게 여기도록 하시오.

그런데 돈 디에고, 도대체 곤살로 데 우요아에게는

뭐라 설명해야 되겠소? 그의 딸과 결혼시키려 했는데,

지금은 그것을 어떻게 거두어야 할지.

돈 디에고　그런 아버지를 둔 여인의 명예를 위해서라면,

제가 할 수 있는 모든 것을 다 하겠습니다.

전하, 분부만 내리십시오.

왕　그를 궁내 대신으로 삼으면 어떨지?

그러면 그의 분노를 잠재울 수 있지 않을까.

(하인이 등장한다.)

하인　어떤 기사 분이 길을 가다 들렀는데

옥타비오 공작이라 합니다.

왕   옥타비오 공작?

하인   그렇습니다.

왕   틀림없이 돈 후안 때문에 온 것이다.

  그놈의 악행을 알고 분을 참지 못해 달려온 것인데,

  분명 내게 결투를 허락해 달라고 할 것이다.

돈 디에고   전하, 소인의 목숨은 전하의 처분에

  달려 있습니다. 그리고 불충한 자식이지만

  그 또한 제 목숨과 같은 것이 아니겠습니까.

  용감하고 늠름하여 세비야의 헥토르*라고

  부를 만큼 특별한 무훈을 쌓기도 했으나

  가능하면 결투만은 피하게 해 주십시오.

왕   그만하시오, 테노리오. 아버지의 마음을

  난들 왜 모르겠소. 그를 들라 하라.

돈 디에고   전하, 너무나도 큰 아량이십니다.

  이 크신 은혜를 어찌 갚으오리까?

  (옥타비오 공작, 등장한다.)

옥타비오   미천하고, 갈 곳 없이 떠도는 순례자

  전하의 발에 입을 맞추옵니다.

  길을 떠돌다가 전하를 뵙는 게

  해결책이다 싶어 왔습니다.

왕   옥타비오 공작…….

옥타비오 한 여자의 무서운 변절과

생각지도 않은 한 기사의

공격으로 깊이 상처 받고

어찌할 수 없어 이리 오게 된 것입니다.

왕 옥타비오 공작, 그대의 무죄를 알고 있다.

나폴리 왕에게 서신을 보내

그대가 복권하도록 하겠노라.

더구나 그대가 없는 동안 상황이

더 악화되었을 것이다.

나폴리 왕이 그대를 용서하고

그에 맞는 사면장을 보내면

그대를 세비야에서 결혼시키고자 한다.

이사벨라를 천사라 여겨 천거했건만

이제는 추악한 여자가 되었도다.

칼라트라바의 기사단장으로

곤살로 데 우요아란 기사가 있으니,

그 용맹이 하늘을 찔러, 비굴하기 그지없는

무어인들*이 두려워 떨며 경배하는 이로다.

그 기사에게 딸이 하나 있는데

재능과 소양이 넘치고, 아름다움은 물론이요,

지혜로움이 세비야의 별 중의 별이로다.

그 여인을 아내로 맞이함이 어떻겠는가?

옥타비오 이 여행을 떠나기로 했을 때

전하로부터 이처럼 큰 은혜를 받을 줄은

꿈에도 생각하지 못했었습니다.

왕   여봐라, 공작이 이곳에 기거하는 데

조금도 부족함이 없게 하라.

옥타비오   전하를 믿고 따르는 자는

누구든 보상으로 넘칠 것입니다.

전하야말로 카스티야의 위대한 알폰소 왕이십니다.

(왕과 돈 디에고 퇴장하고, 리피오가 등장한다.)

리피오   무슨 일이 있었습니까?

옥타비오   내가 받았던 그 불행의 기운이

이제는 더 이상 설치지 못하게 되었네.

모든 것이 해결되고 있는 느낌이야.

이제는 두 다리 쭉 펴고 잘 수 있겠네.

주군과 얘기를 나누었고, 그분이 나를

불쌍히 여겨 내 명예를 회복시켜 주었네.

나는 카이사르 중의 카이사르가 되어

결국 이 복잡한 싸움에서 승리를 거둔 셈이지.

왕께서 노여움을 거두시었을 뿐 아니라,

손수 아내 될 사람까지 내게

천거하시지 않았겠나.

리피오   그렇기 때문에

가스티야의 너그러운 왕이라

칭호를 받으신 게 아니겠습니까.

나리는 그리해서 마침내

아내를 얻게 되셨습니까?

옥타비오　그렇다네, 세비야의

여인이지. 그대가 기꺼이 누구인지를

알고 싶어 한다면, 그 이름만 들어도

놀라 자빠질 걸세,

늠름하고 풍채 있는 남자들이 있는 것처럼

여자 중에도 유난히 아름다운 여자가 있는 법.

멋진 망토를 걸치고, 광채가 빛나니

바로 그곳에 해가 숨어 빛난다네.

세비야가 아니라면 어디서

그런 모습을 볼 수 있을까.

나, 불운에 잠겨 있었으나

이토록 큰 위안을 얻었다네.

(돈 후안과 카탈리논이 등장한다.)

카탈리논　나리, 잠깐만 멈춰 보십시오.

이사벨라의 사수자리 별이었지만

누명을 쓰고 산양자리 별로 떨어진,*

그 공작이 오고 있습니다.

돈 후안 애써 모른 체하여라.

카탈리논 (배반할 땐 언제고, 친한 척하려는 거겠지.)

돈 후안 나폴리에 있을 때

나폴리 군주께서 나를 급히

이리 보내시는 바람에…….

왕의 명령이 법이 아니겠나.

그래서 자네와 이별할

여지가 없었네.

옥타비오 그래서, 친구, 우리가

이렇게 세비야에서

만나게 된 것 아니겠나.

돈 후안 공작, 누가 생각이나 했겠나.

우리가 이렇게 여기서 만나게 될 줄을.

내가 그렇게 꿈에도 그리던 자네를 만나

뭔가 보답해야지 하는

염원이 드디어 이루어졌네.

강변이면 어떻고 푸촐이면 어떤가.*

나폴리도 멋진 곳이지만

세비야야말로 더할 수

없이 좋은 곳이지.

옥타비오 지금 내가 있는 여기가 아니라

만일 나폴리에서 그대 소식을 들었다면

자네가 나를 비웃고 있다고

의심했을지도 모르겠네.

그런데 이렇게 막상

세비야에 와서 살아 보니

자네가 아무리 세비야를 칭찬한다 해도

지나친 말이 아니라는 것을 알겠네.

그런데 저기 오는 사람은 누구인가?

돈 후안　저 사람은 모타 후작일세.

옥타비오　예의를 갖추지 않는 것이

힘이 될 때가 있지.

돈 후안　혹여 필요하면

내가 자네의 칼과 팔이

될 수 있다는 것을 잊지 말게.

카탈리논　(그래 중요하지. 이 사람 이름을 빙자해서

여자를 유혹하려면 필요하니까.)

옥타비오　그대를 보니 더할 수 없이 좋네.

카탈리논　나리들께서 식욕이 동하신다면

소인을 기꺼이 따라오십시오.

리피오　어디로 말인가?

카탈리논　로스파하리요스에

아주 괜찮은 술집이 하나 있지.

(옥타비오와 리피오가 퇴장하고, 모타 후작이 등장한다.)

모타 오늘 하루 종일 찾아다녔지만

자네를 찾을 수 없었네.

이보게, 돈 후안 여기 있었군.

자네가 없어서 애타게 찾는

친구 마음을 모르는가?

돈 후안 세상에, 나를 그렇게 찾았단 말인가.

그 우정을 내가 어찌 저버리겠는가!

카탈리논 (여자든 귀한 물건이든

설마 그가 모타에게 줄 수 있을까?

모타는 그에게 그럴 수 있을지 모르지.

매몰찬 것이 귀족의 면모가 아니던가?

그런 면에서 보면 우리 주인은 진정한 귀족이지.)

돈 후안 세비아에 뭐 좀 있나?

모타 지금은 모든 궁전이 이사를 갔지.

돈 후안 여자들도 함께?

모타 그렇게 판단되는데.

돈 후안 이네스는?

모타 베헬*로 가 버렸네.

돈 후안 요부로 태어난 여자에게는

그만한 곳이 없겠지.

모타 시간이 그녀를 베헬로 보냈다고 해야지.

돈 후안 죽으러 간 모양이군.

콘스탄사는?

모디   그녀를 보면 실망한 거야

눈썹과 이마에 털이 다 빠졌네.

포르투갈인이 '벨랴' 라고 하는 말을

그 여잔 자기보고 '베야' 라고 하는 줄 안다니까.*

돈 후안   포르투갈어로 '예쁘다' 는 단어의 발음이

카스티야어로는 '늙었다' 는 단어와 발음이

거의 같다네. 테오도라는 어떤가?

모타   이번 여름 강물처럼 땀을 흘리더니

그 사악한 프랑스인으로부터 빠져나왔지.

그녀는 부드럽고 여전하다네,

그저께는 꽃다발로 포장한 이빨을

내게 던지지 않았겠나.

돈 후안   칸딜레호의 훌리아는?

모타   이제는 모양을 내는 게 쉽지 않나 봐.

돈 후안   그 여자 지금도 송어를 팔아 지내는가?

모타   이제는 아예 대구로 자리 잡았네.

돈 후안   칸타라나스 지역은 사람이 많은가?

모타   개구리들이 가장 많은 곳이지.*

돈 후안   두 자매도 거기 살지?

모타   톨루의 원숭이라는 별명을 가진 여자가 있는데,

자기 엄마를 뚜쟁이로 둔 덕분에

솜씨가 보통이 아니라고 들었네.

돈 후안   오, 바알세불의 노파*가 생각나는군!

노파는 잘 있나?

모타 블랑카 말인가? 이제는 빈털터리가 됐네.

기둥서방이 하나 있는데 몸도 주고

가지고 있는 것도 그놈한테 다 주었다네.

돈 후안 다른 남자한테는 목하 금욕 중인가?

모타 의지가 바위처럼 굳은 여자지.

돈 후안 다른 여자는?

모타 가장 좋은 원칙은, 때가 왔을 때

절대로 놓치지 말아야 된다는 거야.

돈 후안 좋은 미장이가 되고 싶은 거지.

이보게 후작, 계집질할 사람이 더 있나?

모타 나와 에스키벨의 돈 페드로

우리 두 사람이 어젯밤에

재미를 좀 보았다네.

돈 후안 나도 자네를 따라가겠네.

가서 예전에 두고 온 내 둥지가 여전한지

좀 둘러봐야지.

자네도 함께 갈 거지?

모타 나는 지금은 갈 수가 없네.

그보다 더 급한 일이 생겼거든.

돈 후안 무슨 말인가?

모타 이루지 못한 사랑 때문이지.

돈 후안 왜? 상대가 자네를 쳐다보지 않는단 말인가?

모다 아니야, 나를 사랑하고 존경하지.

돈 후안 그런데 무슨 문제란 말인가?

　　　도대체 상대가 누구인가?

모타 내 사촌 도냐 아나일세.

　　　얼마 전부터 이곳에 와 있다네.

돈 후안 어디에 살았었는데?

모타 리스본에 있었지. 그녀의 아버지가

　　　리스본의 대사로 계셨다네.

돈 후안 아름다운가?

모타 두말하면 뭐 하겠나. 더 이상 아름다울 수가 없네.

　　　도냐 아나 우요아는 자연미를 가졌다네.

돈 후안 그렇게 예쁜 여자인가?

　　　오, 하느님. 그렇다면 언제 한번 볼 수 있겠지?

모타 왕의 눈을 감동시킨 그 아름다움을

　　　어찌 안 보여 줄 수 있겠는가.

돈 후안 그처럼 아름답다면

　　　더 생각할 필요가 있는가?

모타 그런데 문제는 왕께서

　　　따로 정혼할 사람을 만들었다네.

　　　누구인질 모르겠어.

돈 후안 자네를 좋아한다면서?

모타 내게 편지를 쓴다네.

카탈리논 (제발 계속하지 말아요. 스페인의

내로라하는 난봉꾼한테 생선을 넘기다니.)

돈 후안   사랑에 사로잡힌 사나이가

불행을 두려워한단 말인가?

과감히 칼을 뽑아야지.

용감하게 청혼하면 되지 않겠나.

애절한 편지를 쓰고, 그녀를 유혹하게,

온 세상이 타서 재가 될 때까지.

모타   어떻게 하면 이 문제를 해결할까

생각하고 또 생각 중이라네.

돈 후안   절대 기회를 놓치지 말게

내가 자네를 지켜보겠네.

모타   다시 돌아오겠네.

(후작과 그 하인이 퇴장하고 있다.)

카탈리논   사각형 선생 안녕,

동그라미 선생도 안녕.*

하인   잘 가시오.

돈 후안   이제 우리 둘만 남았구나.

저 후작의 뒤를 밟아라.

(카탈리논, 사라진다.)

(격자 사이로 어떤 여인이 말을 한다.)*

여지 누구신지요?

돈 후안 그러는 댁은 누구시오?

여자 당신은 그분의 친구시군요.

신중하고 신의 있는 분이겠지요.

부디 후작에게 이 편지를 전해 주세요.

그 안에는 한 여인의 한숨이 담겨 있답니다.

돈 후안 그의 친구이자 당당한 기사로서

기꺼이 편지를 전하리다.

여자 그러면 되었습니다. 안녕히.

(사라진다.)

돈 후안 벌써 목소리가 사라졌구나.

지금 내게 일어난 일이 마치

마술에라도 걸린 것 같구나.

이 편지가 내 수중에 들어온 건

이번 일이 하늘의 뜻임을 말해 주는 거야.

그 여인은 의심할 여지 없이

후작이 입에 침이 마르도록

칭찬한 그 여자 아닌가.

나는 이런 일에 왜 이렇게 늘 행운이 터지지.

세비야 온 천지가 나를

사악하다 부르지. 내 안에

있는 가장 큰 기쁨은

다름 아닌 모든 여자를 유혹하고

수치스럽게 만드는 것
바로 그것이 내 삶의 의미
그런데 이보다 더 큰 속임수가 있을까?
비웃고 싶은 마음을 억제할 수가 없구나.
이제 편지를 열어 볼까,
도냐 아나의 서명이 있으니
그녀의 편지가 틀림없을 거야.
편지는 이렇구나.
'무정한 제 아버지가
저도 몰래 저를 다른 이와
약혼시키고, 저를 꼼짝 못하게 만들었습니다.
저는 죽을 것만 같고
과연 계속 살 수 있을지 자신이 없습니다.
제 사랑의 의지를 믿고
당신의 사랑이 진실이라면
이번 기회에 그 진실을 보여 주세요.
저는 당신을 진심으로 믿고 있습니다.
오늘 밤 제 집으로 오세요.
11시에 대문을 열어 놓겠습니다.
내 사랑, 그곳에서 당신의 희망을
소유하시고 사랑의 결과를 향유하시기를.
내 사랑, 오실 때 증표로
색 있는 망토를 걸치고 오십시오.

딩신의 모든 것을 믿고 있어요. 안녕!'
불행한 연인이로다!
이런 일이 또 있을까?
내가 할 짓을 생각하니 웃음이 나는구나.
어떤 방법을 써서라도 그녀를 반드시
내 것으로 만들 것이다.
나폴리에서 이사벨라에게 그랬던 것처럼.

(카탈리논, 등장한다.)

카탈리논　저기 후작이 옵니다.

돈 후안　우리 두 사람, 오늘 밤에
　　할 일이 있다.

카탈리논　새로운 유혹?

돈 후안　가장 멋진 유혹!

카탈리논　하고 싶지 않은데요.
　　또 비참하게 도망자 신세가
　　되고 싶지 않습니다.
　　농락하며 사는 자는 반드시
　　농락당하는 삶을 살게 됩니다.
　　비참하게 도망가야 하고, 자기 죗값을
　　치르게 되는 법이지요.

돈 후안　또 설교쟁이가 되었느냐?

카탈리논　이성은 용감한 자를 만들고.

돈 후안　두려움은 겁쟁이를 만들지.

시중드는 자는

의지를 가지면 안 되는 법.

시중은 몸으로 하는 것,

입으로 하는 게 아니다.

특히 네게 당부할 것은

나를 시중들며 제발 진지해지지

말라는 것이다. 네가 나중에

무언가를 얻고 싶으면

몸을 움직이되 진지해지지 않는 것이 좋다.

왜냐하면 사람은 진지하지 않게 행동할수록

더 많은 것을 얻을 수 있기 때문이다.

카탈리논　행동하며 말하는 사람 역시

많은 것을 잃을 수 있습니다.

돈 후안　이번에는 네게 경고를 보내는 것이거니와,

차후에는 다시 이런 말을 하지 않을 것이다.

카탈리논　저 역시 지금부터는

나리가 명령하는 대로 하겠나이다.

나리 옆에서 호랑이도 잡고

코끼리도 잡겠나이다.

제 안에 수도원장을 키웁지요.

입을 다물라 하면 입을 다물 것이요,

군말 없이 저의 입을 억지로라도

쥐고 비틀어 열지 못하게 하겠습니다.

돈 후안   조용히 해라, 저기 후작이 온다.

카탈리논   저 양반이 수도원장이 되는 게 아닐까?

(모타 후작, 등장한다.)

돈 후안   후작, 그대를 위해 대단히

우아한 전갈을 받았다네.

당사자는 직접 보지 못한 채

격자를 통해 그 전갈을 받았지.

자네에게 전하라 하더군.

12시에 은밀히 문으로 오라고 말일세.

(실제로는 11시에 열려 있겠지만.)

자네의 절절함이 결실을 맺을 때가

온 것 아닌가? 증표로 색 있는

망토를 걸치고 오라 하더군.

모타   무슨 말인가?

돈 후안   이 전갈은 그것을 준 사람을

직접 보지 못한 채 받았단 말이네.

모타   노심초사했는데 그 전갈 하나가

이렇게 사람의 마음을 평안케 하다니.

자네 덕분에 내 희망이

다시 살아났다네.

그 발을 내게 내밀어 보게나.

돈 후안　내 안에 자네 사촌이라도

있단 말인가. 그녀를 소유할 사람은

자네인데. 내 발을 끌어안기라도 할 태세로군.

모타　자네 덕분에 희망을 가지게 되었네.

오, 태양이여, 당신의 발걸음을 재촉하소서.

돈 후안　벌써 태양이 황혼에 이르렀네.

모타　친구, 자, 여기를 떠나세.

곧 밤이 될 모양이네.

흥분한 마음이 진정되질 않는군.

돈 후안　(나는 잘 알고 있지 12시가 되면

네가 정말 미칠 거라는 걸.)

모타　아, 사촌, 사랑하는 내 사촌!

그대에 대한 내 믿음이

드디어 보상을 받는구나!

카탈리논　(주님, 부디 그 사촌에게

불행이 없기를!)

(후작 퇴장하고, 돈 디에고가 등장한다.)

돈 디에고　돈 후안?

카탈리논　나리, 아버지가 찾으십니다.

돈 후안　아버지 무슨 일입니까?

돈 디에고　나는 아들로서 좀 더 신중하고 명예로운

네 모습을 보고 싶었다.

너는 어떤 행동을 할 때,

이 아비가 언젠간 죽을 것이라는

사실을 생각해 봐야 되지 않겠느냐?

돈 후안　무슨 연유로 이곳까지

오셔서 그런 말씀을 하시는지요?

돈 디에고　네 처신 때문이다. 네 망나니짓 때문에

전하께서 너를 추방하라는 명을 내리셨다.

악에 물들어 기사로서의

명예를 더럽히고 있기 때문이다.

너는 그 사실을 감추려고 했지만

왕께서 알게 되었다.

그 죄가 상상할 수 없는 것이어서

입에 올리기도 부끄러울 지경이다.

궁전에서 친구를 이용해

배신을 저질렀다며?

배신자가 된 너에게 하느님께서

그에 상응하는 징계를 내리시는 것이다.

봐라, 겉으로 보기에는 하느님께서

너를 용인하시고 봐주시는 것 같지만,

하느님의 징계가 조만간 있을 것이다.

그분의 이름을 속되게 하는 자는

죽어서까지 하느님의 심판을 받는다.

돈 후안 죽어서까지 그렇습니까?

참으로 오래도록 봐주시는군!

여기서 거기까지는 긴 여정이지요.*

돈 디에고 네게는 짧은 여정이 아니지. 안 그러냐?

돈 후안 그래서 제가 할 일은 전하를

기쁘게 하는 일이고, 그렇게 하면

살아 있는 시간이 길어지는 겁니까?

돈 디에고 네가 옥타비오 공작과

나폴리의 이사벨라에게 저질렀던 일과

레브리하에서의 배신과

교활함을 뉘우치고 평안을

되찾으려고 노력한다면 그리될 것이다.

그리고 왕께서는 네가 저지른

죄에 비해 가벼운 징계를 내리신 것이다.

카탈리논 (만약 불쌍한 바닷가 처녀한테

저질렀던 일까지 알면

저 노인네가 얼마나 화를 낼까?)

돈 디에고 내가 알고 있는, 인간이 지켜야 할

말과 행동의 기준에 따르면

너는 징계를 면치 못할 놈이다.

네 죄는 반드시 하느님께서 물으실 것이다.

(퇴장한다.)

카탈리논　그래도 아버님께서 많이 참으십니다.

나리가 저지른 일에 비하면…….

돈 후안　눈물까지 곁들이면

노인의 조건에 딱 맞는 거지.

자, 밤이 깊어 가니

후작을 찾으러 가자.

카탈리논　그러시죠. 그래야 그 여자를

먼저 가질 수 있을 테니.

돈 후안　멋진 농락거리가 될 것이다.

카탈리논　하늘을 우러러 비옵니다.

제발 그 농락에서 무사하시기를.

돈 후안　네 이놈, 또 빈정대기냐!

카탈리논　주인님은 여자들을 잡아먹는

가재인 데다가, 공공연히

경고문을 달고 다니는 셈이죠.

왜냐하면 어디에 예쁜 여인이

있다는 소식만 들리면

모든 이들이 주인님을 경계하고

이렇게 경고하게 되는 거지요.

"모두들 저 남자를 경계하시오.

저이야말로 여인들을 유혹하는 데

스페인에서 따를 자가 없소이다!"

돈 후안　내 진가를 알아주는 사람은 너뿐이구나.

(밤. 후작이 등장하고 악사들이 무대 위로 노래하며 입장한다.)

악사들　(노래한다.)

　선(善)을 기다리는 자 그 누구인가?

　기대가 큰 만큼 실망도 크리라.

돈 후안　이건 뭐냐?

카탈리논　노래지 뭐겠습니까.

모타　노래가 꼭 내 얘기를 하는 것 같구나.

　그런데 이게 누구신가?

돈 후안　이보게 친구.

모타　돈 후안?

돈 후안　후작!

　그 망토를 보자마자

　자네라는 걸 알았네.

모타　자, 돈 후안이 오셨으니 노래를 불러라.

악사들　(노래한다.)

　선을 기다리는 자 그 누구인가?

　기대가 큰 만큼 실망도 크리라.

돈 후안　자네가 가려는 그 집은?

모타　돈 곤살로 우요아의 집이지.

돈 후안 그런데 지금 자네가 바라보고 있는 곳은?

모타 리스본이지.*

돈 후안 세비야에 있는데, 어떻게 리스본이지?

모타 리스본이 그런 곳인 줄 몰랐단 말인가?*

우리가 같은 취미를 가진 줄 알았는데.

포르투갈에서 가장 나쁜 곳이

카스티야에선 가장 좋은 곳에 사는 셈이지.

돈 후안 그 여자들은 어디에 사는가?

모타 시에르페 거리에 산다네.

그곳에 가면 일부러 포르투갈 말을

하는 적지 않은 아담들을 볼 수 있지.

그곳 후미진 계곡에서

수백 명의 이브들이 아담들을 부른다네.

황금처럼 예쁜 입을 벌리고

하지만 결국 그년들의 관심은

우리들의 주머니일 뿐이지.

카탈리논 저라면 그런 비정한 거리를

밤에 들락거리지 않을 겁니다.

낮에는 꿀처럼 달콤한 것을

밀랍에 입혀 놓지요.

언젠가는 거기서 재미 좀 보고 있는데

밀랍이 녹아서 머리를 다 태워 버렸지 뭡니까.

포르투갈산(産) 밀랍이 별로라는 걸 그때 알았죠.

돈 후안 자네가 돈 우요야의 집에 가 있는 동안

나는 기생 한 년을 꼬여야겠네.*

모타 이 근처에 정조를 지키는 유명한

기생 하나가 있는데. 내 말만 듣지.

게다가 기둥서방까지 있다네.

돈 후안 내가 가 볼까? 일단 나를 보면,

절대 내 유혹을 뿌리치지 못할걸.

자네 망토를 잠깐 빌려 주겠나?

모타 그녀의 정조를 시험해 보자, 이거군.

그렇다면 내 망토를 잠깐 빌려 주겠네.

돈 후안 좋은 생각이네. 자, 그럼 이리로 와서

그 집을 내게 가르쳐 주게.

모타 일을 벌이는 동안

목소리와 말투를 들키면 안 되네.

자, 창문이 있는 저 집 보이지?

돈 후안 그래 저 집 말이지?

모타 그래, 그리로 가서 '베아트리체'라고 말하게.

그러면 들어갈 수 있을 거야.

돈 후안 어떤 여자인가?

모타 얼굴에 화기가 있지만

말투는 냉랭할 걸세.

카탈리논 물통 역할을 잘하는* 여자겠지?

모타 그라다스에서 자네를 기다리겠네.

돈 후안   잘 가게, 후직.

카탈리논   나리, 정말 저 집으로 가는 겁니까?

돈 후안   멍청한 놈, 입 다물어라.

　　　이제 드디어 기다리던 물건이

　　　내 눈앞에 나타나기 일보 직전이다.

카탈리논   나리를 피할 수 있는

　　　여자는 아무도 없지요.

돈 후안   이렇게 다른 사람으로 변장하는

　　　재미가 얼마나 짜릿한지 모를 게다.

카탈리논   투우에게 망토를 입힌 셈이군요.

돈 후안   아니, 투우가 내게 망토를 양보한 거지.

　　　(돈 후안과 카탈리논, 퇴장한다.)

모타   그 여자는 그를 나라고

　　　생각할 게 틀림없어.

악사들   꽤나 잘난 짓이네!

모타   이것이야말로 그렇지 않은가?

악사들   이 모든 세상이 착각 그 자체지.

　　　(노래한다.)

　　　선(善)을 기다리는 자 그 누구인가?

　　　기대가 큰 만큼 실망도 크리라.

(모두 퇴장하고, 무대 뒤에서 도냐 아나의 목소리.)*

도냐 아나 거짓말. 당신은 후작이 아니야!
　　　나를 속이고 있어!
돈 후안 내가 그 사람이오.
도냐 아나 거짓말을 정말처럼 말하는 걸 보니,
　　　당신은 위험한 남자임에 틀림없어.

(돈 곤살로, 칼을 꺼내 들고 나타난다.)

돈 곤살로 들리는 이 목소리는 도냐 아나의
　　　목소리가 아닌가?
도냐 아나 (안에서) 내 정조를 더럽히려는
　　　저 사기꾼을 죽여 줄 사람 누구인가?
돈 곤살로 내 딸의 혀가 가벼운 것이 아닐진대,
　　　정조를 더럽히고 있다면
　　　결투가 아니고선 해결할 수 없는 일이다.
도냐 아나 그를 죽여요!

(돈 후안과 카탈리논, 칼을 빼 들고 등장한다.)

돈 후안 여기 있는 이 사람은?
돈 곤살로 내가 쌓은 명예의 탑에서

네놈이 성벽을 무너뜨렸도다.

그 성벽의 주인이었던

내 명예를 실추시켰노라.

돈 후안   지나가게 해 주시오.

돈 곤살로   지나간다? 이 칼끝을

지나지 않고는 통과할 수 없다.

돈 후안   선생이 죽을 것이오.

돈 곤살로   결과는 상관없다.

돈 후안   자, 당신이 죽는 것을 보게 될 거요.

돈 곤살로   죽어라, 음탕한 놈!

돈 후안   내가 죽어야 할 운명이라면

예전에 그랬겠지.

카탈리논   나리, 이번 일만 벗어나면

다시는 이런 일을 벌이지 마십시오.

돈 곤살로   아, 네놈이 나를 죽였구나!*

돈 후안   당신 스스로 자신의 목숨을 빼앗은 것이오.

돈 곤살로   내 딸을 지키려 한 것이니, 후회는 없다.

돈 후안   자, 도망가자!

(돈 후안과 카탈리논, 도망간다.)

돈 곤살로   너에 대한 증오심 때문에

차가운 피가 더욱 차가워졌도다.

나는 죽었고, 이제 더 이상의

선은 내게 존재하지 않는다.

나는 오로지 증오심에 따라 네게 복수하리라.

너는 위선자 중의 위선자이며

모든 위선자는 비겁한 자니라.

(죽은 곤살로를 사람들이 끌고 간다. 그리고 모타 후작이 등장하고, 악사들이 따라 들어온다.)

모타　조금 있으면 12시 종이 울릴 텐데,

　　돈 후안은 왜 아직도 오직 않는단 말인가.

　　기다리는 고통이 이만저만이 아니다!

(돈 후안과 카탈리논, 등장한다.)

돈 후안　후작인가?

모타　돈 후안?

돈 후안　날세. 자, 자네 망토를 받게나.

모타　재미는 봤는가?

돈 후안　결국 시비가 붙어

　　사람을 죽이고 말았네.

카탈리논　후작 나리, 나리도 그랬을지 모릅니다.

모타　결국 농락했단 말이군.

　　이제 나는 어쩐다?

카탈리논　(혼자서)

어쩌기는. 자기도 그랬으면서.

돈 후안　재미 한번 보는데

이렇게 힘들 줄이야.

모타　그 여자, 내게 원망이 이만저만이 아니네.

결국은 자네 빚을 내가 갚게 생겼군.

돈 후안　12시를 알리는 종소리네.

모타　내가 행복한 시간을 보내는 동안만은

새벽이 오지 않았으면 좋겠네.

돈 후안　잘 가게, 후작.

카탈리논　운도 없지. 저 양반 큰 변고를 당할 텐데.

돈 후안　어서 도망가자.

카탈리논　삼십육계로 말하면, 날아가는

독수리도 저를 당할 수가 없지요.

(돈 후안과 카탈리논, 퇴장한다.)

모타　자, 자네들은 집으로 돌아가게.

나는 혼자서 가겠네.

하인들　물론입니다. 하느님이 밤을 만드실 때는

다 자라고 만드신 게 아니겠습니까.

(모두 가고 후작만 남는다.)

도냐 아나　(안에서) 큰 불행을 맞지 않을까?

엄청난 역경이 불어오지 않을까?

모타 그런데 이상하지.

알카사르 광장에서

목소리가 들리는데.

이 야음한 시간에 무슨 일인가?

가슴에 얼음이 꽂히는 기분.

여기에 마치 불타는

트로이가 재현된 것 같구나.

거대한 화염이 훨훨

타오르고 있구나.

도대체 무슨 일이란 말인가?

(돈 디에고 테노리오가 경비병들을 데리고 등장한다.)

돈 디에고 여기서 무얼 하고 있었소?

모타 사람들이 난리를 치는 걸 보고

무슨 일인가 궁금해하고 있었소.

돈 디에고 이자를 체포하라.

모타 나를 체포해?

(칼을 빼 든다.)

돈 디에고 칼집에 다시 칼을 넣어라.

싸우는 것만이 능사가 아니다.

모타 어떻게 후작인 나를

이런 식으로 대한단 말인가?

돈 디에고 칼을 거두어라.

　　　왕께서 너를 체포하라고 명하셨다.

모타 그럴 리가?

　　　(왕이 수행원을 데리고 등장한다.)

왕　　너 같은 자는 온 스페인을

　　　통틀어 없을 것이다.

　　　아니, 이탈리아를 가 봐도

　　　너 같은 놈은 없다.

돈 디에고 전하, 여기 모타 후작을 대령했습니다.

모타 전하께서 저를 체포하라 하셨습니까?

왕　　뭘 잘했다고 내 앞에서

　　　머리를 들고 있느냐?

모타 옛 현인이 말하기를,

　　　위험이란 입술과 찻잔 사이에서

　　　벌어지는 것이라 했습니다.

　　　사랑의 기쁨은 늘 변덕이 심하고,

　　　지나가면 아무것도 아닌 것이

　　　겪을 때는 그토록 힘든 법이지요.

　　　하지만 전하께서 이렇게 진노하시니

　　　제가 어찌할 바를 모르겠습니다.

　　　소인이 어떤 이유로 체포돼야 하는지는

더더욱 모르겠습니다.

왕   네가 저지른 짓을 너 아니면
누가 알 수 있단 말이냐?

모타   제가요?

돈 디에고   자, 가자.

모타   뭔가 잘못된 것입니다!

왕   재판에서 너의 죄가 명명백백하게
밝혀질 것이다. 그렇게 되면
내일 네 목이 날아가겠지.
세상을 떠난 기사단장의 장례는
교회와 왕실의 높은 이들이 모여
그의 위대함과 기사로서의 지조를
깊이 새기며 치러야 한다.
그의 무덤을 청동과 온갖
보석들로 치장하고, 모자이크로
장식할 뿐 아니라 묘비에는
복수를 다짐하는 글을 남기도록 하라.
장례와 묘비 등 기사단장의 죽음을
애도하는 모든 절차는 본인에 의해
이루어질 것이다.
그런데 도냐 아나는 어디로 갔는가?

돈 디에고   여왕이 계신 곳에서
은신하고 있습니다.

왕   카스티야의 모든 사람들은
      기사단장의 빈자리를 느끼고 있고,
      칼라트라바 전체가 눈물바다가 되었다.
      (모두 퇴장한다.)

      (아민타와 그녀의 약혼자 바트리시오, 아민타의 아버지 가세
      노, 벨리사와 노래하는 목동들이 등장한다.)

      (목동들 노래한다.)
      4월의 태양이 꽃과 나무 사이를
      지나 청초하게 뜨는구나.
      그때 별이 나타나 태양의 하녀가 된다 해도
      아민타는 그 풍경보다 더 아름다운 여자.
바트리시오 내 사랑 아민타, 태양이
      숨도 고르지 않고 새벽빛을
      발산하며, 하얀 서리가 내리는
      들판 위에 펼쳐진 이 꽃무늬
      양탄자 위에 앉아 보아라.
      아름다운 신방이 우리를 반기고 있다.
아민타 사랑스러운 내 신랑을 위해
      노래로 천수(天壽)를 빌어 주오.

      (목동들 노래한다.)

4월의 태양이 꽃과 나무 사이를

지나 청초하게 뜨는구나.

그때 별이 나타나 태양의 하녀가 된다 해도

아민타는 그 풍경보다 더 아름다운 여자.

가세노　기도문을 합창할 때보다도

더 박자가 잘 맞는구나.

바트리시오　아민타, 너의 붉은 입술이

자줏빛으로 변하는 걸 보니,

수줍어하는 것 같으면서도

너는 태양을 녹일 만한 여자다.

아민타　듣기 좋으라고 하는 말인 줄

내 다 아오마는

그래도 기분은 좋구려.

그대가 내게 광영을 주었으니,

그대가 떠오르는 태양이라면

나 역시 능히 달이 되겠소.

(목동들 노래한다.)

4월의 태양이 꽃과 나무 사이를

지나 청초하게 뜨는구나.

(지나가던 카탈리논이 들어온다.)

카탈리논 안녕들 하시오. 이 결혼식에

특별한 손님이 오실 거요.

가세노 기쁜 날인데 어찌

모른 체할 수 있겠소.

그런데 어떤 분이 오십니까?

카탈리논 돈 후안 테노리오라는 분이오.

가세노 그렇다면 나이 많으신 그분인가?

카탈리논 그 돈 후안이 아니라…….

벨리사 그렇다면 늠름하기로 소문난

그분의 아드님이시겠군.

바트리시오 늠름한 기사 양반이라면

뭔가 불길한데. 재수 없이

여기는 왜 온단 말인가.

시샘이 나는 건 왜지?

도대체 우리의 결혼식을

어떻게 알았을까…….

카탈리논 레브리하로 가던 길에 들었소이다.

바트리시오 귀신에 씌어 여기까지 온 게 틀림없어.

그런데 달리 생각해 보면

기분 나빠 할 일은 또 뭐란 말인가?

우리 결혼식에 올 수 있는 사람은

다 오는 것도 나쁠 것 없지.

그런데 우리 같은 평민들

결혼식에 왜 그런 기사가 온단 말인가?

아무래도 그 점이 불길해.

가세노　로도스의 청동 거상*도 오시고,

교황님도 오시고, 요한 사제*도,

알폰소 11세 왕도 이곳으로 오십시오.

이 가세노를 보시면 활기와 용기가

저절로 나실 겁니다.

빵이 산처럼 넘쳐 나고

포도주는 과달키비르 강물 같고

베이컨은 바빌로니아 같을 뿐 아니라*

흔하디흔한 새 요리로 말하면

기름을 발라 구워 먹을

닭과 비둘기가 지천에 있습니다.

그러니 그 기사 양반도

여기 도스에르마나스를 방문하여

이 노인네의 백발을 명예롭게

해 주기를 바라옵니다.

벨리사　왕실 수석 비서관의 아들이신데…….

바트리시오　(아, 모든 상황이 불길하다.

그 기사란 놈이 오면 분명히

내 색시 옆자리에 앉을 텐데.

나는 그녀를 품어 보지도 못하고

이 무슨 운명의 장난이란 말인가?

설마 냉가슴만 앓다가

말도 못하고 무슨 일이

일어나는 건 아니겠지…….)

돈 후안 테노리오, 등장한다.

돈 후안　지나던 길에 우연히

결혼식이 있다는 걸 알았소.

내 워낙 복이 많은 자라

기꺼이 결혼식을 축하하러 온 것이오.

가세노　지체가 하늘 같은 분이 오셨으니

결혼식이 한없이 명예로워졌습니다.

바트리시오　(이 혼인식의 주인공인

내 입장으로 말할 것 같으면,

오지 말아야 할 곳에 왔다고

말해 주겠어.)

가세노　이 기사 어른에게 자리를

내드리지 않고 무엇을 하느냐?

돈 후안　그대의 배려로 내 기꺼이

이 자리에 앉겠소이다.

(신부 바로 옆자리에 끼어든다.)

바트리시오　나리께서 제 앞자리에

이렇게 앉으시면 나리가

신랑이 되지 않겠습니까?

돈 후안　내가 신랑이 될 수 있다면

　　군이 사양하지 않겠소.

가세노　신랑이 된다니요?

돈 후안　내가 잠시 실언을 한 것뿐이니

　　마음에 둘 일은 아니오.

카탈리논　(신랑이라…… 또 무슨 일이 벌어지겠군…….)

돈 후안　(카탈리논에게 귓속말로)

　　저 친구 속 좀 쓰리겠어.

카탈리논　(한심한 놈 같으니, 루시퍼의 손에

　　자기 여자를 방치해 놓다니.

　　안으로 속만 태우면 무슨

　　소용이 있나. 진정한 사나이라면

　　투우 같은 데가 있어야지.

　　뿔 한번 박아 보지 못하고…….)

돈 후안　부인, 내가 그런 행운을

　　누릴 수 있을지 모르겠소.

　　신랑이 부럽습니다.

아민타　입에 발린 말씀도 잘하십니다.

바트리시오　(내가 생각했던 그대로야.

　　결혼식에 힘 있는 자가

　　나타난 것 자체가 불길한 일이야.)

가세노　자, 신부도 잠깐 쉬어야 하니

점심을 먹는 것이 어떻겠습니까?

(돈 후안이 아민타의 손을 잡으려 한다.)

돈 후안 왜 손을 감추시오?

아민타 이건 제 손이니까요.

가세노 자, 먹읍시다.

벨리사 다시 여흥을 즐깁시다.

돈 후안 카탈리논, 내게 뭐라 했느냐?

카탈리논 무서워서요. 이 시골 사람들이

우리를 죽이기라도 하면…….

돈 후안 저 백옥 같은 손과 맑은 눈을 봐라.

내 애간장이 타는구나.

카탈리논 이 여자까지 치면 네 명인데

피 토할 일이 또 생기겠군.

돈 후안 그만해라. 사람들이 나를

쳐다보고 있지 않느냐.

바트리시오 내 결혼식에 기사가 끼어든다?

불길한 징조야!

가세노 자, 노래를 부르자.

바트리시오 이런 기분에 무슨 노래를…….

카탈리논 노래 부르는 사람 따로 있고

우는 사람 따로 있네.

(모두 퇴장하면서 2막이 종료된다.)

제3막

바트리시오, 생각에 잠긴 채 등장한다.

바트리시오 근심의 시계인 질투여,
　　　　　너는 매 순간 나를
　　　　　고통에 빠뜨리고
　　　　　모든 이들을 곤욕스럽게 하지.
　　　　　짐짓 모르는 체
　　　　　삶을 경멸하는 질투,
　　　　　가진 자나 못 가진 자나
　　　　　할 것 없이 나타나는 너,
　　　　　이제 나를 그만 좀 괴롭히면 안 되겠니?
　　　　　사랑은 한때 내게 생명을 주었지만
　　　　　이제 사랑이 내게 남긴 것은 죽음뿐.
　　　　　기사 나리, 내게 무엇을 원하시오?

내게 그런 큰 고통을 주기를 원하시오?
당신이 결혼식에 나타났을 때부터
당신은 불길한 징조를 띠고 있었어!

결혼 만찬 때 내 여자 옆에
떡하니 앉아서 하는 짓이라니.
게다가 내 음식에 손을 넣어
휘젓기까지 하지 않았소?
결국 그 더러운 손을 더 깊이
담그려 들어 나는 애써 외면했소.
만지는 것마다
"더러운 것, 더러운 것" 하며.
결국 하객들이 몰려와
항의했고, 사람들이 나를
에워싸며 달래 주었소.
그때 나리는 이렇게 말했지요.
"별일 아니라네,
그러니 크게 신경 쓰지 말게나.
두려워하지도 말고,
궁전에서는 늘 있는 일이야."

참 잘난 궁전 습관이오.
소돔에서도 그러진 않을 텐데

신랑은 쫄쫄 굶고 있는데
신부와 함께 밥을 먹는 남자의 꼴이라니.

그것도 모자라 글쎄, 기사를
따라다니는 그 하인 놈이 나타나
먹고 싶은 음식을 들이대며
"이거 안 먹을 거죠" 하며
"당신 게 아닌데" 하고 말하는데도,
전혀 개의치 않고 게 눈알 감추듯,
내 앞에서 먹을 걸 훔쳐 가니,
내게는 결혼식이 아니라
고문 같은 시간이었소.

하느님을 믿는다는 사람들이
그럴 수 없을 뿐 아니라,
나도 더 이상 그 자리를 견디기 어려워
이제 만찬을 끝내고
우리 둘만 잠자리에 들려 할 때
당연히 나리도 그곳을 떠나야 되거늘
"천박하다, 천박하다" 하며
우리 꽁무니를 쫓아오는 것은 무엇이오?

기사란 작자, 저기 오네,

모른 처할까? 아니면

여기 그냥 숨어 버릴까?

벌써 나를 본 것 같은데……

(돈 후안 테노리오, 등장한다.)

돈 후안   바트리시오……

바트리시오   네, 나리, 무슨 일이신지요?

돈 후안   네게 알려 줄 일이……

바트리시오   (불길한데, 이자가 내게

　　　무슨 말을 하려고 여기까지 왔을까?)

돈 후안   바트리시오, 벌써 여러 날 전에

　　　나는 내 영혼을 아민타에게 주고

　　　그녀를 가졌다네……

바트리시오   정조를 말입니까?

돈 후안   그렇다네.

바트리시오   (설마 했던 일이 사실이 되었구나.

　　　그를 좋아하지 않는 척하더니

　　　절대 그러지 않을 것 같더니

　　　결국 너도 어쩔 수 없이

　　　그렇고 그런 여자야.)

돈 후안   아민타는 나를 잊을 수 없어,

　　　또 다른 이의 아내가 되는 것이 두려워,

이렇게 내게 눈물의 편지를 썼다네.*
나는 스스로 내 영혼과 약속한 것을
실행에 옮긴 것뿐이라네.
이것이 우리의 운명이니
자네도 자네의 길을 가게나.
다만 그 길을 방해하는 자가 있다면
내가 나서 가차 없이 응징해 주겠네.

바트리시오 만일 나리가 저보고 선택하라 하시면
나리의 뜻을 따르겠습니다.
여자와 명예는 선택의 대상이 되면
그만큼 안 좋은 법이죠.
선택의 기로에 서 있는 여자는
얻는 것보다 잃는 것이 많은 법,
그것은 마치 종(鐘) 같아서
소리에 따라 평가되는 법입니다.
이 사실은 벌써 다 알려진 일이죠.
어떤 여자든 깨진 종소리를
내는 순간, 그 선택에서
제외되는 법이죠.
소인은 원치 않습니다. 나리 덕분에
제 사랑의 감정은 줄어들었지요.
좋은 여자와 나쁜 여자란
빛에 따라 모양이 달라지는 동전 같은 것.

그녀와 함께 천 년을 누리시기를……．
소인은 이제 마음을 접고
제가 알아서 살다 죽으렵니다．
더 이상은 속으며 살지 않으렵니다．

(바트리시오, 그 말과 함께 퇴장한다．)

돈 후안　명예를 팔아 그녀를 안아 볼까?
촌놈들은 명예라면 환장하는 법이지．
그놈들은 명예란 걸 손에 들고 다니며
원할 때마다 꺼내 보는 물건인 줄 알지．
세상이 이렇듯 어지러우니
명예란 놈이 도시가 진저리 나서
시골로 도망친 것도 이상할 게 없지．
나라도 그러지 않겠는가?

그러나 물건을 부수기 전에
미리 수선을 해 두는 게 상책．
속임수를 그럴듯하게 하려면
먼저 계집의 아버지를 만나는 것이 순서일 터．
그런 거래라면 나를 당할 자 누구인가?
오늘 밤에 기필코 그녀를 가지리라．
밤이 지나기 전에, 그녀의

늙은 아비를 불러내야겠어.

오늘 밤 나를 비춰 줄 별들이여,

부디 내 유혹에 행운이 있기를!

죽을 때 큰 상을 내리시려는가?

참 오래도록 나를 지켜봐 주시네!

(돈 후안 퇴장하고, 아민타와 벨리사가 등장한다.)

벨리사 아민타, 이제 곧 신랑이 올 텐데

신방 꾸밀 채비를 해야지?

아민타 벨리사, 이렇게 행복하지 못한 결혼식을

겪고 나니 어찌해야 할지 모르겠어.

내 사랑 바트리시오는

질투심과 절망으로

오늘 하루 종일 우울해 보였어.

생각해 봐, 그가 얼마나 힘들었을지를!

도대체 그 사람을 그렇게 만든

그 기사는 어떤 인간일까?

아무튼 우리나라 꼴불견은

다 그런 작자들 때문이라니까.

내가 이렇게 넋두리해도 받아 줄 수 있을 거야.

내가 심하게 말해도 이해해 주리라 믿어.

내게서 행복을 빼앗아 간

그 기사 놈 천벌이나 받아라!

벨리사 그만해, 그 사람이 듣겠다.

아무튼 결혼식에서 신랑을

그렇게 모욕 준 사람은

그 인간밖에 없을 거야.

아민타 벨리사, 이제 작별 인사를 해야 해.

벨리사 바트리시오를 잘 달래 줘.

아민타 하늘에 빌고 또 빌어야지.

내 한숨이 그에게 위안이 되고

내 눈물이 그에게 애정이 되도록 말이야.

(두 여자 퇴장하고, 돈 후안이 카탈리논 · 가세노와 함께 등장
한다.)

돈 후안 가세노 선생, 하느님의

은총이 함께하길 빌겠소,

가세노 이 좋은 일을 제 딸년에게

직접 알리고 축하하고 싶은데,

제가 따라가면 어떻겠습니까?

돈 후안 아직 내일이 있지 않소?

가세노 알겠습니다. 나리께

제 딸년의 영혼을 바치도록 합죠.

(그렇게 말하면서 퇴장한다.)

돈 후안 카탈리논, 이제는 내 아내가

될 사람에게 가 봐야겠다.

안장을 준비해라.

카탈리논 언제 떠나시려고요?

돈 후안 새벽에 떠날 거다. 그때쯤이면

이 속임수에 배가 아프도록

웃게 될 것이다.

카탈리논 그런데 나리, 레브리하에서

또 다른 결혼식이 있다는데,

나리 인생을 볼 때

서둘러야 할 일이 아닐까요?

돈 후안 내 생애 최고의 희극은

바로 이번 결혼식이 될 것이다.

카탈리논 저도 이번에는 우리가 잘

빠져나올 수 있기를 간절히 바라고 있죠.

돈 후안 내 아버지가 법을 관장하는 분이요,

왕 또한 내 편이니 무슨 걱정이냐?

카탈리논 법을 어기는 자는

인간 스스로 징계를 나서지 않으면

하느님이 가만두시지 않는 법이지요.

죄를 보고 방관하는 사람도

마찬가지 운명을 건다고 했습니다.

나리의 죄를 낱낱이 본 사람이 소인이니

그것을 방관한 죄로 번갯불에 맞을까,

한순간에 재로 변하는 건 아닐까,

걱정이 이만저만이 아닙니다.

돈 후안　그만해라, 이놈아. 어찌 됐든

내일은 세비야에서 밤을 보낼 것이니,

단단히 채비해야 할 것이다.

카탈리논　네? 세비야라뇨?

돈 후안　그렇다니까.

카탈리논　그러시면 안 됩니다.

나리, 제 말씀 좀 잠깐 들어 보십시오.

인생은 짧고, 죽음은 화살처럼

오는 게 인생이죠. 그리고 그 짧음이

끝나면 기다리는 건 지옥뿐이랍니다.

돈 후안　올 테면 오라지.

참 오래도록 나를 지켜봐 주시네!

카탈리논　나리…….

돈 후안　닥쳐라, 당치 않은 논설로

나를 겁주려 하느냐.

카탈리논　차라리 터키인이나 스키타이인은 어떻습니까?

페르시아 놈이나 무어 놈은 어떻고요?

갈리시아 놈이나 심지어 원시인도 좋겠네요.

독일 놈이나 일본 놈도,

그도 성에 안 차면 블랑카 니냐* 흉내를 내며

손가락에 황금 바늘을 들고 다니는

재봉사라도 덮쳐 보시죠!

돈 후안 밤은 어둠과 침묵을 더해 가고

헤아릴 수 없을 만큼 많은

별들 사이로 산양자리가 자기 뿔을

밟고 있으니. 이제 내 작업을 실천하고

싶어 견딜 수가 없구나.

욕망이 어쩔 수 없이 내 본성을 자극하는 걸

난들 어찌하겠는가?

이제 침대에 들기 원하노라.

여봐라, 아민타!

(아민타, 자다 깬 모습으로 등장한다.)

아민타 누가 나를 부르는가?

혹시 내 사랑 바트리시오인가?

돈 후안 나는 그대의 바트리시오가 아니다.

아민타 그렇다면 누구십니까?

돈 후안 누구인지 찬찬히 쳐다보아라.

아민타 세상에, 놀라 자빠지겠네.

이 늦은 시간에 내 집에서

무슨 일이 있으십니까?

돈 후안 지금은 나 돈 후안의 시간.

아민타　돌이가지 않으면 소리 지르겠습니다.

　　　　이런 일은 바트리시오에게나 가당한 일

　　　　나리가 이러시면 안 됩니다.

　　　　여기 도스에르마나스에도

　　　　정조와 절개를 가진 여인들이

　　　　있다는 것을 잊으셨나 봅니다.

돈 후안　두 마디만 들어 보아라.

　　　　네 빰과 가슴에는 가장 예쁘고

　　　　풍요로운 것이 숨겨져 있다.

아민타　가시옵소서. 제 신랑이 곧 옵니다.

돈 후안　내가 네 신랑인데,

　　　　누구더러 신랑이라 하느냐.

아민타　언제부터 말입니까?

돈 후안　지금부터.

아민타　누가 그렇게 결정했습니까?

돈 후안　내 행운의 여신이.

아민타　누가 우리를 결혼시켰는지요?

돈 후안　너의 두 눈이.

아민타　제 두 눈에 뭐가 있기에요?

돈 후안　눈부신 시선이 있지.

아민타　바트리시오가 이 사실을 아는지요?

돈 후안　알고 있지. 너를 잊는다 했느니라.

아민타　나를 잊는다고요?

돈 후안　그렇다. 내가 너를 사랑해 주마.

아민타　어떻게요?

돈 후안　내 강한 두 팔로.

아민타　단념하시지요.

돈 후안　너를 얻을 수 없다면
　　　나는 여기서 자결하고 말 것이다.
　　　내 마음이 그런데 어찌 단념하겠느냐?

아민타　거짓말도 심하십니다!

돈 후안　아민타, 네가 내 진실을 원하거든
　　　내 말을 잘 듣기 바란다. 너희 여자들은
　　　무릇 진실의 친구들이니라.
　　　그리고 나로 말하면 고귀한 기사이며,
　　　세비야의 뼈대 있는 가문으로 소문난
　　　테노리오 가문의 장자가 아니더냐.
　　　내 아버지는 전하 다음으로 존경받는 분이며
　　　궁전에서는 그분 한마디에
　　　목숨이 왔다 갔다 하느니라.
　　　너를 보겠다는 마음으로 먼 길을
　　　한걸음에 달려왔으니, 사랑이란
　　　이렇게 모든 것을 운명으로 바꿔 놓는 건지,
　　　사랑 자신도 모든 것을 잊는 것인가 보다.
　　　너를 본 순간, 그만 이렇게 사랑에 빠져,
　　　나로 하여금 너와 하나가 되는 것

외에는 다른 마음이 들게 하지 않았구나.
이렇게 아름다운 행동을 너는
알아주어야 하지 않겠느냐?
온 나라가 우리 사랑으로 들썩거리고
전하조차 우리 사랑을 징계하고
내 아버지마저 노하여
온갖 위협으로 우리 사랑을 방해할지라도
나는 네 신랑이 꼭 될 것이다.
자, 이제 말을 좀 해 보아라!

아민타 무슨 말을 해야 할지…….
나리의 진실이 모두 입바른 거짓말이라고
어찌 입술을 놀려 말하리오.
나리 말씀대로 저와 바트리시오의
약혼이 깨어졌다 해도, 혼인 자체는 어찌
그리 쉽게 깨질 수 있겠습니까.

돈 후안 다른 이를 유혹하거나 나쁜 짓을
저질러 언약을 지키지 못하면
혼인도 함께 무효가 되는 것이다.

아민타 바트리시오에게는 모든 것이 진실이었습니다.

돈 후안 아무튼, 그 손을 내 손에 얹고
혼인을 받아들인다고 말하여라.

아민타 제게 거짓 약속을 하는 것은 아니지요?

돈 후안 그럴 리 있겠느냐.

아민타 그러시면 언약을 지키겠다고

맹세하십시오.

돈 후안 이 손을 걸고 맹세한다.

지옥에 있는 차가운 눈 같은 그대에게

언약을 지킬 것을.

아민타 그러지 못할 경우,

기꺼이 하느님의 벌을 받겠다고.

돈 후안 내 믿음과 언약이 그러지 못할 경우

소홀함과 배신의 죄를 물어

나를 죽음으로 징계하시기를.

(살아 있지도 않은 하느님이 어떻게

나를 징계할 수 있단 말인가!)

아민타 자, 이제 그 언약으로 저는

나리의 아내가 되었습니다.

돈 후안 내 마음을 두 손에 담아 네게 바치노라.

아민타 이제 제 마음과 제 인생은 그대 것입니다.

돈 후안 눈에 넣어도 아프지 않을 아민타!

내일부터 티바르의 황금 못이 박힌

별빛 문양의 은그릇에서

아름다운 그대의 두 발을 씻으며,

눈처럼 희디흰 목은 빛나는

목걸이들의 포로가 되고,

손가락은 상감 박힌 투명한 진주로

힘에 겨울 지경이 될 것이다.

아민타 오늘부터 내 모든 의지는
신랑이 되신 당신의 의지에 달렸습니다.

돈 후안 (세비야의 유혹자를 몰라도
너무 모르는구나!)

(두 사람, 퇴장한다. 이사벨라와 파비오가 길을 가고 있다.)

이사벨라 내가 아끼고 사랑하던 것을
밤이 다 앗아 갔구나!
진실이란 얼마나 엄격한 것인지!
태양이 가면을 쓰고 밤을 만들었으니
밤은 꿈의 아내가 아니던가!*
밤은 그렇게 태양과 반대로
음산한 결과를 만들어 내지!

파비오 이사벨라, 마음과 두 눈이 슬픔으로
가득 찬들 무슨 소용입니까?
모든 사랑이 그처럼 교활하고
분노와 경멸을 일으키는 것이라면
지금 사랑으로 미소 짓는다 해도
언제 눈물을 흘리게 될지 어찌 알겠습니까?
그런데 바다가 요동치고
파도가 높이 솟으니 위험해 보입니다.

해변에 보이는 저 탑 주변의 갤리선도

모두 바람막이를 덮었습니다.

이사벨라　우리가 어디쯤 왔느냐?

파비오　타라고나를 지나고 있습니다.

여기서 조금만 더 가면

궁전이 태양 아래 빛나는 아름다운 도시

발렌시아로 들어가게 됩니다.

그곳에서 며칠 쉬다가

세비야에 들어가시면

세계의 불가사의라고 일컫는

아름다운 풍광을 보실 수 있습니다.

아씨께서는 옥타비오 공작을 잃었지만

그 사람보다 더 멋진 남자 돈 후안이 있습니다,

그분은 명문 테노리오 가문 사람으로

벌써 공작이 되었다고 들었습니다.

왕께서 아씨를 그와 결혼시키려 하니

아씨는 더 이상 슬퍼할 일이 없을 것입니다.

이사벨라　돈 후안의 아내가 된다고 해서

슬픔에 잠겨 있는 것이 아니다.

그는 덕망 많은 사람이라고 들었다.

내 못나서 부끄러운 짓으로

사람들의 입에 오르내리니 목숨이 붙어 있는 동안

그 창피함을 어찌해야 할지 그게 걱정이다.

파비오 저기 바닷가 처녀가 있는데

애절하게 탄식하며 땅이 꺼져라 한숨을 쉬고

구슬프게 울고 있습니다.

저기서 이리 오는 걸로 보아 필경 아씨를

만나려 하는 것 같습니다.

두 사람 함께하면 탄식이 더 애절해지겠지요.*

(파비오 퇴장하고, 티스베아가 등장한다.)

티스베아 스페인의 힘찬 바다여,

불꽃같은 파도, 덧없는 파도여,

내 오두막의 트로이 같은 바다여,

아직도 파도처럼 사납고 불꽃같은 뜨거움으로

내 마음의 깊은 곳을 단련하려 드느냐?

너의 유리 같은 물결 따라 그 인간을

데려왔던 배에 하늘의 저주가 있기를!

메데이아*의 욕망과 풍랑으로 갈라졌던

그 인간이 입었던 삼베옷과 속옷에도

역시 저주가 있기를! 그 모든 것이 결국에는

속임수와 가짜 놀음이 아니었더냐!

이사벨라 아름다운 바다 처녀여, 왜 너는

그리 간절하게 바다를 불평하느냐?

티스베아 행복한 아가씨, 저 바다의 풍랑을 보고 어찌 웃음이 나오겠습니까?

이사벨라　나 역시 바다를 보며 한탄에 잠겨 있었다.

그대의 집은 어디인가?

티스베아　고고하게 승리에 도취한 저 바람 때문에

찢어지고, 벽들이 흩어져 보기 흉하게 절단 나 있는

저 움막이 제 거처입니다. 바람은 새들의

둥지까지 덮쳐서 산산조각을 내고 말았지요.

움막 볏짚에서 자라며 저는 다이아몬드같이 강한

마음을 가지고 태어났었지요.

그러나 아가씨도 보시면 탄복할 만큼

늠름하게 보이는 그 괴물이 저를 유혹하면서

제 운명은 모두 바뀌고 말았답니다.

그러나 초는 햇빛을 받으면 더 강해지는 법이죠.

그런데 아가씨는 황소가 납치해 갔다는

에우로페* 여신처럼 아름다우시군요.

이사벨라　아름답기는……. 세비야에 가서 원하지도

않는 결혼을 하게 생겼단다,

티스베아　저의 이 슬픈 모습이 아가씨에게도

가엾게 여겨진다면, 혹은 바다의 저주가 있어

아가씨 역시 무슨 사연을 가지고 계시다면,

부디 저를 비천한 노예로라도 받아 주시어

세비야로 데려가 주십시오.

그 괴물로 빚어진 고통과 모욕을 지울 수 없어

그자의 끔찍한 속임수와 악의를

징계해 달라고 임금님께 탄원하렵니다.

돈 후안 테노리오는 물에 빠져

허우적거리며 간신히 육지에 닿았었습니다.

거의 죽어 가던 그 사람을 간호하고

주위의 시선도 아랑곳하지 않고 재워 주었지요.

그런데 그 괴물은 부드러운 풀밭에 몰래 숨어든

독사 같은 인간이었습니다.

남편이 되겠다는 달콤한 말에 저는 그만 넘어갔지요.

아, 남자를 믿는 모든 여자들에게 저주 있기를!

그러고는 저를 버리고 도망갔답니다.

복수하겠다는 제 마음은 당연하고 또 당연한 것입니다.

이사벨라　그만! 더 들을 수가 없구나.

제발 내 앞에서 꺼져 버려!

오, 나와 똑같은 운명을 겪은 여자가 있었다니!

그러나 나 역시 네 고통을 충분히 이해한다.

네 잘못이 아니니 어서 얘기를 계속해 보아라.

티스베아　세비야에 갈 수 있는 행운이 내게 있기를!

이사벨라　남자를 믿는 모든 여자들에게 저주 있기를!

그런데 너는 누구와 함께 사느냐?

티스베아　제 아버지와 함께 살고 있습니다.

안프리소라는 어부인데, 저 때문에

비통에 빠져 계십니다.

이사벨라 (복수심으로 말하면 나보다 더할까.)

그렇다면 나를 따라오너라.

티스베아 남자를 믿는 모든 여자들에게 저주 있기를!

(돈 후안과 카탈리논, 등장한다.)

카탈리논 모든 상황이 좋지 않습니다.

돈 후안 무슨 말이냐?

카탈리논 옥타비오 공작이 이탈리아에서 생긴 일을 알고 있고,

모타 공작도 나리가 저지른 속임수를 알게 되어

복수를 다짐하고 있다 들었습니다.

들리는 말에 의하면, 모타 공작은 자기 사촌에게

나리가 한 일에 대해 꼭 안부를 전해 달라 했다 합니다.

생각해 보면 그를 욕되게 했던

나리의 망토 사건은 좀 심했었지요.

거기다 이사벨라가 나리와 혼인하기 위해

이곳으로 온다고 하더군요. 그리고…….

돈 후안 그만해라!

카탈리논 에구, 너무 힘차게 입을 다물다

그만 어금니가 상했지 뭡니까!

돈 후안 말이 참 많구나. 도대체 누가 네게

그런 헛소리를 했느냐!

카탈리논 헛소리가 아닙니다.

모두 제가 직접 들은 얘기들입니다.

돈 후안　진실인지 아닌지를 물어본 게 아니다.

옥타비오가 나를 죽이려 한들

그게 뭐 대수겠느냐.

나도 가만있지 않을 것이다.

그런데 오늘은 어디서 잔다?

카탈리논　후미진 거리에 여인숙이 하나 있습니다.

돈 후안　그거 잘됐구나.

카탈리논　교회는 성스러운 장소입니다.

돈 후안　벌건 대낮에 교회에서 나를 죽이려면

죽여 보라지. 그런데 도스에르마나스의

그 신랑 얼굴을 보았느냐?

카탈리논　비통하고 슬픈 표정을 짓고 있더이다.

돈 후안　지금부터 적어도 2주일 동안은

아민타 그 아가씨, 어리벙벙해 있을 것이다.

카탈리논　그 여자는 스스로 도취해

자신을 도냐 아민타라 부르고 있습니다.

돈 후안　정말, 한판 잘 속였지!

카탈리논　한판 잘 속였죠. 그것도 간단하게 말입니다.

하지만 벌써 대성통곡하고 있을지도 모르죠.

(그때 돈 곤살로 데 우요아의 무덤이 눈에 들어온다.)

돈 후안　이게 무슨 무덤이냐?

카탈리논　여기에는 돈 곤살로가 묻혀 있습니다.

돈 후안 그렇다면 내가 죽였던 바로 그 노인 아니냐?

참 공들여 매장하기도 했구나.

카탈리논 전하께서 그렇게 명을 내리셨다는군요.

그런데 나리, 이 비문은 뭐라고 하는 겁니까?

돈 후안 '여기 기사 중의 기사,

배신자의 복수를

맹세하며 잠들어 있노라.'

정말 나를 웃기는구나.

돌로 변한 수염이라도 움직이겠다는 건가?

카탈리논 수염은 죽어서도 자라는 것

나리라고 해서 그 사람의 수염을 벗겨 버릴 순 없지요.

돈 후안 내일 밤 내 처소에서

당신을 기다리고 있겠소.

복수를 원한다면

그곳에서 능히 할 수 있을 거요.

당신의 칼이 이제는 돌이 되어

싸움이나 제대로 될지 모르겠소만.*

카탈리논 나리, 벌써 해가 지기 시작합니다.

그만 숙소로 가시지요.

돈 후안 참으로 길게 복수를 기다리고 계시오.

당신이 굳이 복수를 해야겠다면,

이렇게 잠들어서야 어떻게 한단 말입니까.

내가 죽은 다음, 저승에서 복수를 하려는 건가?

그건 더 가능성이 없어 보이는군.

그나저나 당신도 참 인내심이 강하오.

정말 오래도록 나를 봐주시는군!

(두 사람, 퇴장한다. 하인들이 식탁을 차리고 있다.)

하인 1 식탁을 차려야 되겠군.

주인님이 곧 저녁을 먹으러 올 거야.*

하인 2 식탁은 벌써 다 차렸다네,

그런데 왜 이리 더디 오는지.

언제나처럼 우리 주인님은 오늘도 늦으시네.

술은 미지근해지고

음식은 식어 가는데 말이야.

주인님은 무슨 일로 이렇게 오지 않는 걸까.

누가 방해라도 하는 건가?

(돈 후안과 카탈리논, 등장한다.)

돈 후안 잠갔느냐?

카탈리논 네, 분부대로 단단히 잠갔습니다.

돈 후안 여봐라, 이제 저녁을 가지고 오너라.

하인 2 여기 대령했습니다.

돈 후안 카탈리논, 너도 앉아라.

카탈리논 저는 늘 하던 대로 나중에 먹겠습니다.

돈 후안 여기에 앉으래도!

카탈리논 저는 건배나 하겠습니다.

하인(번호 없음) 저 친구가 주인님과 같이 먹는데

　　　나도 이 판에 끼어들어 볼까…….

돈 후안 앉으래도. (그때 쿵 하는 소리가 무대 뒤에서 들린다.)

카탈리논 저쪽에서 소리가 납니다.

돈 후안 누가 문을 두드리는 것 같구나.

　　　누구인지 알아보아라.

〔**하인**〕 날름 다녀오겠습니다.*

카탈리논 저승사자가 아닐까요?

돈 후안 그렇겠지. 그러나 두려워하지 마라.

　　　(하인이 돌아오다 도망가 버린다.)

　　　너는 왜 그리 떨고 있느냐?

카탈리논 뭔가 기분 나쁜 게 느껴집니다요.

돈 후안 나를 화나게 하지 마라.

　　　말해 보아라. 무엇을 보았느냐?

　　　귀신이라도 나타났더냐?

　　　자, 어서 문으로 가 보아라.

　　　자, 어서!

카탈리논 제가요?

돈 후안 네가 아니면 누구겠느냐?

　　　어서 발이 안 보이도록 다녀와라.

카탈리논   제 할미가 꽈리처럼

　　　매달려 죽은 채 발견된 뒤로는,

　　　할머니의 원한 맺힌 귀신이

　　　구천을 떠도는 듯하여

　　　조그만 소리가 나도 몸이

　　　그 자리에서 얼어붙고 맙니다요.

돈 후안   헛소리 말고 어서 갔다 오너라.

카탈리논   나리, 제가 누굽니까?

　　　카탈리논을 잊으셨습니까?

돈 후안   다녀오라니까.

카탈리논   제게는 너무 벅찬 상황이옵니다.

돈 후안   안 가겠다는 말이냐?

카탈리논   누가 문 열쇠를 가지고 있지?

하인 2   문은 자물쇠로 단단히 잠겨 있지.

돈 후안   왜 물어보느냐? 뭐가 두려운 거지?

카탈리논   혹시나 귀신 나부랭이가 우리에게

　　　복수하려는 것은 아닐까요?

　　　아이고! 오늘이 카탈리논의 제삿날이구나.

　　(카탈리논, 문으로 가더니 화들짝 놀라며 뛰어 돌아온다. 오
　면서 넘어졌다가 다시 일어나는 카탈리논.)

돈 후안   왜 그러느냐?

카탈리논　오, 하느님!

나를 잡아서 죽이려고 하다니!

돈 후안　누가 너를 잡아 죽이려고 한단 말이냐?

무엇을 보았느냐?

카탈리논　나리 제가 문에 도착했을 때……

거기서 제가 본 것은……

누군가가 저를 잡아당기는 것 같은……

눈앞이 캄캄해지며……

오, 하느님! ……글쎄 그 사람을 보았습니다.

제게 말을 걸기에, 당신은 누구요? 하니까

그가 대답하고, 그래서 제가 또 대답에 대답을 하고……

결국에는 부딪치고 말았는데…….

돈 후안　누구와 말이냐?

카탈리논　모르겠습니다.

돈 후안　포도주에 취하기라도 했단 말이냐!

촛불을 이리 내라, 바보 같은 놈.

내 두 눈으로 누구인지 확인하겠노라.

(돈 후안, 촛불을 들고 문으로 다가간다.

그때 돈 곤살로가 무덤에 있던 모습 그대로

시야에 들어온다. 돈 후안, 촛불 든 손을 바꾸며

칼을 움켜잡고, 놀라 뒤로 물러난다.

돈 곤살로, 뚜벅뚜벅 그에게 다가서자

돈 후안, 뒤로 더욱 물러나며 무대 한가운데까지 온다.)

돈 후안　당신은 누구요?

돈 곤살로　나는 나다.

돈 후안　나라니, 도대체 누구란 말이오?

돈 곤살로　나는 명예로운 기사로

　　　네가 만찬에 초대한 바로 그 사람이다.

돈 후안　만찬은 두 사람을 위한 것.

　　　사람이 더 많아졌지만

　　　함께하기로 합시다.

　　　자, 식탁은 이미 준비되었으니,

　　　저기로 앉으시오.

카탈리논　하느님, 부디 저와 함께하시기를!

　　　산 파눈시오! 산 안톤!*

　　　죽은 자도 밥을 먹는단 말이오? 말해 보시오.

　　　*끄덕거리는 걸 보니 그렇단 말이네.**

돈 후안　앉아라, 카탈리논.

카탈리논　아닙니다. 나리, 저 귀신은

　　　벌써 저녁을 먹은 것이 아닐까요?

돈 후안　소란스럽기도 하구나.

　　　죽은 자를 무서워 마라!

　　　살아 있는 너를 어떻게 하겠느냐?

　　　비열한 촌놈들이나 갖는 두려움이지!

카탈리논　나리가 초대했으니 나리나 드십시오.

　　　제발 부탁입니다, 저는 저녁을 먹은 것으로…….

돈 후안　이놈아, 정녕 나를 화나게 할 테냐?

카탈리논　주인님, 기분이 정말 이상하니 봐주십시오.

돈 후안　이리 오래도! 내가 기다리고 있지 않느냐.

카탈리논　나는 이제 죽었다.

옆에 있는 이 녀석들도 그렇고.

(하인들, 떨고 있다.)

돈 후안　너희들은 무얼 하고 있느냐?

말을 해 보아라!

병신들처럼 떨고 있기는!

카탈리논　저승 사람과 저녁을 먹는 것은

정말 원치 않는 일입니다.

주인님, 생각해 보십시오.

초대한 석상*과 저녁을 먹다니요?

돈 후안　병신같이 겁을 먹다니!

석상인데 네게 무슨 짓을 하겠느냐?

카탈리논　아무튼 정신이 하나도 없습니다.

돈 후안　그에게 가서 공손히 말을 걸어 보아라.

카탈리논　저이는 선한 사람일까?

저승은 선한 곳일까?

그곳은 산일까 들판일까?

아니면 시에 나오는 그런 곳일까?

하인 1　그렇다고 머리를 끄덕이는 것 같은데.

카탈리논　그곳에도 술집이 많을까?

노아가 사는 곳이라면,

그래, 거기도 술집이 있겠지.

돈 후안   여봐라, 술을 내오너라!

카탈리논   귀신님, 거기서는 눈[雪]을

술처럼 마시나요?

(그러자 귀신이 머리를 까딱한다.)

아, 거긴 눈이 많구나.

그렇다면 좋은 곳이네!

돈 후안   노래를 듣고 싶으면,

노래도 불러 주지.

(그러자 귀신이 머리를 까딱한다.)

하인 2   응, 그렇다는데.

돈 후안   자, 그럼 노래를 한번 불러 보시오.

카탈리논   구신님*도 취미가 있네.

하인 1   그럼 귀족이신데, 노는 걸 사양하겠나.

(무대 뒤에서 노랫소리 들린다.)

행운의 여인이여,

그리 오래도록 내 사랑 기다리니

죽어 큰 상을 받으리,

이리 오래도록 나를 믿는 그대여!

카탈리논   구신님은 분명 여름을 타는 분이셔,

아니면 원래 식사를

안 하는 습관을 가지셨거나.

휴, 간신히 떨며 접시까지 가기는 했는데…….

아, 저승에서는 술을 조금 마시나 보다.

그렇다면 내가 2인분을 마셔야지.

석상과 건배!

휴, 이제는 겁이 좀 덜 나네.

(무대 밖에서 다시 노랫소리)

나는 그대로 인해 즐기려고

이 세상에 태어났다네.

내게 아직 긴 시간 남았으니

그렇게 시간을 보낸들 어떠하리.

행운의 여인이여,

그리 오래도록 내 사랑 기다리니

죽어 큰 상을 받으리,

이리 오래도록 나를 믿는 그대여!

카탈리논 주인님이 농락한 여자가 한둘이 아닌데

　　도대체 누굴 말하는 것일까요?

돈 후안 여봐라, 내가 여러 여자를 가지고 놀았다만

　　이번에는 나폴리의 이사벨라를 말하는 게 아니겠느냐?

카탈리논 주인님, 그 여인은 이제 희롱당한 여자들 목록에서

빼야지요. 이제 곧 결혼할 텐데 안 그렇습니까?

바닷가 처녀가 아닐까요?

거친 바다에서 주인님을 구해 주고,

잠자리까지 마련해 주고, 돈까지 손에 쥐여 준,

그러다 오히려 사기를 당한 그 처녀 말입니다.

아니면 농락당한 도냐 아나…….

돈 후안　닥쳐라, 이놈!

여기 그녀 대신 목숨을 바치고

복수를 손꼽아 기다리는 사람이 있다.

카탈리논　대단한 용기를 가진 사나이죠,

그는 석상이고, 주인님은 육체를 가졌으니

결투에 좋은 상대는 아니군요.

(귀신이 식탁을 치우고, 두 사람만 남으라는 신호를 한다.)

돈 후안　여봐라, 식탁을 치워라.

저분이 우리 둘만 남고

모두 나가라고 하는구나.

카탈리논　주인님 혼자 남으면 안 됩니다.

거인도 한주먹에 쓰러뜨리는

귀신이 있답니다.

돈 후안　모두 나가거라.

카탈리논, 너도 나가 있어라.

(모두 나간다. 두 사람만 남는다. 귀신이 문을 잠그라고 신호

한다.)

문은 이미 잠겨 있소.

그림자인지, 유령인지, 허깨비인지 모르겠소만,

자, 말해 보시오. 원하는 게 무엇인지?

지옥의 고통이 너무 커서?

아니면 어떤 보상을?

자, 말해 보시오. 당신이 원하는 것을

내 기꺼이 주겠다고 약속하겠소.

하느님을 기쁘게 하려고?

원죄와 죽음에 대해 말하려고?

자, 나를 이대로 두지 말고 어서 말해 보시오.

(귀신, 저세상 사람답게 소곤거리듯 말한다.)

돈 곤살로   너는 기사답게 자신이 말한 것을

지킬 수 있는가?

돈 후안   나는 명예로운 기사로서

약속한 것은 반드시 지킬 것이오.

돈 곤살로   그 손을 내밀어 보겠나. 두려워 말고.

돈 후안   두렵다는 단어를 썼소? 나한테?

당신이 지옥 자체라 해도

손을 내밀어 줄 수 있소이다.

(그러면서 귀신에게 손을 내민다.)

돈 곤살로   자, 손을 대고 약속하는 것이다.

내일 10시 만찬에 너를 초대하려는데,

오겠느냐?

돈 후안 당신의 초대를 기꺼이 받아들이겠소.

　어디로 가면 됩니까?

돈 곤살로 내가 있는 무덤 예배실로 와라.

돈 후안 나 혼자 갑니까?

돈 곤살로 아니다. 둘이 와라.

　내가 그대의 초대를 지켰듯이

　너도 내 초대를 지키기 바란다.

돈 후안 나는 테노리오 가문의 사람.

　무슨 일이 있어도 약속을 지키겠소.

돈 곤살로 나는 우요아 가문 사람이다.

돈 후안 틀림없이 가겠소.

돈 곤살로 그러리라 믿는다.

　(문으로 간다.)

돈 후안 불을 밝혀 당신에게 가겠소.

돈 곤살로 불은 밝히지 마라.

　그리해 주면 고맙겠다.

　(돈 후안을 바라보며 조금씩 문으로 간다.

　돈 후안 역시 그를 바라본다.

　그러다 어느새 귀신 사라지고,

　창백한 얼굴의 돈 후안만 남는다.)

돈 후안 세상에, 몸이 온통 땀으로 범벅이요,

　내장과 심장이 모두 얼음장이구나.

　내 손을 잡았을 때

부러질 듯 죄는 힘이라니,

게다가 지옥 불에 담근 것처럼

뜨겁기는 왜 그리 뜨겁단 말인가.

으스스한 목소리하며

내뱉는 호흡은 얼음장 같고,

숨소리는 영락없는 저승사자였어.

하지만 모든 것이 저승에 대해

상상했던 그대로였어.

죽은 자를 겁내는 것은

천한 것들이나 하는 거지.

고귀하고 살아 있는 육체를 가진 내가

더구나 이성과 정신을 가진 내가 무엇이 두려운가?

자, 내일 초대받은

그 예배당으로 기꺼이 가 주마.

이제 온 세비야가 내 용기에

전율하고 경배를 바치리라.

(퇴장한다.)

(호위대를 데리고 왕과 돈 디에고, 등장한다.)

왕　　그래 이사벨라가 도착했느냐?

돈 디에고　　도착했지만 기분이 몹시 안 좋습니다.

왕　　그래? 결혼에 대해 무슨 불만이라도 있는 것인가?

돈 디에고　스스로가 명예롭지 않아 그럴 것입니다.

왕　그녀가 괴로워하는 다른 이유가 있을 것이다.

이사벨라는 지금 어디 있는가?

돈 디에고　라스데스칼사스 수녀원에 묵고 있습니다.

왕　수도원에서 나와 준비된 곳으로 가게 하고,

왕비를 알현하여 궁전에서

좀 더 여유 있게 보낼 수 있도록 하시오.

돈 디에고　돈 후안과 혼인을 올릴 때,

전하도 참석하시어

부디 자리를 빛내 주십시오.

왕　그러겠소. 그리고 이 기쁨을 모든 이에게 알리고,

오늘부터 그 늠름한 기사를 레브리하의

돈 후안 테노리오 백작으로 명하노라.

레브리하는 그의 것이고 그의 지배를 받을 것이니,

이사벨라는 공작의 여자였으나,

공작을 잃은 대신 백작을 얻는구나.

돈 디에고　이 모든 것이 전하의 망극한 은총이옵니다.

왕　그대는 내 호의를 받을 충분한 자격이 있소.

돈 디에고, 어떻소? 오늘 도냐 아나의

결혼식을 함께 거행하는 것은?

돈 디에고　옥타비오와 말씀이십니까?

왕　내 생각에 옥타비오로 하여금

그녀의 과거 일을 생각나게 하면 안 되오.

왕비 말에 의하면 도냐 아나가

모타 후작을 용서해 달라고 간청했다는 거요

그도 그럴 것이, 아버지가 죽었으니

남편이 필요하지 않겠소.

아비를 잃은 대신 남편을 얻는 셈이지.

그대는 몇 사람만 데리고 아무도 모르게 가서

내가 모타 후작을 용서한다는 것을

어떻게 해서든 알리기 바라오.

부끄러운 일을 당한 도냐 아나가

여신 트리아나처럼 지나간 일을

잊고 새로운 삶을 살기를 원한다고 말이오.*

돈 디에고　전하의 명령을 거행하겠습니다.

왕　　그리고 오늘 밤 그들의 결혼식이

있다는 것도 알려 주시오.

돈 디에고　모든 것이 잘되었습니다.

모타 후작이 자기 사촌 때문에

괴로워하고 있으니 설득하기가

그만큼 쉬울 것입니다.

왕　　그리고 옥타비오에게도 미리 말해 두시오.

여자 문제에 있어 운이 없었을 뿐이라고.

여러 사람들한테 들은 건데, 옥타비오가

돈 후안에게 단단히 화가 나 있다고 들었소.

돈 디에고　돈 후안이 저지른 수치스러운 행각을 안다면

그러는 것이 당연하옵니다. 그 일로 큰 상처를
입었으니 그럴 만도 하지요.

왕 그대도 그 범죄와 무관하지 않으니
일단 자리를 뜨지 마시오.

(옥타비오 공작이 등장한다.)

옥타비오 전하, 안부 인사 드리옵니다.

왕 머리를 들라. 공작, 무슨 부탁이 있는가?

옥타비오 전하의 특별한 은혜를 바라오며
간청을 드리고자 합니다.
이 일은 저에게는 정당한 일로서,
이렇게 간곡히 말씀드립니다.

왕 공작, 정당한 일이라 했는가?
내가 들어 보고 그렇단 생각이 들면
그대의 부탁을 들어줄 테니 말해 보라.

옥타비오 전하께서도 대사의 편지와, 세상의
떠들썩함으로 아시겠지만,
돈 후안 테노리오란 놈이 나폴리에서
우리 스페인의 기상을 더럽히고,
제 인생에는 더할 수 없이
불행했던 어느 날 밤, 제 이름을
빌려 한 고귀한 여인을 더럽힌 일이 있었습니다.

왕　더 이상 말하지 마라. 이미

　　그대의 불행에 대해서는 알고 있노라.

　　그 일로 그대가 원하는 것이 무엇인가?

옥타비오　여인들을 농락하고 다니는 그놈과

　　저의 결투를 허락하여 주십시오.

돈 디에고　그것은 안 될 말이오.

　　우리 가문이 어떤 가문인데 감히 결투를…….

왕　돈 디에고!

돈 디에고　네, 전하…….

옥타비오　전하의 면전에서 그런 태도로

　　말하는 당신은 누구요?

돈 디에고　전하의 분부가 있어 내 이 정도에서 끝내겠소.

　　전하만 아니라면 이 검으로 그대에게

　　응당한 대가를 치르게 했을 것이오.

옥타비오　꽤 나이 드신 것 같은데…….

돈 디에고　자네가 막 세상에 나올 무렵,

　　나는 이탈리아에서 한창 잘나가고 있었지.

　　나폴리와 밀라노에서는 내 칼 솜씨를

　　모르는 사람이 없었다네.

옥타비오　지난 시절에는 어땠는지 모르지만

　　지금은 한물간 것 같소이다.

돈 디에고　나는 예나 지금이나

　　칼 솜씨 하나만큼은 변함이 없다.

왕 그만들 하라. 나를 찾아온 손님인데,

　　손님 대접을 그렇게 하면 되겠는가.

　　옥타비오, 우선 결혼식을 치르고 나서

　　좀 더 여유 있게 얘기를 들어 보도록 하자.

　　어찌 되었든 돈 후안은 우리 궁전 사람으로

　　내 밑에서 자랐고, 왕실의 가문 사람이니

　　그대도 그를 존중해 주기 바란다.

옥타비오 전하의 뜻을 따르겠습니다.

왕 돈 디에고는 나를 따라오시오.

돈 디에고 (아들아, 내가 평생 쏟은

　　애정을 고작 이런 식으로 갚느냐?)

왕 그리고 공작…….

옥타비오 네, 전하…….

왕 내일 그대의 결혼식을 거행하도록 합시다.

옥타비오 분부대로 거행하겠습니다.

(왕과 돈 디에고 퇴장하고, 가세노와 아민타가 등장한다.)

가세노 혹시 이분이 돈 후안 테노리오가

　　있는 곳을 알지 않을까.

　　나리, 이제는 그 이름이 세간에 자자한

　　돈 후안이란 기사가

　　혹시 이곳에 있는지요?

옥타비오　돈 후안 테노리오 말이오?

아민타　그렇습니다. 돈 후안 말입니다.

옥타비오　세비야에 있는 걸로 아는데

　　　무슨 일로 그러시오?

아민타　그 남자는 제 신랑이옵니다.

옥타비오　그게 무슨 말이오?

아민타　나리는 알카사르*에 사시면서도

　　　그 일을 모르시옵니까?

옥타비오　돈 후안은 내게 그런 말을 한 적이 없소.

가세노　정말입니까?

옥타비오　하늘에 맹세코 그러하오.

가세노　도냐 아민타는 조신한 처녀로,

　　　그 두 사람이 결혼했을 때

　　　뼛속까지 정통한 기독교인으로*

　　　부족함이 없을 뿐 아니라

　　　타고난 현모양처였습니다.

　　　하지만 돈 후안의 꾐에 빠져

　　　바트리시오를 버리고,

　　　그와 혼인을 올리지 않았겠습니까.

　　　그런데 그가 도망가고 말았으니

　　　세상에 이런 법이 어디 있습니까.

옥타비오　(돈 후안이 또 일을 저질렀구나,

　　　이들도 나처럼 복수를 다짐하고 있지 않은가?)

그대들이 원하는 게 무엇이오?

가세노 시간은 자꾸 흘러가기만 하고,

그가 돌아와 결혼 생활을 하든지

아니면 임금님을 찾아뵙고

이 사실을 고할 작정입니다.

옥타비오 당연히 그래야 할 것이오.

가세노 법은 저희들 편입니다.

옥타비오 (이제 내 뜻을 이룰 기회가

반은 온 것 같구나.)

알카사르에서 결혼식이 있을 것이오.

아민타 저의 결혼식 말씀이신지요?

옥타비오 (우리가 마주칠 기회를 가지려면

할 수 없이 일을 꾸밀 수밖에.)

아민타, 우선 궁전에 들어가려면 옷을

갈아입어야 하니 나를 따라오시오.

옷을 갈아입은 뒤에 함께

왕이 계신 곳으로 갑시다.

아민타 그렇게 해서 나리께서 손수 저를 데리고

돈 후안이 있는 곳으로 가시려고요?

옥타비오 그게 해결 방법이 아니겠소.

가세노 이제야 해결사가 나타나시니 얼마나 위로가 되는지.

옥타비오 (이들이 나타나 저절로 돈 후안에 대한 복수와

이사벨라에 대한 상처를 갚게 해 주는구나.)

(모두 퇴장한다.)

(돈 후안과 카탈리논, 등장한다.)

카탈리논 전하께서는 나리를 어떻게 대하시던가요?

돈 후안 아버지보다 더 큰 사랑을 보여 주셨네.

카탈리논 이사벨라는 보셨습니까?

돈 후안 물론이지.

카탈리논 어떻습니까?

돈 후안 천사가 따로 없느니라.

카탈리논 나리를 따뜻하게 반기던가요?

돈 후안 붉은 피와 우유를 섞어 놓은 듯, 얼굴이
　　　　마치 새벽녘에 벌어지는 장미꽃 같았느니라.

카탈리논 드디어 오늘 밤 결혼식을?

돈 후안 여부가 있겠느냐.

카탈리논 좀 더 일찍 결혼을 했더라면,
　　　　그렇게 많은 여자들을 잡아먹지 않았을 텐데.
　　　　하긴 난봉질을 막으려고 결혼시키는 것이니,
　　　　결혼하면 책임도 따른다는 것쯤은 아시겠지요?

돈 후안 이놈아, 또 엉뚱한 설교를 하려는 게냐?

카탈리논 내일 결혼식을 올리면 더 좋을 텐데 말입니다.
　　　　오늘은 불길한 날이라서.

돈 후안 오늘이 무슨 날이기에 그러느냐?

카탈리논 화요일입니다.

돈 후안 그런 건 허풍쟁이들이나 정신이

좀 나간 놈들이나 믿는 것이다.

정말 불길한 날은 놀기 좋은 날인데,

돈 한 푼 없어 다른 놈들이 노는 것을

우두커니 보고 있어야 하는 날이지.

카탈리논 자, 가시지요. 예복 입을 시간입니다.

사람들이 기다리고 있어요. 벌써 늦었습니다.

돈 후안 사람들이 기다려도

나는 오늘 치러야 할 일이 있다.

카탈리논 그게 무엇이옵니까?

돈 후안 저승에서 온 자와 저녁을 먹는 일이다.

카탈리논 재수 중의 왕재수입니다.

돈 후안 너는 내가 약속했다는 것을 모르느냐?

카탈리논 그런 약속 깬다 한들,

뭐가 대수입니까?

죽은 자가 약속을 보물처럼

소중히 생각할까요?

돈 후안 내가 약속을 지키지 않으면 죽은 자가

나를 명예롭지 못한 자라고 떠들며 다닐 것이다.

카탈리논 보세요, 벌써 교회 문이 닫혀 있지 않습니까?

돈 후안 불러 봐라.

카탈리논 안에 아무도 없는데 부른다고 누가 열어 주겠습니까.

성기실(聖器室) 신부들도 잠들어 있을 텐데.

돈 후안　저쪽 문에서 사람을 불러 봐라.

카탈리논　열려 있는 저 문 말입니까?

돈 후안　그래, 아예 그리로 들어가자꾸나.

카탈리논　자아, 에스톨라* 입은 성직자 한 분이

　　　성수를 들고 납신다!

돈 후안　넉살 떨지 말고 조용히 따라오너라.

카탈리논　조용히 할깝쇼?

돈 후안　여부가 있겠느냐. 제발 좀 그래 다오.

카탈리논　하느님, 부디 이 초대에서 제가 무사히

　　　돌아올 수 있도록…….

　　　(두 사람, 문으로 들어갔다가 다른 문으로 나온다.)

　　　나리, 무슨 교회가 이리 인색합니까?

　　　이 큰 교회가 문은 이렇듯 작게 만들었으니

　　　아, 이런, 나리 제 손 좀 잡아 주십시오.

　　　그만 망토 자락이 끼었지 뭡니까.

　　　(돈 곤살로, 저번처럼 홀연히 등장해서 두 사람과 마주 선다.)

돈 후안　누구시오?

돈 곤살로　나 아니면 누구겠느냐?

카탈리논　나는 이제 죽었다!

돈 곤살로　죽은 자는 나다. 놀라지 마라.

평생 여자들을 속이며 살아온 네가

이렇게 약속을 지키러 오다니 놀랍구나.

돈 후안 나를 겁쟁이로 생각했소?

돈 곤살로 그렇다. 내가 죽던 그날,

나를 두고 황급히 도망치지 않았느냐?

돈 후안 알려지는 것이 귀찮아 그랬소이다.

이제 당신 앞에 내가 있으니

원하는 게 뭔지 속 시원히 말해 보시오.

돈 곤살로 너를 저녁 식사에 초대한다.

카탈리논 여기서는 저녁을 안 먹으면 안 되나,

보나마나 죽은 송장밖에 없을 텐데.

게다가 먹을 장소도 없어 보이고…….

돈 후안 그럽시다. 저녁을 먹으러 가겠소.

돈 곤살로 저녁을 먹으려면, 저 무덤을

들어야 한다.

돈 후안 그래야 한다면, 기꺼이 무덤을 들겠소.

돈 곤살로 제법 용감하구나.

돈 후안 강한 심장과 용기가 내 재산이오.

카탈리논 이거야말로 기네아식 식탁*이네.

여기는 식탁을 닦은 적이 없나 보군.

돈 곤살로 앉아라!

돈 후안 어디에 앉으란 말이오?

카탈리논 나리, 저기 보세요. 두 시종이 의자를 가지고 옵니다.

그런데 검은 상복을 입었어요.

여기서도 플랑드르제 상복을 입나?

돈 곤살로   너도 앉아라.

카탈리논   나리, 저로 말할 것 같으면

오늘 오후 간식을 많이 먹은 터라…….

돈 곤살로   말대답하지 마라.

카탈리논   예! 말대답하지 않겠습니다.

(오, 하느님! 제발 저를 이곳에서 구해 주옵소서!)

그런데 이 음식은 무슨 음식입니까?

돈 곤살로   전갈과 독사로 만든 것이다.

카탈리논   그래, 아주 귀한 음식이야!

돈 곤살로   이게 바로 저승에서 먹는 음식이다.

너도 먹어 보겠느냐?

돈 후안   좋소. 지옥에서 키우는 독사란 독사는

다 내놓아 보시오. 내 기꺼이 먹으리다.

돈 곤살로   그뿐이 아니다. 노래도 불러 줄 것이다.

카탈리논   지옥에서는 어떤 포도주를 마십니까?

돈 곤살로   마셔 보아라.

카탈리논   이 포도주는 쓸개와 식초로 만든 것이 아닌가?

돈 곤살로   쓸개를 으깨서 만든 것이다.

(노랫소리 들린다.)

하느님의 경고를 우습게 아는 자여,

이르지 않는 때가 없고

죄지은 자는 반드시 벌을 받느니라.

카탈리논   예수님 만세! 죄지은 놈에게 벌을!

이 노래는 분명 우리 들으라고

부르는 노래야.

돈 후안   얼음이 내 가슴을 도려내는구나.

(노랫소리 들린다.)

이승에 살아 있는 동안

정말 오래도록 나를 봐주시는군!

이런 말 하는 자 저주 있을지니.

그 말의 대가를 치르리라.

카탈리논   이 국은 무엇으로 만들었는지요?

돈 곤살로   바늘로 만들었다.

카탈리논   바늘로 만든 국이라면

양복쟁이 바늘이겠구려.

돈 후안   자, 나는 저녁을 먹었으니.

식탁을 치우라 하시오.

돈 곤살로   네 손을 이리 내 보아라.

자, 두려워하지 말고 손을 내 보아라.

돈 후안   뭐라고? 두려움이라, 내가?

몸이 뜨거워지는데! 당신의 불로

나를 태우지 마시오!

돈 곤살로   이 정도 불은 네가 그렇게 찾던

불에 비하면 아무것도 아니다.

돈 후안, 이제 하느님의 섭리를

느끼게 될 것이다.

하느님은 죽은 자를 통해 네 죄를

이처럼 징계하기를 원하신다.

이제 그 죄로 벌을 받으니

바로 하느님의 심판이라.

"죄지은 자, 반드시 벌을 받는 법!"

돈 후안   내가 타고 있소. 아직은 때가 아니오!

이 단도로 당신을 죽여 버리겠소!

허공에 대고 찔러 보지만

아무 소용 없이 힘만 빠지는구나.

당신의 딸을 능욕한 것이 아니오.

그녀는 이미 내 유혹을 알고 있었소.

돈 곤살로   변명하지 마라. 의도만으로도

죄가 되는 것이다.

돈 후안   성직자를 불러 고해하고 용서를

구할 수 있게 해 주시오.

돈 곤살로   뉘우침이 너무 늦었구나.

이제는 더 이상 지체할 수 없다.

돈 후안 몸이 탄다. 몸이 타!

아, 이제 나는 죽는구나!

(쓰러져 죽는다.)

카탈리논 죽음을 피할 자 누구던가.

나 역시 주인을 따라

함께 죽는 게 도리다만.

돈 곤살로 바로 하느님의 의(義)가 나타난 것이다.

"죄지은 자, 반드시 벌을 받는 법."

(돈 후안, 돈 곤살로와 함께 무덤이 큰 소리를 내며 가라앉는다. 카탈리논, 간신히 잔해 사이로 기어 나온다.)

카탈리논 오, 하느님! 이것이 다 무엇입니까?

예배당은 모두 불타고,

저 혼자 남아 죽은 자를 끌어안고

꼬박 밤을 새우라는 말인가요?

기어서라도 여기를 빠져나가

주인님의 아버지에게 이 사실을 전해 드려야 한다.

산 호르헤, 산 아그누스데이,

저를 무사히 거리로 나가게 도와주십시오!

(퇴장한다.)

(카스티야의 왕과 돈 디에고 그리고 수행원들, 등장한다.)

돈 디에고 전하, 모타 후작이 전하의 발에

입맞춤*하기 위해 기다리고 있습니다.

왕 잠시 후에 들어오게 하고, 돈 후안
백작에게는 더 이상 기다릴 수 없다고 전하시오.

(바트리시오와 가세노가 등장한다.)

바트리시오 전하, 어찌하여
전하의 부하들이
불쌍한 민초들에게 저지르는
큰 악행을 두고만 보시는지요?

왕 무슨 말이냐?

바트리시오 돈 후안 테노리오 말입니다.
사악하고 혐오스러운 자입니다.
저희들의 결혼식 날에 나타나
식이 이루어지기 전에
신부를 빼앗아 간 자입니다.
여기 증인도 대령했습니다.

(티스베아 등장하고, 이사벨라가 수행원과 함께 등장한다.)

티스베아 전하, 만일 돈 후안 테노리오를
하느님이든 인간이든
심판을 내리지 않는다면

저라도 나서서 목숨이 붙어 있는

날까지 그를 심판할 것입니다.

바다에 버림받은 사람에게

목숨을 구해 주고 안식처를 주었더니

그 은혜를 갚기는커녕 오히려 저를 속이고

능욕하며 남편이 되겠다는

거짓말로 갚은 인간입니다.

왕　무슨 말이냐?

이사벨라　전하, 그녀의 말이 사실이옵니다.

(아민타와 옥타비오 공작, 등장한다.)

아민타　제 남편은 어디 있습니까?

왕　너의 남편이 누구냐?

아민타　전하, 아직도 누군지 모르시옵니까?

돈 후안 테노리오가 제 남편입니다.

그 사람과 혼인을 약조하였고

그로 인해 제게는 큰 영광이었사온데

그는 귀족이어서 약속을 지킬 거라 믿었습니다.

이제라도 그에게 명령을 내리시어

우리 두 사람이 맺어지게 해 주십시오.

(모타 후작, 등장한다.)

모타 전하, 이제는 모든 사실을

명명백백 밝힐 때가 되었습니다.

전하께서 제 잘못으로 알고 계신

그 일도 바로 돈 후안 테노리오의 짓이옵니다.

친구 사이임에도 그 철면피는

저를 기꺼이 속인 자로,

두 사람의 증인이 있습니다.

왕 세상에, 이런 파렴치한 일이!

그를 당장 체포하라.

죽음을 면치 못할 것이다.

돈 디에고 그간의 저의 충성을 생각하사

부디 사악한 제 자식을 붙잡아

응당한 대가를 치르게 하소서.

그것이 하늘로부터 진노의 번갯불을

받지 않게 하는 것이옵니다.

왕 내 측근들을 시키겠소!

(카탈리논, 등장한다.)

카탈리논 지극히 높으신 양반님들,

세상에 이런 일이 있을 수 있습니까.

제 말을 들어 보시고 죽이든 살리든 하옵소서.

돈 후안은 기사단장이 가장 소중히 여기는

두 가지를 빼앗은 적이 있었는데,

어느 오후 기사단장의 석상을 보고는

심히 농락하며 그를 모욕하려고

석상의 수염을 뽑으며 그를

만찬에 초대하지 않았겠습니까.

초대만 하지 않았어도……!

석상을 만찬에 초대하다니요.

그런데 만찬이 끝나자,

음산한 분위기의 석상은

돈 후안의 손을 움켜쥐고

목숨이 끊어질 때까지

압력을 가하며 이렇게 말했습니다.

"하느님이 내게 명하사

네 죄를 벌하기 위해

이렇게 너를 죽이라 하셨다.

죄지은 자, 벌 받아 마땅하노라."

왕 무슨 말이냐?

카탈리논 소인은 본 것을 그대로 말씀드리고 있사옵니다.

그리고 돈 후안은 숨이 다하기 전에

자신이 도냐 아나를 범하지 않았노라고

말했습니다.

모타 이렇게 기쁜 소식을 전해 주었으니

네게 큰 보상을 내리겠노라.

왕   하늘의 의로운 징계로다!

이제 원인이 제거되었으니

모두 짝을 지어 결혼하라.

그래, 견딜 수 없는 큰 고난 끝에는

언제나 생명의 기쁨이 찾아오는 법이지.

옥타비오   이사벨라가 이제 홀몸이 되었으니

그녀와 결혼하겠습니다.

모타   나는 사촌과.

바트리시오   이제 **석상의 초대객**이 죽었으니

우리도 각자 짝을 이룰 수 있겠습니다.

왕   그 무덤을 마드리드의

산 프란시스코 성당으로 옮겨,

길이 기억하도록 하라.

(끝)

불신자로 징계받은 자

등장 인물

파울로 수도자

엔리코

페드리스코 파울로의 하인

꼬마 목동(천사)

악마

아나레토 엔리코의 아버지

셀리아

리도라 셀리아의 하녀

옥타비오

리산드로

갈반

에스칼란테

롤단

체리노스

나폴리의 통치자

간수장

재판관

포졸들

산적들

행인들

경비원들

간수들

죄인들

시골 사람들

백성들

(무대는 나폴리와 그 주변이다.)

제1막

(야생의 자연: 깎아지른 바위들 사이에 위치한 두 개의 동굴.)

제1장

(수도자 파울로, 혼자 있다.)

파울로   나의 행복한 암굴!
     푸른 잡초와 창백한 금작화를
     벗 삼아 지내는
     이 음침한 산림 속에서
     추울 때나 더울 때나
     내게 늘 잠자리를 나눠 주는
     아늑하고 즐거운 고독!

새벽이 에메랄드 빛을 뿌려 대는 지금,
태양은 손에 밝은 빛을 가득 든 채
마차를 타고 시즈츠스 밭으로 내려와,
밤새 차오른 어둠을 밀어낸다.
대자연의 힘이 바위 사이를 지나
하늘까지 가는 꼬불꼬불한 길을 따라 올라가더니
그곳에서 구름을 잡아서는 그 구름으로 하여금
밤낮없이 나의 벗이 되도록 하였다.
나도 저 동굴에서 나와 반겨 하늘을 보니
아름다운 발가락이 달린 푸른 베개 같더라.
높은 그 세계를 보기 위해 하늘에 생채기를
내려는 게 인간의 마음.

주님, 저는 알고 있습니다.
다가갈 수 없는 저 빛나는 왕관을 쓰고
당신께서 저를 바라보고 계시다는 것을.
태양 빛보다 아름다운 천사들이
그 왕관 주위를 맴돌고 있지요.

감당할 수 없는 이유로 제게 베푸시는
당신의 큰 은혜에 영광을 돌립니다.
세상의 천둥으로부터 저를 구하시고
심연의 문턱에서 저를 구하시니

저는 그런 은혜를 감당할 수
있는 사람이 아닙니다.
보잘것없는 저를 이런
큰길로 인도하여 주셨습니다.

그 길을 잃지 않고 따라가면
당신을 볼 수 있겠지요?
그리고 이 영광을 위해
이 산림에 저를 놓아두신 거지요?
여러 새들이 등심초와 백리향
사이에서 사랑스러운 노래를 부르며,
당신을 기억하는 이곳을 보며,
'땅의 영광이 이러할진대,
하늘의 영광은 어떻겠는가?'
하며 생각에 잠기곤 합니다.
여기 푸른 초장에 있는
개천과, 수정 같은 물결들
내 세상 애태움을 걷어 가고
당신을 기억할 이유가 됩니다.
행복이 얼마나 큰지
행복의 큰 억양이 내 영혼을 때립니다!
여기에서는 야생 꽃들이
도망가며 향기를 내뿜고,

저 초라한 계곡조차
화려한 색으로 물드나니.
그 아름다움은 베르베르인*의
양탄자를 무색하게 하네.

이런 선물과 행복과
기쁨을 주신 위대하신 하느님,
큰 영광 받으옵소서.
선행으로 구원받기 위해
저는 세상을 버렸습니다.
이제는 어떤 인간적인 망상도
저의 믿음을 흔들지 못할 것입니다.
세상이 아무리 문을 활짝 열어도
유혹에 빠지지 않고 주님을 따르렵니다.
거룩하신 주님, 무릎을 꿇고
겸손하게 비오니,
저를 불쌍히 여기사
이 길로 인도하옵소서.
인간은 비천하고 연약한
진흙으로 만들어졌음을
기억하게 하소서.
(암굴로 들어간다.)

제2장

(페드리스코, 혼자 있다.)

페드리스코   (풀 더미를 지고)
　내가 무슨 당나귀라고
　이렇게 풀을 져야 하나.
　산은 풀로 살찌지만
　인간이 어찌 그걸 먹을 것이며,
　내 인생의 끝은 얼마나 비참할 것인가.
　짐승이나 먹으라고 하늘이 준비한 음식을
　어찌 인간의 입에 넣는단 말인가.

　이런 불행 속에서 그나마
　하늘이 내게 인내심을 주셨으니
　세상에 나를 내놓으며 내 어미 말하길,
　"내 새끼 페드리스코,
　내 눈에 성인(聖人)이 보이는구나."
　이것이 어머니들의 소원이라면
　장모나 이모도 그러할까? 인간이
　성인이 됨을 어찌 마다하리오.
　그러나 먹지 못하면 무슨 소용이겠는가.
　나의 주님이시여, 저의 헛소리와

미친 거동을 용서하소서. 하지만
저의 어려움을 아실 줄 믿습니다.

성인이 안 돼도 괜찮으니
제 배 속의 배고픔만 없애 달라
기도하는 저를 보고 노하지 마옵소서.
아니면 주님의 거대한 사랑은
불가능한 것이 없으시니,
성인도 되고, 실컷 먹을 수도
있으면 얼마나 좋겠습니까.
좋은 게 좋은 거지요, 주님.

파울로 신부님이 저를 고향에서
이 산으로 데려온 지도 어언
10년이 되었습니다.
그때부터 그분은 저 굴에서,
저는 이 굴에서 살고 있습니다.
여기서 우리는 초근목피로
연명하며 참회를 하고 있답니다.
때로는 생각에 잠길 때도 있는데,
우리가 얼마나 많은 것을 남기고 왔으며
지금 가지고 있는 것이 얼마나 적은지
뭐 그런 걸 부질없이 떠올립니다.

가파른 절벽 위에서 유리처럼
맑은 물이 소리 내어 떨어질 때
나 느릅나무 붙잡고 이렇게 물어보네.
"내 하몬*아, 너는 도대체 어디에 있느냐?
너는 내가 불쌍하지도 않느냐?"
내가 이런 바위산이 아니라
도시에서 살 때는
(아, 생각만 해도 눈물이 솟는구나!)
조금만 배가 고파도 위가
금방 반응하곤 했었는데.
상전아, 하몬아,
이제 나는 너를 그렇게 불러야겠다.
내 상전이라고. 너는 충분히 그럴 만한
가치가 있다. 그러니 너라도
고통스럽게 살지 않으면 좋겠구나.
이제 더 이상 먹을 것이 없어
나는 한심하게도 풀로 연명해야 할 처지.
어쩌면 그렇게 되는 게 아닐까.
어느 5월에 내가 먹어 치운
꽃 때문에 내 배 속에 씨라도 생기면…….

그러나 저 파울로 신부 보소.
전혀 개의치 않고 그 굴로 또 들어가는 거 보소.

이런, 어쩔 건가. 나도 내 굴로 들어가
풀이나 실컷 씹어 보세.

제3장

(파울로 혼자 있다.)

파울로   이렇게 불길할 수가!
무슨 꿈이 이처럼 해괴하단 말인가!
눈물이 나올 만큼 불행한 일이로다!
엄청난 꿈이었어. 생생한 어떤 형상이
보이고, 또 누군가를 죽이고…….
내가 겁에 질리긴 했나 봐,
기도하겠다는 생각도 안 났으니.
꿈도 하나가 아니라 여러 개였어.

하느님을 노하시게 한 것일까,
아니면 적그리스도의 환영이 나타난 것일까?
아 하느님, 그 꿈 끝에서 결국 죽음의 모습을!
끔찍한 모습이었어! 얼마나 무서운지!
꿈에서 봐도 그렇게 기괴한데
현실에서는 얼마나 무서울까?

왼손으로 나를 때리고
낫은 아니었지만, 활을 집어
오른손으로 활을 잡고는
왼손으로 줄의 긴장을 통제하고는
내 심장에 꽂아 버렸지.
나는 중태에 빠졌는데, 대지는
부스러기 삼키듯 내 몸을 삼키고……
그렇게 영혼은 풀려나고
육체는 버려졌었지.
영혼은 공중을 날고
순간, 나는 하느님의 모습을 보았어.

그런데 얼마나 차가운 표정이던지
오른손에는 찬란하게 빛나는
정의의 칼을 차고
그 곁에는 최후의 심판관이
당당하게 승리의 면류관을
들고 서 있었어. 그러고는
내 죄를 읽어 내려갔어,
그다음엔 수호천사가
내 선행을 읽어 주었지.
그러자 지옥의 거주지를 담당하고 있는
하늘의 대심판관이

저울로 죄와 선행의 무게를 쟀어.*

내 선행은 많았지만

내 불의와 죄를 가리키는

저울의 눈금이 조금 더 올라갔지.

그래서 나는 그리스도로부터

지옥의 공포라는 벌을 받게 되었고.

그 곤고함, 두려움과 함께

잠에서 깨어났지. 깨어났지만

그때의 두려움이 아직도 생생해.

그것이 진정 내 죄의 크기였던가?

진정 혼돈스럽기 그지없구나.

하느님, 제가 지옥으로 떨어진

이유가 무엇인지요?

꿈에서처럼 저는 결국

지옥으로 떨어질 운명입니까?

아니면 성스러운 수정 같은 성으로

가게 되는 것입니까?

의로우신 주님, 제게 어떤 뜻을 가지고 계신지요?

저의 의미는 무엇입니까? 제가 지금 가는

이 길은 주님이 원하시는 길이 아닌가요?

제가 이토록 혼돈에 빠져 살기를 원하시는 것입니까?

생명의 주님, 저는 천국으로 가는 것입니까,

아니면 지옥으로 가는 것입니까?

저는 이 세상에서 30년의 세월을 보냈고,
그중 10년을 이 광야에서 보냈습니다.
제가 100년을 산다 해도 그럴 것입니다.
주님, 제가 모든 임무를 능히 수행했을 때
그 목적은 무엇이 될까요?
눈물이 넘쳐 주체할 수가 없습니다.
생명의 주님, 대답을 해 주세요.
저는 천국으로 갑니까, 지옥으로 갑니까?

제4장

(바위 높은 곳에 나타난 악마 그리고 파울로.)

악마　(파울로에게는 보이지 않는다.)
　　　저 수도사가 사막에서 생활하는 것을
　　　지켜본 지도 어느덧 10년이 되었다,
　　　과거의 생각들과 기억들을 떠올리면
　　　그는 수도자로서 자신의 신념을
　　　분명히 가지고 있었어.
　　　지금은 믿음에 금이 가고 있지.
　　　기독교인들에게 신앙이란
　　　하느님을 섬기고 선을 행하는 것.

죽음을 기다리며 신을 바라보는 것.
그렇게 성인이었던 이 사람,
이젠 믿음에 의심이 생겨
자신이 하느님이 되려는 거야.
확실히 알 수 있어
저자가 교만의 죄에 빠졌다는 것을.

나보다 그 사실을 잘 아는
사람은 없지? 왜냐고? 바로 내가
교만으로 고통받고 있으니까.
자신의 믿음을 신뢰하지 않는 사람은
바로 하느님을 불신하는 것.
원인은 꿈이었어.
하느님을 믿기보다
의심하는 데 더 힘을 쏟고 있지.
명료하게 나타난 죄를 어떤
인간이 부정할 수 있단 말인가?
이처럼 가장 높고 엄격하신
심판관께서 내게 권능을 주사
내 유혹으로 그를 다시
시험하게 하였도다.
전에 그는 하느님을 불신하고
나처럼 자신을 고귀하다 했었다.

이제 새로운 시험을

그가 용감하게 지켜 낼 것인가?

하느님에게 던졌던 그 질문으로

그에게 악이 살아나고

의심으로 가득 차게

나는 다시 시험을 걸어야지.

자, 그럼 천사로 변해 볼까.

천사로 변장하고 유혹하여

타락하게 만들어 보리라.

(악마, 천사로 변해 나타난다.)

파울로 오 하느님, 제 간청을 들으사

권능의 힘으로 저를 구원하시어

주님의 은총을 입게 되는 겁니까?

제게 응답을 주셨군요.

악마 파울로, 하느님께서 네 말을 들으시고

네 눈물을 보셨느니라.

파울로 (혼자서)

두려움이 앞을 가려

당신을 제대로 보지 못했습니다.

악마 하느님이 내게 명령하시기를,

네 안의 사탄이 들어 네가 망령된

생각에 사로잡혔으니

그 미망에서 너를 구하라 하셨다.

이제 너는 나폴리로 가서 사람들이

큰 바다라 하는 곳으로 가라.

그곳으로 들어가면 너의 행운

혹은 너의 불운을 알게 될 것이며,

그곳에서 한 사람을

(내게 단단히 빠져 있군.)

알게 될 것이다…….

파울로　이리도 자세히 가르쳐 주시니

저는 얼마나 행복한지 모릅니다.

악마　그는 아나레토 가문의 아들로,

이름은 엔리코라 한다.

굳이 이름을 몰라도, 모습만으로

알아볼 수 있을 것이다.

늠름하고 키가 장대한

기사 중의 기사다.

이제 가는 즉시 곧 그를 만나게

될 터이니 더 이상의 말이 필요 없다.

파울로　저도 물어보고 싶은 것이 많지만

직접 보면 될 터이니

그때까지 기다리겠습니다.

악마　한 가지만 네게 당부하고자 한다.

파울로 그것이 무엇인지요?

악마 그가 하는 행동과 말 그리고

일을 보고도 아무 말 하지 마라.

파울로 망상과 혼돈을 저의 미련한

마음속에 계속 키우고 있으란 말씀이신지……

당부하실 일이 그것뿐입니까?

악마 하느님은 그를 통해 너를 변화시키길

원하신다. 그가 가지고 있는 삶의 목적을

너도 함께 가질 수 있기를.

(악마, 사라진다.)

파울로 세상에, 이런 경이로운 일이!

도대체 그 엔리코란 사람은 누구일까?

벌써 궁금해서 견딜 수가 없구나.

기쁨이 너무 커 우쭐해지는걸!

그는 분명 하늘이 내린 경건한 젊은이겠지?

틀림없이 그럴 거야! 암, 그렇고말고!

제5장

(페드리스코와 파울로.)

페드리스코 (혼자서)

행운은 늘 가난한 마음을

돕는다 했던가?

이렇게 실컷 먹으니

더 바랄 게 없구나.

파울로　페드리스코 형제님!

페드리스코　바로 대령이옵니다.

파울로　형제님은 행동도 빠르십니다.

우리 두 사람은 이제부터

의미 있는 여행을 떠납니다.

페드리스코　여기를 떠난다니, 저는 좋아 미치겠습니다.

신부님, 그런데 어디로 가시려 하는지요?

파울로　나폴리로 갑니다.

페드리스코　신부님, 어디라고요?

정말입니까?

파울로　그리로 가는 중에 순례 길이 있는데

무사히 갈 수 있도록

쉬지 말고 기도해야 합니다.

페드리스코　그곳에 가면 친구 분들이나

아는 분들이 있습니까?

파울로　아무도 우리를 모를 겁니다.

우리의 행색으로 보나

지나간 세월로 보나

우리를 알아볼 수 있겠습니까?

페드리스코 한 시간만 있어도

친구를 못 알아보는 세상인데

10년이나 흘렀으니…….

파울로 형제님, 그럼 이제 떠나 볼까요?

페드리스코 하느님이 함께하시기를!

파울로 축복받은 엔리코를

만나 보라 명하셨으니

주님, 기쁨에 눈물이 쏟아집니다.

이제는 아무것도 두려워 않고

주님의 명을 따르겠습니다.

그는 분명 위대한 성인이겠지요!

아, 생각만 해도 가슴이 뜁니다.

페드리스코 신부님, 저도 함께 가야죠.

(서둘러 떠난다.)

나폴리에만 가면

후아니야의 술집에도 가 보고

외눈박이 집에도 가 봐야지…….

제6장

(악마 혼자 있다.)

악마　계획대로 잘되고 있어.

　　하느님의 권능을 의심한 불신자여,

　　이제 그대가 원하던 것을 알게 되리라.

　　그대가 원한 것이 아니던가?

　　(사라진다.)

　　(나폴리에 있는 셀리아 집, 문이 열려 있고 파티오*가 보인다.)

제7장

　　(옥타비오와 리산드로, 아트리에에 있다.)

리산드로　이 여인의 명성은 이렇게

　　보는 것만으로도 알 수 있어.

옥타비오　어떤 명성인가?

리산드로　내가 알고 있는 그녀의 명성은

　　나폴리 왕국에서

　　가장 현명한 여자라는 거지.

옥타비오　그래, 사실일 거야.

　　그러나 그런 현명함은

　　그녀가 가진 악행의 미끼인 셈이지.

　　그것으로 모자란 삶들을 속이고

잘생긴 남자들을 유혹하는 거야.

8행시나 소네트에

피카레스크적인 문체를 섞고

적절한 순간을 노려

수많은 남자들을 정신없게 만들지.

겉으론 멀쩡해 보이는 남자들이

그녀의 술책과 말솜씨에다

뜻을 알 듯 말 듯한 그 시에

홀딱 넘어가는 거야.

리산드로   그녀에 대해 특별한 얘기를 들었지.

옥타비오   네게 그 여자 얘기를 했던 작자가

이런 얘기는 안 했나 보구나.

그녀의 집이 남자들의 창고라는 사실을.

모든 남자에게 문이 활짝 열려 있지,

돈 많은 나폴리 남자에,

독일 놈, 영국 놈, 헝가리 놈,

아르메니아 놈, 인도 놈.

거기다 나폴리에서 심심해 죽는

스페인 놈까지 빠지면 섭섭하지.

리산드로   그게 사실이야?

옥타비오   사실이지. 게다가 네가 그 여자한테

푹 빠진 것도 사실이지.

리산드로   그녀의 명성에 빠진 거지.

옥타비오 그런데 알려지지 않은 것이 하나 있네.

리산드로 자네는 나의 둘도 없는 친구 아닌가.

옥타비오 어떤 젊은 친구를 애인으로

데리고 있는데 말이지,

글쎄 나폴리 전체를 통틀어

그놈보다 더 악질은 없다더군.

리산드로 엔리코라는 친구 말이지?

아나레토라는 노인의 아들인데,

내가 알기로는 그 불쌍한 노인 중풍에 걸려

자리보전을 한 게 벌써 4, 5년은 되었지.

옥타비오 맞아, 바로 그 인간이야.

리산드로 엔리코라면 나도 아는 게 좀 있지.

옥타비오 자네에게 다시 말하지만, 그놈은

나폴리에서 가장 악질이야.

그 여자는 가진 것 모두를

그놈에게 바쳤다는군.

게다가 도박에 빠져

돈만 떨어지면 그녀의 집에 와서는

폭력을 휘둘러 목걸이며

반지 등을 가져간다는 거야.

리산드로 불쌍한 여자 같으니!

옥타비오 그 여자를 불쌍하게 여길 필요는 없어

가짜 시로 어수룩한 놈들을

유혹해서는 재산을 살살 빼돌리고 있으니까.

리산드로   세상 물정에 훤한 친구를 둔

덕을 좀 보겠군. 나도 자네에게

도움이 될지 모르겠네마는.

옥타비오   나도 자네와 함께 들어갈 거야.

돈에서 눈을 떼지 말게, 친구.

리산드로   어떻게 둘러대고 들어갈까?

옥타비오   이렇게 말하는 거야.

어떤 여자를 위해 시가 필요한데

반지 값을 줄 테니 멋진 시를 써 달라고.

리산드로   비상수단치곤 괜찮은데!

옥타비오   음, 나도 자네와 같이 들어가서

똑같은 말을 할게.

자, 집에 도착한 것 같은데.

리산드로   지금은 마당에 있는 듯싶어.

옥타비오   엔리코가 안에서 우리를 맞는

일이 벌어지면…… 그게 걱정이 좀 되네.

리산드로   그래 봐야 남자 하나 아닌가?

옥타비오   그건 그렇지.

리산드로   그놈을 두려워할 일이 있나.

깊이 생각하지 말게.

제8장

(셀리아, 리도라, 옥타비오, 리산드로.
셀리아가 종이를 들고 읽으며 나온다.
리도라, 안부 편지를 꺼내 탁자 위에 놓는다.
무대 앞으로 두 여자 나오고,
옥타비오와 리산드로는 무대 뒤에 서 있다.)

셀리아   음, 이거 잘 썼는데.

리도라   현명한 세베리노.

셀리아   그렇게 뛰어난지는 잘 모르겠는데.

리도라   잘 썼다고 하시지 않았어요?

셀리아   그랬지. 하지만 글씨를 잘 썼다는 말이었어.

리도라   이제야 알겠군요. 아이들 가르치는
            훈장 투의 글씨란 말이네요.

셀리아   무식해도 말은 잘 알아듣네.

옥타비오   이봐, 리산드로. 과감하게 시작해 봐.

리산드로   아가씨, 내 평생 이렇게 미모와 지식을
            겸비한 여인은 본 적이 없습니다.

리도라   걸친 것을 보아하니
            귀족 나리들 같기는 한데……

셀리아   선생들께선 무슨 일로
            여기까지 오셨는지요?

리도라 이곳에 왔을 때는 원하는 게……

옥타비오 (리산드로에게) 자네에게 물어보는 거야.

셀리아 무슨 일로 들어오셨는지 묻고 있습니다.

리산드로 우리가 감히 여길 들르게 된 것은

시인들 외에는 아무도 이곳에

들어올 수 없다는 말을

들었기 때문입니다.

리도라 (혼자서)

음, 이런 괴로울 데가 있나.

자기가 시인이라고 하는 거 아니야?

그래서 아씨가 할 말을 잊었네.

리산드로 제가 알기로

당신은 시재(詩才)가 넘쳐

호메로스나 오비디우스와

견줄 만하다고 들었습니다.

그래서 당신을 칭찬해 마지않던

친구와 제가 앞을

다투어 이곳을 오지 않았겠습니까.

내 사랑을 무시하고

원하지도 않는 결혼을 치른

어떤 여자가 있습니다.

그 여자를 위해 시 한 수 써 주신다면

충분한 대가를 드리겠습니다.

리도라 (셀리아에게 작은 소리로)

　　아씨를 벨레르마* 정도로

　　생각하고 있나 봐요.

옥타비오 부인, 나 역시 같은 목적으로

　　이곳에 왔습니다.

　　자신이 똑똑하다고 뻐기는 자들을

　　당신의 놀라운 재능으로

　　제압하기를 바라면서 말이죠.

셀리아 누구에게 쓰려는 것이지요?

리산드로 자신을 사랑하게 만들어 놓고는

　　나를 차 버린 여자에게,

　　내가 가난해지자 나를 버리고

　　평안한 삶을 위해 가 버리고 말았답니다.

리도라 (혼자서)

　　현명한 짓을 했네.

셀리아 적절한 때에 오셨습니다.

　　두 분이 글을 쓰면

　　제가 바로 답하기로 하지요.

　　말씀하시길, 제가 오비디우스의

　　오랜 명성과 견줄 만하다 했는데,

　　오비디우스보다 더 빼어난 솜씨를

　　보여 드리지요.

　　자, 동시에 두 분과 제가

함께 글을 쓰는 겁니다.

(리도라에게)

종이와 잉크를 가지고 오너라.

리산드로 대단한 재능이십니다!

옥타비오 패기 또한 만만치 않아!

리도라 여기 종이와 잉크가 있습니다.

셀리아 자, 그럼 시작해 볼까요.

(같은 탁자에 셀리아, 리산드로, 옥타비오가 앉는다.)

리산드로 자, 씁니다.

셀리아 당신이 그랬지요,

결혼한 여자라고…….

리산드로 네, 그렇습니다.

셀리아 당신의 경우는 더 이상 부자가 아니라는

이유로 당신을 버렸다고…….

옥타비오 그렇습니다.

셀리아 그리고 나는 여기서 세베리노에게

답신을 쓰는 것으로 하지요.

(쓰는 즉시 셀리아는 리산드로와 옥타비오에게 받아 적게
한다.)

제9장

(엔리코와 갈반, 두 사람 모두 칼과 방패를 가지고 있다.
옥타비오, 리산드로, 셀리아, 리도라.)

엔리코　이보시오, 당신들 여기서 무엇을 하는 거요?

리산드로　특별히 뭘 하려는 게 아니라,

　　문이 열려 있기에 들어왔을 뿐이오.

엔리코　내가 선생들과 아는 사이던가?

리산드로　꼭 그래야만 여기 들어올 수 있는 건 아니잖소.

엔리코　때가 좋지 않으니, 어서 떠나시오.

　　하느님께 맹세코, 나를 화나게 하면…….

　　셀리아, 내게 눈짓하지 마라!

옥타비오　(혼자서)

　　성질 한번 대단하군!

엔리코　바다가 비록 여기서 멀기는 하지만

　　저들을 바다에 처박아 버릴 것이다.

셀리아　(엔리케를 향해 다가온다.)

　　부디 저를 생각해서…….

엔리코　어디 감히 내 곁으로 오는가?

　　떨어지지 않으면, 신께 맹세코

　　네 뺨을 때릴 것이다.

옥타비오　우리가 있어 선생을 노하게 한다면

기꺼이 이 자리를 떠나리다.

리산드로 선생은 저 부인의 친척이시오,

아니면 형제가 되시오?

엔리코 나는 악마다.

갈반 나는 이미 손으로 칼날을 쥐었어.

(엔리코를 향해)

저자들을 혼내 줍시다.

옥타비오 진정하시오.

셀리아 제발 그러지 말아요.

옥타비오 무슨 딴생각이 있어

우리 두 사람 여기 온 것이 아니오.

다만 편지를 써 달라고 부탁하려는 것뿐.

엔리코 그렇다면, 이렇게 잘 차려입은 신사 분들이

글 하나 제대로 못 쓴단 말요?

옥타비오 이유가 그러하니 우선 화를 푸시오.

엔리코 화를 풀라? 그런데

도대체 무얼 쓰려고 했단 말이오?

옥타비오 (그에게 종이를 건네며)

바로 이것이오.

엔리코 (종이를 찢으며)

그렇다면 훗날 다시 오시오.

지금은 그럴 시간이 없소이다.

셀리아 찢어 버렸나요?

엔리코 당연하지.

셀리아 (엔리코에게 다가가며)

　　　제발!

엔리코 당신 면전에서 해 주지.

리산드로 그만하시오.

엔리코 나는 이런 남자들을 무서워한 적이

　　　한 번도 없었어.

　　　나는 내가 하고 싶으면

　　　그게 뭐든 가리지 않는 인간이야.

　　　당신들도 큰코다치고 싶지 않다면

　　　빨리 줄행랑을 놓는 게 좋을 거야.

리산드로 우리를 남자로 생각하긴 하는 모양이군.

옥타비오 잠자코 있어!

엔리코 저런 놈들은 겉만 남자일 뿐

　　　안으로는 여자와 다름없지.

　　　저놈들이 남자로서의 명예를 회복하고

　　　우리의 환대를 받으려면

　　　우선 이 칼날부터 피해야 할 거야.

　　　(엔리코와 갈반, 리산드로와 옥타비오에게 칼끝을 겨눈다.)

셀리아 제발!

엔리코 떨어져 있어.

셀리아 멈춰요.

엔리코 어느 누구도 나를 막을 수는 없다.

셀리아 이게 무슨 일인가! 일이 이렇게 꼬이다니!

(옥타비오와 리산드로, 도망간다.)

제10장

(셀리아, 엔리코, 리도라 그리고 갈반.)

리도라 자식들 도망가는 꼬락서니라니.

갈반 내 칼끝을 보고 겁먹은 거지!

엔리코 겁쟁이 병아리 같은 놈들.

(셀리아에게)

내가 이러는 게 그대의 글솜씨를 모욕한 것인가?

셀리아 도대체 무슨 짓을 한 거예요?

엔리코 뭐 사실 특별히 화가 난 건 아니었어.

한번 호기를 부려 본 것뿐이지!

그중 키 큰 놈을

한 뼘 정도 찔러 줬지.

리도라 (셀리아에게)

아씨의 글솜씨를 보고 찾아온

사람들을 그렇게 박대하다니요.

갈반 내가 찌른 놈은 키가 작은 놈이었어.

근데 가슴받이에 얼마나 두꺼운

천을 넣어 두었던지 도통 들어가질 않더군.

엔리코   셀리아, 당신은 늘 그렇게

내가 싫어하는 짓을 해야겠어?

셀리아   악몽 같은 일은 이걸로 충분해요.

나를 생각하는 마음이 정말

조금이라도 있다면 이제 그만해요.

엔리코   내가 분명히 말하지 않았나?

이 집에 수염 기른 백작 나부랭이들이

들락거리지 않게 하라고.

도대체 왜 말을 안 듣는 거지?

어떻게 해 보려고 잔머리 굴리는 놈들이

당신에게 바쳐 대는 게 도대체 뭐지?

그놈들이 그래 봤자 무엇을 줄 수 있겠어?

기껏해야 돌멩이나 나무 쪼가리겠지.

그놈들 호주머니 사정이란 게

성 프란체스코 수도사 호주머니와 다를 게 없거든.

그런 놈들이 치근대는 게 좋아?

왜 집 안으로 그런 놈들을 들이느냐 말이야?

내가 경고하고 또 경고했을 텐데?

당신은 언제나 이런 식이야.

내가 싫어하는 줄 알면서도

굳이 하는 이유가 뭔지 모르겠어.

셀리아   됐어요, 그만해요.

엔리코 내게서 떨어져.

셀리아 그래도 그 사람들이 제게 준 게 있어요.

이 반지와 목걸이도 그 사람들이 준 거예요.

엔리코 목걸이라고? 그거 마침 필요했는데

꽤 좋아 보이는군.

셀리아 목걸이요?

엔리코 그 반지도 지금 필요해.

리도라 그러면 우리 아가씨한테도 뭔가를 주어야죠.

엔리코 이런 일에 너 따위가 끼어들다니.

갈반 리도라, 그러면 신상에 안 좋을 텐데.

리도라 (혼자서) 사랑하는 사람이 저 모양이라니

바알세불의 노파 같으니!

셀리아 모든 것이 당신 거예요,

내가 당신 사람인 것처럼.

그리고 특별히 할 얘기가 있는데…….

엔리코 듣고 있으니 말해 봐.

셀리아 실은 청이 하나 있어요.

오늘 오후 우리를

푸에르타 델 마르에 데려다 줘요.

엔리코 어렵지 않지. 당신은 망토만 걸치면 돼.

셀리아 나는 거기서 먹을 간식을 준비할게요.

엔리코 이봐, 갈반, 어서 가서 에스칼란테와

체리노스 그리고 롤단을 부르게

내가 셀리아와 간다고 하면서 말이야.

갈란   바로 분부대로 합지요.

엔리코   모두 냉큼 와서 우리가 모시고 가는

숙녀 분들을 기다리라고 하게.

리도라   말은 잘하는데, 믿을 수 있을까?

갈란   칼싸움보다는 훨씬 좋은데

꽤 재미있을 것 같지 않아?

셀리아   얼굴을 가릴까요?

엔리코   얼굴을 가리려는 이유가 뭐야?

당당하게 얼굴을 보이면서 가야지.

이제는 모두에게 당신이 내 여자라는 걸

알려야 할 때가 온 거야.

셀리아   그럴게요. 자, 가요.

(엔리코와 갈반, 퇴장하며 자기들끼리 말을 나눈다.)

리도라   (셀리아에게) 아씨는 순진하기도 하시지.

왜 그 사람에게 보석을 주는 거지요?

셀리아   아무튼 용감한 남자니까,

그럴 만한 가치가 있지.

갈반   어제 사람들이 하던 말

기억나지 않나?

자네가 살인을 하게

될지도 모른다고 하던 그 말.

엔리코   가지고 있던 돈의 절반을

벌써 써 버렸네.

갈반 돈이 떨어졌는데 바다에는 왜 가려고 하나?

엔리코 거기에 가면, 다 생각이 있어.

왜 그런지 아직은 말하고 싶지 않네.

그나저나 셀리아가 기꺼이 준

반지와 목걸이 때문에

이제는 좀 여유가 생겼네.

갈반 그렇군, 이제 자네의 뜻을 알겠어.

엔리코 악은 언제나 이렇게 모든 근심과 고통을

없애 주지. 악이여, 만만세!

목걸이를 팔아 펑펑 쓰면서

우리는 돈님에게 인사나 올리면 되지.

(퇴장한다.)

(푸에르타 델 마르에서 바라본 나폴리 전경.)

제11장

(파울로와 페드리스코, 그들 뒤에 엔리코, 셀리아, 롤단 그리고 체리노스.)

페드리스코 신부님, 이 아름다운 풍경을 보니

얼마나 기분이 좋은지 모르겠습니다.

파울로 이게 다 하느님의 비밀이지요.

페드리스코 아무튼 그 엔리코란 사람이 맞을 최후를
신부님도 똑같이 겪으신다는 말씀이지요?

파울로 하느님의 말씀에는 오류가 없는 법입니다.
그분의 천사가 내게 전하길,
엔리코가 죄를 받으면 나도 그리되고
그가 구원받으면 나도 그리된다 했습니다.

페드리스코 신부님, 그렇다면 엔리코란 사람은
성인이 틀림없을 겁니다.

파울로 나도 그렇게 생각합니다.

페드리스코 신부님, 여기가 바로
'바다의 입구'라는 곳입니다.

파울로 그 이름이 틀리지 않다면
여기가 바로 천사께서
그를 기다리라고 한 곳입니다.

페드리스코 예전엔 여기 뚱뚱한 술집 주인이 있었지요.
저도 자주 가던 술집인데. 신부님도 기억하시겠지만
키가 크고 금발을 한 여자도 있었는데
경비대 금위(禁衛) 대원처럼 성질이 대쪽 같아서
신부님도 한때 그 여자 구슬리느라 애를 태웠었죠.

파울로 오, 천박한 자여!
그런 경박한 기억들을 들으니 마음이 피곤해집니다.

형제님, 육체란 얼마나 연약한 것입니까.

내 말을 귀담아들으셔야 합니다.

페드리스코　네, 귀담아듣겠습니다.

파울로　악마는 어떻게든 지나간 쾌락을 기억으로

불러오는 법이지요…….

(땅바닥에 주저앉는다.)

페드리스코　신부님, 왜 그러세요?

파울로　나를 좀 밟아 주었으면 해서요.

형제님, 이리 와서 나를 좀 밟아 주시지요.

페드리스코　알겠습니다, 신부님. 제가 언제

신부님 뜻을 거역한 적이 있었나요?

(그를 밟으며)

신부님, 제가 잘 밟고 있는 건가요?

파울로　그래요, 형제님.

페드리스코　아프지 않으세요?

파울로　밟으세요, 아플까 염려하지 말고요.

페드리스코　염려라고요!

제가 무슨 이유로 염려하겠습니까?

밟고 또 밟겠습니다. 제 생명이신 신부님,

오히려 터지지 않으면 어쩌나 하며

이렇듯 모질게 밟고 있으니 걱정을 놓으십시오.

파울로　형제님, 나를 더욱 밟아요.

롤단　(안에서) 엔리코, 거기 서라.

하늘도 화창한데 저놈을 바다에 던져 버릴까.

파울로 엔리코라고?

엔리코 (안에서) 아직도 거지들이 있단 말인가?

체리노스 (안에서) 멈추게.

엔리코 (안에서) 저놈을 바다에 던지고 나면 멈추도록 하지.

셀리아 (안에서) 어디 가는 거예요?

엔리코 (안에서) 내가 저기 있는 저 사람에게

은총을 좀 베풀어 주려고,

저런 거지들은 죽는 게 낫지.

롤단 (안에서) 무슨 짓이야?

제12장

(엔리코, 셀리아, 리도라, 갈반, 롤단, 에스칼란테, 체리노스, 파울로 그리고 페드리스코. 엔리코와 페드리스코, 무대 가장자리에서 사람들을 바라보고 있다. 나머지 인물들은 무대 가운데 있다.)

엔리코 거지 하나가 내게 구걸을 하는데,

얼마나 불쌍한지 차마 볼 수가 없더군.

그래서 다시는 구걸할 필요가 없게 해 줬지.

간단해, 그 거지 놈을 집어서 바다에 던져 버렸거든.

파울로 사람을 바다에 던져 버리다니!

엔리코 더 이상 사람들에게 구걸을 안 해도 되게 말이야.

페드리스코 악마가 나타나 네게 구걸하게 되리라!

셀리아 당신은 늘 그렇게 잔인해요?

엔리코 나한테 대들지 마.

그래도 당신 말은 잘 듣는 편 아닌가?

다른 친구들도 그렇고 말이야.

에스칼란테 지금은 그 얘기 그만하도록 하지.

자, 우선 앉기나 하세, 친구들.

파울로 (페드리스코에게) 저 사람이 엔리코인 모양입니다.

페드리스코 설마 다른 사람이겠지요.

저런 나쁜 인간이 그 사람일 리 있나요?

천국은 고사하고 이승에서 불태워 버려야 할 사람 같은데.

아무튼 좀 더 지켜보시죠, 신부님.

엔리코 그러지, 할 말도 있으니 앉자고.

에스칼란테 이제야 제대로 말을 나눌 수 있겠군.

엔리코 셀리아, 이리 와서 앉아.

셀리아 벌써 앉았어요.

에스칼란테 리도라, 너는 내 옆에 앉아.

리도라 저도 그 말을 드리고 싶었어요.

체리노스 롤단 나리, 이곳에 앉으시지요.

롤단 그래 그곳으로 가지, 체리노스.

페드리스코 신부님, 보세요. 착한 사람들 같지는 않은데……

더 가까이 가서 저 사람들이 뭐 하는지 볼까요.

파울로 우리가 찾는 엔리코는 아직 안 온 모양입니다.

페드리스코 신부님, 말씀하지 마시고 몸부터 숨기세요.

　　우리가 거지처럼 보여서 저 나쁜 놈이

　　우리를 바다에 던져 버릴지도 몰라요.

엔리코 다 모였으니 재미있는 얘기를

　　한 사람씩 해 보는 게 어떨까.

　　자신이 살면서 겪었던 모험담 같은 거 말이야.

　　예를 들면 도둑질이나 칼싸움, 부상한 경험이나

　　살인, 절도, 들치기 뭐 그런 거 말일세.

에스칼란테 엔리코가 좋은 제안을 했군.

엔리코 가장 악질적인 행동을 저지른 사람에게

　　월계관을 씌워 주고, 경배와 찬송을 바치기로 하지.

에스칼란테 그거 아주 괜찮은 생각이네.

엔리코 그럼 자네부터 시작해 보게.

파울로 주님이 보시기에 얼마나 힘드실까!

페드리스코 주님이 놀라실 일이 뭐가 있겠어요.

에스칼란테 그럼 내가 먼저 하지.

페드리스코 음, 꽤 기대가 되는데.

에스칼란테 내 손에 죽은 얼간이들이 25명 정도 되지.

　　여섯 번 정도 남의 집을 침입한 적이 있었고,

　　여자 문제로 싸우다 부상을 입힌 놈들이 30명이야.

페드리스코 저런, 교수형에 처할 놈이 있나!

엔리코 체리노스 선생 차례요.

페드리스코 체리노스라니. 무슨 이름이 저래.

　저주받을 이름이야.

체리노스 그럼 내가 시작해 보겠소.

　그동안 누굴 죽인 적은 없소이다.

　다만 결투하다 칼로 찌른 경우가 많았는데,

　아마 백 명이 조금 넘을 거요.

엔리코 아무도 안 죽였단 말이오?

체리노스 행운이 그들을 살린 셈이지.

　내가 필요한 건 망토였으니까.

　뺏은 망토들을 모두 옷 장수에게 팔아 버렸는데

　아마 그 친구 지금쯤 큰 부자가 됐을걸.

엔리코 망토 때문에 결투를 벌였다는 말이오?

체리노스 물론이지, 내 망토를 훔치려는

　놈들 역시 만만치 않았어.

엔리코 망토들을 기억하시오?

체리노스 흔적을 지워 버리기 위해

　망토를 옷이나 속바지로 바꿨지.

엔리코 다른 짓은 안 했소?

체리노스 기억나지 않소.

페드리스코 도둑질했다는 둥 그런 말이 나올 법도 한데?

셀리아 엔리코 당신은 무슨 일을 저질렀나요?

엔리코 그럼 이제부터 잘 들어 봐.

에스칼란테 누구도 거짓말을 하면 안 됩니다.

엔리코 그래? 나로 말할 것 같으면

　　평생 거짓말만 하고 살았는데..

갈반 모두 다 알고 있는 걸 굳이…….

페드리스코 신부님, 저 얘기를 못 들으셨어요?

파울로 나는 다른 엔리코가 오기를 기다리고 있습니다.

엔리코 자, 그럼 내 얘기를 잘 들어 보게나.

셀리아 아무도 막지 않고 있잖아요.

페드리스코 세상에, 무슨 거창한 설교라도 할 것 같네!

엔리코 지금부터 하려고 하는, 내가

　　살아온 얘기를 들으면 알겠지만

　　나는 처음부터 삐딱하게 태어났어.

　　나폴리에서는 아주 편안하게 성장했지.

　　지금은 자네들도 우리 아버지가

　　누군지 알 거라 믿네.

　　우리 아버지는 양반도 아니고

　　고귀한 성품을 가지고 있지도 않았지만

　　아주 돈이 많았지. 내 생각에도

　　아버지의 가장 큰 덕은 소유하는 것이었어.

　　아무튼 이미 말한 것처럼 나는 풍요 속에서

　　성장했지. 어렸을 때는 더할 수 없는

　　말썽꾸러기였고, 청년이 되었을

　　때는 미친 짓도 많이 했어.

늙은 아버지의 장롱이나 금고를
열고 옷이나 보석, 돈 따위를 훔쳤지.
그러고는 그 돈을 몽땅 도박에 쏟아 부었지.
도박이란 게 얼마나 짜릿한지 잘 모를 거야.
세상에는 온갖 방탕함이 존재하지만
도박이 그중 으뜸이지.
결국 나는 빈털터리가 되었고
이 집 저 집 털기 시작했어.
작은 물건들을 훔치기 시작한 거지.
그리고 다시 도박에 빠지고
다시 빈털터리가 되곤 했다네.
내 방탕한 생활은 시간이 갈수록
도를 더했고, 그다음에 같은 기술을 가진
다른 녀석들과 한패가 되어
일곱 채의 집을 털었지.
집주인들을 다 죽인 뒤
훔친 것을 나누고는
돈을 갖고 도박장으로 가려 했는데,
우리 다섯 명 중에 나만 빼고 나머지 네 명이
모두 붙잡혔지 뭔가.
나를 잡으려고 내 동료들의 주리를 틀어 댔지만
결국 나를 찾아내지는 못했어.
그들은 어느 광장에서 처형당하고 말았지.

나는 근신하는 마음으로 도망을 쳤네.

그러고는 매일 밤 도박장으로 다시 갔지.

출입구에서 밖으로 나오는 놈들을

기다렸다가 굽실거리며

잔돈푼을 구걸하는 척하다가

녀석들이 돈을 주려고 부스럭거릴 때

등 뒤에 숨기고 있던

흉기를 꺼내 놈들의 가슴팍을 내리쳤어,

그러면 놈들이 딴 돈은 다 내 것이 되는 거지.

밤이 되면 망토를 벗고

대신 여러 가지 열쇠를 가지고 다녔네.

어떤 문도 열 수 있게 말이야.

여자들을 협박해 돈을 뺏기도 했는데,

돈을 안 주려고 앙탈을 부리면

내 단도가 바로 얼굴을 방문하게 해 주었지.

그런 짓거리들은 내가 젊었을 때

한 것들이고. 이제부터는 어른이 돼서

내가 저지른 일들을 얘기할 테니 잘 들어 보게나.

불운하기 그지없는 서른 살이 되었을 때

내 수중에는 살인 도구로 쓰이는 칼만 남았다네.

심심풀이로 죽인 놈이 열 명이지.

스무 명은 한 놈에 금화 한 닢 값으로 죽어 나갔네.

사람 목숨치고는 싸다고 할지 모르겠지만

사람 목숨이 그렇다네.
돈이 궁할 때는 금화 한 닢 때문에
닥치는 대로 사람을 죽였지.
처녀 여섯을 강간했는데,
이런 불행한 시대에
여섯 명이나 먹어 치웠으니
나는 얼마나 행운아인가!
어떤 귀부인이 맘에 들어,
그 집에 몰래 들어가서는
내 욕정을 채우고 있는데,
그년이 그만 소리를 질러 대자
남편이 허겁지겁 달려오지 않았겠나.
나는 너무 화가 나서 단호하게 그놈을
상대해 주었지. 두 팔을 비틀어
바닥에 내팽개쳐 버리고는
그놈을 집어서 베란다로 던져 버렸어,
그놈 땅바닥에 떨어지더니 바로 죽더군.
내 밑에 깔려 있던 그년이 소리를 질러 대기에
칼을 빼서 보석이 달린 그년의 가슴을
수없이 찔러 주었네.
오직 악한 일만 하기 위해서
나는 거짓 맹세와 허황된 망상들과
온갖 술수와 사기를 저질렀지.

되지도 않는 설교로 나를 회개시키려던
성직자가 있었는데
귀싸대기를 한 대 올렸더니
반쯤 죽어서 땅바닥에 나뒹굴어 버리더군.
이런 일도 기억나는데,
어떤 불쌍한 노인 집에 숨어 있을 때
그 집에 나를 미워하는 놈이 있었어.
그래서 그 집에 불을 질렀지.
안에 있던 사람이 모두 타 죽었어.
그중에는 두 형제 아이들이 있었는데
아주 새까맣케 타서 재가 되었더군.
나는 말을 할 때도 내가 했던
악의적인 맹세는 꼭 지키려고 하네.
하늘을 모욕하고 있다는 것을 알고 있지.
내 평생 미사를 드린 적이 없었네.
죽음을 눈앞에 둔 위험한
상황에서도 고해를 하거나,
하느님을 찾은 적이 없었지.
돈이 많을 때도 절대
거지에게 동냥을 준 적이 없었고,
가난한 놈일수록 더 괴롭혀 주었지.
나는 성직자들을 존중하지 않네.
교회나 사원을 뒤져 제단을

꾸미고 있는 각종 장식물은 물론

훔친 성배(聖杯)도 여섯 개나 된다네.

법이란 것 역시 내게는 아무것도 아니지.

불법을 밥 먹듯이 했을 뿐 아니라

그걸 지키려는 관료들도

수없이 죽였다네.

나를 체포하려는 놈들이 있었지만

실제 닥치면 감히 그러지 못했지.

나를 체포한 유일한 사람이 바로 셀리아야.

아름다운 눈에 반해서 나는 그녀의 포로가 되었지.

모든 사람들이 그녀를 바라보지.

그녀는 돈이 넘치도록 많을 뿐 아니라,

많지는 않아도 내게 얼마간 주곤 했어.

나는 그 돈으로 늙은 아버지를 부양할 수 있다네.

자네들도 이제는 그 이름을 알고 있는

우리 아나레토 선생 말일세.

식물인간이 다 돼서 자리보전한 지가

벌써 5년이 되었다네. 아버지가 그렇게

된 것도, 젊은 시절 내 노름이 큰 원인이었지.

그래서 아버지에 대한 연민이 크다네.

하느님께 맹세코, 지금까지 한 내 얘기는

모두 사실이라, 한 치의 거짓도 없이 말이야.

자, 이제 얘기를 다 했으니

누가 일등인지는 자네들이 판단하게.

페드리스코   존경해 마지않는 신부님,

저 사람 정말 선한 일을 많이 했네요.

그래서 저 사람을 천국의 궁전으로

데려갈 수 있겠습니다.

에스칼란테   고백하건대, 자네야말로

상을 받아 마땅한 사람이네.

롤단   나도 그렇게 생각하오.

체리노스   우리 모두 같은 생각이오.

셀리아   제가 당신에게 월계관을 씌워 드리지요.

엔리코   셀리아, 부디 만수무강하기를.

셀리아   (월계관을 엔리코에게 씌워 주며)

자 받아요, 내 사랑, 자 이제 간식이

우리를 기다리고 있으니 갑시다.

갈반   자네는 아주 훌륭한 일을 했네.

셀리아   자, 우리 모두 외쳐 볼까요. "엔리코 만세!"

모든 사람   아나레토 아들 만세!

엔리코   자, 바로 가도록 하지.

가서 실컷 즐겨 보세나.

(엔리코가 앞장서고, 모든 이들이 그를 따라간다.)

제13장

(파울로와 페드리스코.)

파울로 쏟아져라 눈물아, 쏟아져라.

어서 가슴에서 펑펑 쏟아져라.

이 얼마나 비통한 일이고

수치스럽기 그지없는 일인가!

페드리스코 신부님, 무슨 일 있습니까?

파울로 형제님! 내 고통과 불운을 어찌해야 합니까.

내가 본 그 사람이 바로 엔리코라니.

페드리스코 그게 어찌 되었단 말씀입니까?

파울로 천사가 내게 준 계시가 바로 그 작자였소.

페드리스코 정말입니까?

파울로 그렇답니다, 형제님. 천사가 말하길

아나레토의 아들이라 했는데

그자도 그렇게 말하지 않았습니까.

페드리스코 그렇다면 지옥으로 끌려가

불에 태울 그 사람이군요.

파울로 이렇게 비통할 수가!

그게 바로 내가 두려워하는 것입니다.

하느님의 천사가 말하기를

그자가 지옥에 가면 나도 그리되고,

그자가 천국에 가면 나도 그리된다 했습니다.

그자의 악행을 보십시오, 어떻게 천국을

갈 수 있겠습니까. 뻔뻔한 도둑질에,

잔악무도한 행동들과 사악한 생각들까지.

페드리스코   그야 이를 말이겠습니까.

배신자 유다처럼 그도 분명히

지옥에 갈 수밖에 없겠지요.

파울로   위대하신 주님! 영원한 생명이신 주님!

제게 왜 이렇게 감당할 수 없는

벌을 주시는지 그 이유를 모르겠습니다.

10년도 넘는 세월을 초근목피에

바닷물로 연명하며 광야에서 지냈습니다.

오직 사랑이 많으시고, 지혜로우시며,

의로우신 하느님께서 제 죄를

사하여 주시기를 매일 기도했습니다.

그런데 달라진 것이 무엇입니까!

결국은 지옥으로 가야 할 운명이라니.

벌써 맹렬한 화염이 제 몸을

태우는 듯합니다.

아, 너무하시고 잔인하신 하느님!

페드리스코   신부님, 너무 속단하지 마세요.

파울로   어차피 지옥으로 갈 운명이라는 것을

알았는데 무슨 인내며,

무슨 고통을 감수한단 말입니까?

어둠이 꽉 차 있고, 영원히 고통이

멈추지 않는 지옥으로 가야 할 운명.

하느님이 존재하시는 한, 지옥도

끝나지 않을 터. 그곳에서

수많은 영혼들이 뜨거운 불에 타오르고,

내 영혼도 영원히 불타게 될 것입니다.

페드리스코   (혼자서) 듣기만 해도 소름이 끼친다.

(큰 소리로) 신부님, 우리 산으로 돌아가십시다.

파울로   그곳으로 다시 돌아간다 해도,

참회와 수도의 생활로 돌아가지는 않습니다.

이제는 그럴 의미가 없지요.

하느님이 말씀하시길, 그자가 천국에 가면

나도 그리될 것이요, 그자가 지옥에 가면

나도 그리될 것이라 하셨소.

그러니 나도 그 악당의 인생을

좇는 것이 마땅한 일.

하느님, 저의 불경함을 용서해 주십시오.

내가 그와 같은 운명이라면

그의 인생과 삶을 닮아 가는 것이 당연한 일.

세상에 태어나 그 사람은 하고 싶은 대로 하며

온갖 환락을 누린 반면, 나는 평생토록

참회를 했지만, 죽을 때는 같은 운명이라니.

페드리스코 신부님이 이러시는 건 당연하고,

　　　　사려 깊은 판단이십니다.

파울로 산에는 산적들이 살지요.

　　　　나도 산적이 되겠습니다.

　　　　어차피 엔리코의 인생과

　　　　제 인생은 같아야 하니까요.

　　　　그 사람 못지않게 나도 사악한

　　　　인간이 될 겁니다. 할 수 있는 한

　　　　가장 사악한 인간이. 우리 두 사람

　　　　함께 지옥에 갈 터이니,

　　　　그곳으로 가기 전에

　　　　실컷 세상을 복수할 겁니다.

　　　　아, 주님! 도대체 누가 그렇게 만들었습니까?

페드리스코 가시지요 신부님.

　　　　이제부터는 높은 나무들*과

　　　　성직자의 옷을 다 잘라 버리고

　　　　되는대로 편하게 삽시다.

파울로 그렇게 하지요. 의로웠지만

　　　　지옥으로 떨어지는 벌을 받았던

　　　　이를 사람들이 두려워하도록.

　　　　나는 세상의 재앙이 될 겁니다.

페드리스코 그런데 돈 한 푼 없이 어떻게 하지요?

파울로 악마한테 빼앗으면 되지요.

악마에게는 늘 돈이 있답니다.

페드리스코 신부님, 그럼 어서 떠나시지요.

파울로 주님, 제가 불의한 사람이 되는

것을 용서하십시오. 주님은 벌써 저를

심판하셨으니, 이제 다시는 주님

말씀에 순종하지 않으렵니다.

이 세상에서 실컷 환락을 누리다

슬픈 종말을 기다리면 되니까요.

이제는 엔리코가 살아온 길을 따라가렵니다.

페드리스코 그런데 이렇게 신부님 뒤꽁무니를 쫓아다니다

신부님 지옥 갈 때 저도 덩달아 가게 될까

벌써부터 겁이 나서 견딜 수가 없습니다요.

제2막

(아나레토 집 실내. 안으로 침실 문이 열려 있고, 커튼이 내려져 있다.)

제1장

(엔리코와 갈반.)

엔리코 이놈의 패 지옥에나 떨어져라!
　　　왜 나한테만 이런 패가 들어오는지.

갈반 자네는 항상 도박에선 운이 안 따랐지.

엔리코 두 손에 불이 났어, 불이 났다고!
　　　손들아, 너희들이 날 파문했니?

갈반 운을 바꾸려면 손을 바꿔 보지.

엔리코 오른손으로 돈을 잃어서

　　　　왼손으로 바꿨는데 마찬가지야.

갈반 그래서 인생이란 게 미친 도박 아닌가.

엔리코 이 오른손 때문에 망해 버렸네.

　　　　99에스쿠도*나 잃어버렸어.

갈반 어차피 힘들여 번 돈도 아닌데,

　　　　그렇듯 아까워할 게 뭔가?

엔리코 정말 돈이란 건 잠깐 있다 사라지는군.

　　　　봤지? 운이란 게 얼마나 기복이 심한지?

갈반 자네는 그런 악몽을 즐기고 있는 거 아닌가?

　　　　아무것도 개의치 않고 말이야.

　　　　라우라가 자네에게 돈의 반만 지불했으니

　　　　그녀의 동생 알바노를 죽여야지.

엔리코 그러잖아도 땡전 한 푼 없어서,

　　　　알바노를 죽여야겠어.

갈반 그날 밤인데 엔리코?

　　　　체리노스와 에스칼란테가……?

엔리코 시도하는 게 중요하지.

　　　　내가 좀 나서서 거들어 주지.

　　　　제노바 사람 옥타비오의

　　　　집을 털겠다는 것 아닌가?

갈반 바로 그거야.

엔리코 누구보다 내가 먼저

발코니를 타겠네.

그런 일이야말로 내가

제일 좋아하는 일이지.

가서 친구들에게 전해,

내가 여기서 기다리고 있겠다고.

갈반 날아갔다 오지.

자네는 언제 봐도 용감해.

제2장

(엔리코 혼자 있다.)

엔리코 이 친구들 돌아오는 시간이 늦군.

음산한 망토를 걸치는 게 좋을 텐데.

이 틈을 이용해

늙은 아버지나 보러 가야겠다.

침대에서 꼼짝없이 누워

벽이나 쳐다보며 살아온 세월이

벌써 5년이나 되었네.

걷지도 잘 못하지만,

나는 그런 아버지를 존경하지.

내가 아니면 누가 아버지를 부양하겠어.

셀리아가 준 것에다
내가 남들에게 빼앗은 돈을 합치면
살아갈 날이 얼마 남지 않은
아버지를 근근이 부양할 정도는 되는군.
밤에 내가 할 수 있는 게,
남의 집을 타고 올라가
두려움 반 조심 반으로
물건을 훔쳐 내는 것 아니겠나.
그걸로 부양할 돈을 조금씩 늘리는 거야.
때론 아버지를 거역한 적도 있었지만,
이렇게 방탕한 내 인생 속에서
내게 남은 유일한 덕이 그거지.
아버지의 은혜를 갚고
말 잘 듣는 아들이 되는 것.
내 평생 아버지 말을 거역한 적이 있었던가?
태어난 그 순간부터 언제나
아버지 말을 충실히 따랐었지.
내가 저지른 말썽들과 음행들,
광기를 아버지는 결코 모르실 거야.
비록 내 안은 바위처럼 강퍅해도,
겉으로는 수정처럼 부드럽지.
사실 내 마음은 바위투성이
안에 갇힌 맹수 같으나,

아버지가 그 안을 어떻게 잘라서 보리오.

내가 늘 함께 있으니

아무도 그 사실을 전해 줄 수 없고,

내가 저지른 악행을 알 수는 없어.

(침실의 커튼을 걷자, 의자에서 졸고 있는 아나레토가 보인다.)

제3장

(아나레토와 엔리코.)

엔리코   아버지, 저 왔습니다. 뵙고 싶어 왔는데

　　　잠이 드신 것 같군요.

아나레토   (일어나며) 오, 사랑하는 엔리코!

엔리코   그동안 아버지를 돌보지 못했습니다.

　　　사랑하는 아버지, 용서하세요.

　　　제가 너무 늦게 왔지요?

아나레토   아니다, 얘야.

엔리코   아버지를 노하시게 하려던 게 아니었는데.

아나레토   너를 보니 너무 좋구나.

엔리코   태양은 저 높은 곳에서

　　　기다리고 있는 어두운 밤에

　　　환한 광채를 주기 위해

붉은 노을을 뚫고 나오는 게 아닌가요?

태양은 대낮과도 같습니다.

아버지가 바로 저에게는

저 태양과 같고,

거룩한 노을을 뚫고 이 땅으로 보내시는

저 빛들은 백발과 같아

그 백발로 아버지는 이 왕국을 거룩하게 하십니다.

아나레토　네 마음은 용광로 바닥처럼

깨끗하기 그지없구나.

엔리코　식사하셨어요?

아나레토　아직 안 먹었다.

엔리코　시장하시겠어요.

아나레토　너를 보니 너무 좋아서

배고픈 줄 모르겠구나.

엔리코　아버지, 그렇다고 식사를 안 하시면

안 됩니다. 지금 오후 2시가 되었는데,

제가 식탁을 차리겠습니다.

아나레토　네가 이렇게 나를 생각해 주니

나는 너무나 기뻐 어찌할 줄을 모르겠구나.

엔리코　효도를 하려고 마음먹은 아들에게

이게 무슨 대수겠습니까.

(혼자서)

도박하던 돈 중에

아버지가 드실 것을 사기 위해

1에스쿠도를 남겼지.

결국 내가 도박하는 바람에

아버지가 저 꼴이 되셨지만

아버지에 대한 내 마음은

한시도 바뀐 적이 없었지.

(큰 소리로)

아버지, 여기 보자기에

먹을 것을 가져왔어요.

음식은 초라할지 모르지만

제 정성을 생각해서라도 드세요.

아나레토 주님이시여, 제 몸이 성치 않고

제 두 발과 두 손이 다 그러하지만,

저런 아들을 제게 주시니

땅과 하늘에 축복이 넘치나이다.

엔리코 아버지 드세요. 드시는 걸 볼게요.

아나레토 사지가 제대로 말을 듣지 않는구나.

나 좀 일으켜 다오.

엔리코 자, 저를 잡고 일어나 보세요.

아나레토 네 두 팔이 내겐 큰 힘이 되는구나.

엔리코 이 튼튼한 두 팔로

아버지께 생명을 드리겠습니다.

아버지 병이 너무 위중해서

거의 죽은 사람처럼 보이세요.

아나레토   하느님의 선하신 의지가 느껴지는구나.

엔리코   어서 식사하세요.

　　　제가 먹여 드릴까요?

아나레토   아니다, 아들아.

　　　졸음이 와서 견딜 수 없구나.

엔리코   그러세요? 그럼 좀 주무세요.

아나레토   많이 춥구나.

엔리코   옷을 가져다 드릴게요.

아나레토   필요 없다.

엔리코   그럼, 어서 주무세요.

아나레토   엔리코, 내 몹쓸 병이

　　　워낙 지독하다 보니

　　　너를 볼 때마다 이번이

　　　너를 보는 마지막이 아닌가

　　　늘 두려워했단다.

　　　네가 하루빨리 가정을 가지면 원이 없겠구나.

엔리코   그러셨어요? 아버지의 소원이라면

　　　저는 내일이라도 결혼할 수 있습니다.

　　　(혼자서)

　　　이렇게 거짓말을 해서라도

　　　아버지를 기쁘게 할 수 있다면…….

아나레토   그렇게만 된다면

내 병이 다 나을 것 같구나.

엔리코 저는 아버지가 원하시는 건

뭐든 할 수 있습니다.

아나레토 엔리코, 이제야 편하게 눈을 감을 수 있겠구나.

엔리코 그렇게 좋아하시니

결혼을 꼭 해서 아버지 말씀을 따르고

기쁘게 해 드리겠습니다.

아나레토 아들아, 아비가 충고하는데,

얼굴 예쁜 여자를 찾지 마라.

아름다움의 포로가 되어

여자를 옥 안에 넣고

간수처럼 사는 것만큼

위험하고 어리석은 일이 없다.

자, 해 주고 싶은 말이 있으니

잘 듣기 바란다.

엔리코 말씀하세요, 아버지.

아나레토 사랑하는 사람을 네가 믿지 않으면

그 여자도 너를 이해하지 못한다.

자신을 신뢰하지 않는 것을 알면

그 여자도 너를 믿지 않게 되는 것이다.

너 스스로 그녀를 동등하게 대하고

쓸데없는 의심이나 질투를 보이지 마라.

남편이 자신을 나쁘게 생각하는데

좋은 행실을 보일 여자는 없다.

그리고 적당한 때가 오기 전까지는

부질없는 욕정을 드러내서도 안 된다.

그리고…….

(잠이 든다.)

엔리코 졸음처럼 강한 것은 없어

말씀을 하다가 잠을 이기시지 못하셨군.

덮을 것을 갖다 드려야겠군.

이렇게 하면 좀 더 편히 잠드시겠지.

(아버지에게 담요를 덮어 준다.)

제4장

(갈반과 엔리코.)

갈반 이제 모든 준비가 끝났네.

저길 봐. 알바노가 오는 게 보이지.

엔리코 누구라고?

갈반 알바노 말이야. 그를 죽인다고 했었잖아.

엔리코 내가 그렇게 무지막지한 인간이란 말인가?

갈반 무슨 말이야!

엔리코 사소한 이익을 위해 내가

그를 죽일 수 있단 말인가?

갈반 두려워진 거야?

엔리코 갈반, 이 두 눈을 봐

지금은 주무시느라 덮여 있지만,

내가 지금 두려워하는 것은

혹여 이분이 잠에서 깨실까 하는 것뿐이야.

비록 기록된 어떤 이름보다도 내 이름이

그 악명을 드높이고 있지만,

감히 이분이 잠들어 계신 여기서

그런 범죄를 저지른단 말인가.

갈반 이분이 누구신가?

엔리코 저명하신 분으로

내가 세상에서 두려워하며

존경해 마지않는 유일한 분이시네.

현명한 아들을 두신

용감한 어른이시지.

내가 이분을 모시고 있는 그 순간만큼은

내가 했던 그런 범죄는 절대 하지 않을 거야.

이분의 시선이 내게는 그런 욕망을

억제하는 무서운 시선이 되지.

그러나 커튼을 내려 모습이 보이지 않으면

다시 악의 기운이 솟을지도 모르지.

갈반 (침실의 커튼을 내린다.)

이제 닫았어.

엔리코 갈반, 이제는 나도 아버지가 보이지 않고

아버지도 나를 볼 수 없으니

원래의 악한 모습으로 돌아갈 수 있겠어.

갈반 자, 저기 알바노가 오고 있어.

라우라의 동생 말이야.

죽이는 게 마땅하지 않겠나.

엔리코 지금 자기 누이를 찾아온 것 같은데

암, 여부가 있겠나. 따라가 죽이자.

갈반 두말하면 잔소리지.

(두 사람, 퇴장한다)

(거리.)

제5장

(알바노, 그리고 잠시 후 엔리코와 갈반이 등장한다.)

알바노 (무대를 가로지르며)

해가 지고 있는 모습을 보니

내 나이를 보는 듯하다.

아내를 어떻게 부양해야 할지.

(퇴장한다.)

엔리코 (알바노 퇴장할 때, 움직이지 않고 그를 쳐다본다.)

심복, 멈춰.

갈반 도대체 자네 용기는 어디에 둔 거지?

엔리코 알바노를 바라보는데,

내가 존경해 마지않는

아버지의 모습을 보는 듯했어.

내가 여기서 잔인한 사람이 되면

아버지한테 불효자가 될 거란 생각이 들더군.

알바노, 당신은 자신의 늙은 모습 때문에

잔인한 내 손을 피하게 된 거야.

생각지도 않게 바로 그 백발이

당신을 살려 준 셈이 되었어.

당신을 죽이는 건 꼭 내 아버지를

죽이는 것 같았거든.

당신이 한탄하고 있는 그 백발이

당신을 제대로 도와준 거야

갈반 도대체 자네를 이해할 수가 없군.

자네는 더 이상 어제의 자네가 아니야.

엔리코 용기가 없어져서 그런 게 아니라네.

갈반 자네는 그를 충분히 죽일 수 있었어.

엔리코 이번에는 정말 그러고 싶지 않았어.

나는 온갖 범죄를 저질러 봤고

살인하는 맹수였기 때문에

세상에 무서운 것이 없네.

내 가슴에는 온갖 종류의

사악한 마음들이 살고 있지만,

막상 백발을 보았을 때

그만 존경의 마음이 생기고 말았지.

마치 아버지의 백발을 바라보는 것처럼 말이야.

그리고 갑자기 모든 분노가 사라지고 말았어

알바노가 그렇게 나이

많은 사람인 줄 알았더라면

그를 죽이겠다고 하지 않았을 거야.

갈반　존경심이라. 웃기고 자빠졌군.

알바노를 죽이지 않았으니

그가 너한테 주었던 돈을

이제는 어떻게든 돌려줘야겠지.

엔리코　아마도.

갈반　아마도라니?

엔리코　아마도, 내가 내키면.

갈반　그자가 오는군.

제6장

(옥타비오, 엔리코, 갈반.)

옥타비오　알바노를 봤는데

　　나처럼 멀쩡하게 살아 있더군.

엔리코　알고 있어.

옥타비오　그자를 죽이겠다고 했던

　　약속을 잘 지키지 못한 것 같군.

　　그게 신의 있는 사람이 할 짓인가?

갈반　(혼자서) 단검으로 찌를 기회를 찾고 있군.

엔리코　나는 노인들을 죽이지 않아.

　　그에게 무슨 잘못이 있다면

　　네가 직접 스스로 가서 그를 죽이면 될 게 아닌가.

　　나는 네가 준 그 돈으로 만족하겠어.

옥타비오　그렇다면 내게 돈을 돌려줘야지.

엔리코　꺼져 버려, 빌어먹을 놈.

　　나를 화나게 하지 마라.

　　나를 돌게 하면, 하느님께 맹세하지만…….

　　(옥타비오와 엔리케, 칼을 빼서 서로를 찌른다.)

갈반　악마가 잠든 모양이군.

　　저놈들이 싸우는 걸 보니.

옥타비오　반드시 내 돈을 찾고야 말겠다.

엔리코　나는 줄 생각이 전혀 없는데.

옥타비오　너는 겁쟁이다.

엔리코　말도 안 되는 소리.

　　　(그를 찌른다.)

옥타비오　이렇게 죽다니.

　　　(쓰러진다.)

엔리코　미안하지만.

　　　너 스스로 무덤을 판 것이다.

갈반　모두 잠든 이 시간에 무슨 날벼락인가.

엔리코　내가 죽이고 싶은 사람들은 지혜와

　　　경험을 가진 노인들이 아니라,

　　　너처럼 건방진 놈들이지.

　　　그분들은 그것으로 젊은 혈기도

　　　능히 물리치시는 분들이지.

　　　내가 말한 게 진짜인지 알아보고 싶으면,

　　　어서 가서 하느님께

　　　다시 태어나게 해 달라고 간청해 봐.

　　　다시 태어나도 네놈을 다시 죽여 주마.

제7장

(지방관, 포졸, 사람들, 엔리코와 갈반.)

지방관　(무대 뒤에서)

　　저자를 잡아 처형하라.

갈반　지방관이 백 명도 넘는 사람들을 데리고

　　너를 잡으러 오고 있다.

엔리코　백 명이 뭐야, 6백 명은 될걸,

　　갈반, 내가 잡히면 응당 죽음을 면치 못하겠지만,

　　반대로 도망갈 수만 있다면 안 죽을 수도 있어.

　　알겠지만, 맘만 먹으면

　　얼마든지 도망갈 수도 있지.

　　하지만 나는 명예롭게 세상을 뜨고 싶어.

　　여기 엔리코 잠들다. 이렇게 말이야.

갈반　자네를 잡으려 에워싸고 있어.

엔리코　그러라지. 사람들 사이로 몸을 던지겠네.

갈반　나도 자네 뒤를 따르겠네.

엔리코　네가 따르는 사람이

　　카이사르 같은 사람이라고 생각해 봐.

　　(지방관과 수행원들이 들어온다. 엔리코와 갈반, 그들을 공

　　격한다.)

지방관　너는 악마인가?

엔리코　나는 목숨을 부지하고 싶은

　　한낱 인간일 뿐입니다.

지방관　그렇다면 순순히 체포에 응하라.

　　목숨만은 살려 주겠다.

엔리코 그런 식으로 나를 잡으려 하는데

어림없는 말이오.

(계속 포졸들과 싸우면서)

갈반 겁쟁이들.

(엔리코가 계속 포졸들을 몰아세우고 있다. 지방관이 그 싸움에 끼어들자, 엔리코가 그에게 상처를 입힌다, 포졸들, 할 수 없이 엔리코와 갈반에게 길을 열어 준다.)

지방관 (포졸들의 품에서 떨어지며)

아, 이럴 수가. 내가 이렇게 죽는구나.

포졸 1 큰일이 벌어졌다,

지방관이 살해당했어.

포졸 2 이런 일이 벌어지다니!

(모두 퇴장한다.)

(바닷가 근처의 들판.)

제8장

(엔리코와 갈반.)

엔리코 자, 이제는 저 대지가 그 안을 열어 나를 묻으려 하네.

이제 땅에서는 더 이상 도망갈 데도 없으니,

거대한 바다여, 네 심장에 나를 숨겨 다오.

입에 칼을 물고 나 이제 그 안으로 몸을 던지려 한다.

부디 내 영혼을 불쌍히 여겨 자비를 부탁하노라.

거룩하신 주님,

저는 악인 중의 악인이나,

한시도 당신에 대한 거룩한 믿음을 배우는 데

손 놓은 적이 없었나이다.

하지만 이게 다 무슨 소용이겠습니까?

바다에 몸을 던질 수밖에 없는 이 순간,

불쌍한 제 아버지가

한없이 마음에 걸릴 뿐입니다.

생명이신 하느님,

아이네이아스가 늙은 아버지 안키세스에게 그랬던 것처럼.*

다시 돌아가 아버지를 보살필 수 있기를 간절히 기도합니다.

갈반 멈추게, 어디를 가는 건가?

목소리 (안에서) 나를 따라오게.

갈반 목숨이 아깝지도 않은가?

엔리코 사랑하는 아버지, 저의 두 팔로

당신을 모시지 못해 죄송합니다.

그러나 제 진심만은 아시고 있지요?

자, 갈반, 나를 따르라.

갈반 벌써 따르고 있네.

엔리코 육지로는 도망갈 수 없다.

갈반 그렇다면 바다에 몸을 던지겠네.

엔리코 바다 한가운데서 생매장될지도 몰라.

아, 사랑하는 아버지!

갈반 함께 바다로 뛰어드는 거야.

엔리코 겁쟁이가 아니라면 그래야지.

(퇴장한다.)

(산속.)

제9장

(산적이 된 파울로와 페드리스코. 다른 산적들이 행인 세 명을 붙잡아 온다.)

산적 1 용감한 파울로 님, 여기

분부대로 모두 대령했습니다.

이 세 놈을 살릴지 죽일지

명령만 내리십시오.

파울로 돈은 좀 가지고 있던가?

페드리스코 땡전 한 푼 없었습니다.

파울로 멍청한 놈아, 그렇다면 더 볼 게 뭐 있나?

페드리스코 뺏을 건 다 빼앗았습죠.

파울로 돈이 한 푼도 없었다면서?

　　그러면 놈들에게 심판을 내려야지.

페드리스코 그래서 분부를 기다리고 있는 중입니다.

행인 1 저희를 불쌍히 여겨 주십시오!

파울로 저 떡갈나무에 이놈들을 매달아라,

행인 세 명 모두 오, 제발 목숨만 살려 주십시오!

페드리스코 이놈들아, 빨리 움직여라.

　　네놈들은 이 호젓한 산중에서

　　산 채로 독수리들의 먹잇감이 될 것이다.

파울로 (페드리스코에게)

　　너도 이런 짓이 더 이상 두렵지 않지?

페드리스코 이제는 아무것도 무섭지 않습니다.

　　예전에 주인님은 금식을 밥 먹듯 하시면서

　　하느님께 기도하며 매달렸었지요.

　　위대한 참회 속에서 평생을 살 수 있도록

　　큰 용기와 은총을 달라고 말입니다.

　　반대로 이렇듯 산속에서 은거하며

　　사나운 산적들의 괴수가 되시어

　　지나가는 이들의 돈을 털며

　　살인을 밥 먹듯이 하시고

　　가공할 폭력을 보여 주시니,

　　저로서는 더 이상 놀라울 게 무엇입니까.

　　이제는 무슨 일이든 감당할 수 있습니다.

파울로   엔리코를 닮는 것이

내 목적이다. 나아가 그를 능가할 것이다.

주님, 이런 저를 용서하소서.

그것이 하느님 뜻이라면,

이것이 제가 갈 길 아니겠습니까.

페드리스코   계단에서 떨어지는 사람이 있으면

그 계단에서 떨어지는 사람을 보는

사람도 있기 마련이지요.

그렇다고 같이 따라서 떨어지지는 않습니다.*

파울로   천사가 눈 깜짝할 사이에 나타나,

하느님을 경배했던 나를

인가와 그리 멀지 않은 이 산에서

산적들의 대장으로 만들고,

수정처럼 맑은 나의 눈동자를 흐리게 해서는

결국 빛으로 가는 길을 포기하게 만들었다.

그것이 수도의 길을 자청했던 사람에 대한

상금이란 말이냐! 이제 하늘은 나쁜 짓을

저지르는 데 있어 엔리코에게

절대 뒤지지 않는 나를 보게 될 것이다.

페드리스코   주인님을 생각하면 비통할 따름입니다.

파울로   내 두 눈이 불로 이글거린다.

맹수들아, 들판과 산등성이에서 달콤한

집을 짓고 살아왔던 너희들이

이제 곧 거만한 파에톤*을 능가하는

내 심장을 보게 될 것이다.

수많은 날갯짓으로 땅을 풍요롭게 하고

푸른 옷을 입어 더욱 생생해지는

온갖 나무들아, 이제 너희들이 기꺼이 맞이한

이 손님이 너희들에게 폭력을 행사하겠노라.

너희들의 나뭇가지 하나하나에

매일 인간의 머리 하나씩을 매달아 주겠노라.

너희들이 무거워짐으로써 인간들에게

풍성한 열매를 줄 수 있듯이.

나 또한 가지마다 먹을 것을 매달아,

날아다니는 새들을 기쁘게 하리라.

여름이건 겨울이건 너희들의

풍성한 과일이 될 것이다.

내가 할 수 있는 한, 더 많은

과일을 만들어 주겠노라.

페드리스코 주인님은 이제 자랑스럽게

지옥으로 가시겠군요.

파울로 자, 이 세 놈을 저 떡갈나무에 매달아라.

페드리스코 분부대로 거행합죠.

행인 1 대장님!

파울로 더 심한 일을 당하고 싶지 않으면

내 명령에 순순히 따르라.

페드리스코　자, 가자.

행인 2　제발 목숨만 살려 주십시오.

페드리스코　결국 이렇듯 사형 집행을 하게 되는 것인가?

　　언젠가 내 목에 밧줄을 매는 날이 오면

　　다른 이가 그 일을 하도록 교육하라고

　　이 일을 내게 시키는 것인가?

　　(두 명의 산적만 남고, 페드리스코와 다른 산적들이 행인들을
　데리고 퇴장한다.)

제10장

　(파울로와 두 명의 산적.)

파울로　(자신에게)

　　엔리코, 나는 너를 본받아 무엇이든

　　똑같이 할 것이다.

　　네가 저지른 행위로 벌 받을 때,

　　나를 반드시 데려가야 한다.

　　나 역시 너를 가만두지 않을 것이다.

　　천사가 분명히 내게 말했다.

　　내가 너와 같은 길을 갈 것이라고.

　　영원한 심판자 되시는 하느님께서

우리 두 사람을 지옥으로 보낼 때

우리는 예정된 나쁜 짓을 다 이루어야 한다.

목소리 (안에서 노랫소리 들린다.)

아무리 큰 죄인도

하느님의 자비하심을

불신해서는 안 되네.

그것으로 더 높아지시는 하느님.

파울로 무슨 소리가 나는 거지?

산적 1 대장, 저 떡갈나무가 너무 커서

목소리가 어디서 들려오는지 모르겠습니다.

목소리 하느님과 대적하길 멈추고

속죄에 힘쓴다면

아무리 나쁜 짓을 저지른 사람도

하느님은 그를 용서하신다.

파울로 너희 둘은 산으로 올라가서

저 로만세*를 부르는 사람이

목동인지 확인해 보아라.

산적 2 우리 둘이 냉큼 다녀오겠나이다.

목소리 천지를 지으신 하느님은

권능의 목소리로 죄지은 자에게

다가와 언제나 아낌없이

베풀어 주신 그것을 내주시느니라.

제11장

(파울로와 산 정상에서 꽃으로 왕관을 짜고 있는 꼬마 목동.)

파울로   이봐 꼬마 목동,

이리로 내려와 봐라.

그대 목소리가 경이롭고

그 내용이 심상치 않구나.

그 로만세를 어디서 배웠는가?

마치 내 마음을 읽고 있는 것 같아

심히 두렵구나.

꼬마 목동   내가 부른 이 노래는

바로 하느님이 제게

손수 가르쳐 주신 것입니다.

파울로   하느님이!

꼬마 목동   그렇습니다. 그분이 이 땅에 권능으로 세우신

그분의 아내 되시는 교회에서 말입니다.

파울로   말은 잘하는구나.

꼬마 목동   선생께 분명히 말씀드리고자 하는 것은

저는 털끝만큼의 의심도 없이 하느님을 믿고,

비록 비천한 목동이나

십계명에 순종하고 있다는 것입니다.

파울로   행동과 말과 생각으로

자신을 대적한 자도

그분은 용서하실까?

꼬마 목동 왜 아니겠습니까?

그의 죄가 태양 광선보다 밝고

하늘의 별보다 많아도

그분은 달빛을 만드셨고,

짜디짠 바닷물 한가운데에

물고기를 준비하셨습니다.

그것이 바로 그분의 자비로움이지요.

단지 주님이라고 부르기만 해도

그분은 자신의 넓은 두 팔로

죄인을 안아 주시고

그분을 닮게 만드십니다.

만약 그렇지 않다면

우리를 만드실 때 그처럼

연약하게 만드시지는 않았을 것입니다.

다시 말해, 하느님이 자신에게

영광을 바칠 수 있도록

인간을 창조하시지 않았다면,

거룩한 권능 안에서

인간을 이토록 불완전하게

만드신 이유가 무엇이겠습니까.

하느님은 인간에게 자유 의지를 주시고,

그 의지와 함께 우리의 영혼과 육체에
연약함을 주셨습니다.
그렇기 때문에 그분에게 자비를
구하는 능력도 함께 주신 것입니다.
그리고 늘 우리의 간청을 받아 주시지요.
인간이 죄를 짓는 동안
의로운 힘이 죄인에게
반대로 작용한다면,
하늘나라에서 그분을
만날 수 있는 사람은
줄어들 수밖에 없을 것입니다.
인간의 연약함이 얼마나 큰지
불신의 의도를 가진 단순한 행동이나
쳐다보는 것만으로도
하느님을 대적하게 됩니다.
이렇게 슬픈 조건과 불완전함에
놓여 있는 인간들이
한두 번 죄를 지었다고
벌을 받아야 할까요?
절대 그렇지 않습니다.
하느님은 자비로우시고
가장 큰 죄도 용서하시는 분입니다.
왜냐하면 우리 하나하나는

모두 그분의 수고로

창조되었기 때문입니다.

아시는 것처럼, 그분은

우리를 자유롭게 하기 위해

피를 흘리셨고,

자신의 몸으로 바다를 만드시어

그것을 피가 흐르는

다섯 개의 강*으로 나누셨습니다.

성령이 어머니 되신

성모 마리아의 배 속에서

9개월을 함께하시다가,

태양이 명료하게 빛날 때

유리처럼 그 안으로 들어가셨습니다.

예를 들어 보겠습니다.

베드로도 그분께 대적한 사람이었습니다.

그렇다고 그 죄 때문에 훗날

불쌍한 영혼들의 목동이 될 수 없었나요?

복음서 작가인 마태오는 어떻습니까?

그분 역시 예수님께 대적했던 사람이었지만,

그를 제자 삼으시고,

큰 사명을 주셨습니다.

프란체스코도 마찬가지 아닙니까?

그의 큰 죄를 용서하시고,

의로운 일을 맡기시기 위해
그의 몸에 십자가의 흔적을
남기시어 하느님이 살아 계심을
그를 통해 보이셨습니다.
막달라 여자로 공공연한
죄인이었던 막달라 마리아를 보십시오.
회개하고 성녀가 되지 않았습니까?
예를 들자면 한이 없을 것이나
양 떼들이 기다리고 있어
이 정도로 하겠습니다.

파울로 꼬마 목동, 가지 마시오.

꼬마 목동 더 이상 있을 수가 없군요.
양 무리에서 도망쳐 길을 잃은
양 한 마리가 있는데
이제 그 양에게 사랑을 가르쳐 주러
저 계곡으로 가야 합니다.
선생이 보고 있는 이 왕관은
집사님의 명을 받아
제가 모든 정성을 담아 만든 것으로
바로 그 양을 위한 것입니다.
그만큼 그 양 한 마리가 소중하기 때문이지요.
하느님을 거역한 죄인도
이처럼 그분에게 용서를 구하면

한량없는 자비를 가지신

그분은 꼭 그를 용서하십니다.

파울로 꼬마 목동, 잠깐 기다리시오.

꼬마 목동 그럴 수가 없습니다.

파울로 당신을 이렇게 힘으로 잡는다면…….

꼬마 목동 저를 잡으려는 것은 운행하는

태양을 멈추게 하려는 것과 같습니다.

(목동의 몸이 파울로의 손에서 홀연히 사라진다.)

제12장

(파울로 혼자 있다.)

파울로 순례자의 모습으로 나타나

내게 계시를 준 이 목동은

필시 하느님이 보낸 사람이다.

그분의 자비하심을 불신하자

회개하면 용서받을 수 있다고

내게 전언을 주기 위해 온 것인가?

그렇다면 엔리코가 죄인이라 하더라도

그 죄를 능히 용서받을 수 있다는 말인가?

내가 큰 실수를 저질렀다는 생각이 드는데,

이 세상에서 가장 사악한 인간의 운명으로 태어난
그도 용서받을 수 있다는 것인가?
내게 불현듯 나타나 이렇듯 놀라게 하고
홀연히 사라진 목동이여,
엔리코처럼 사악한 자도 회개하려는
의지가 있으면 용서를 받을 수 있다는 말인가?
목동이여, 당신은 신의 자비에
두 갈래 길이 있다고 말하는 것인가?
엔리코를 보면 우리가 갈 수 있는 길은
하나밖에 없는데. 지옥으로 떨어지는 것밖에는.

제13장

(페드리스코와 파울로.)

페드리스코 파울로 님, 제 얘기 좀 들어 보세요.
   말씀드려도 믿지 않으실 거고
   무슨 뚱딴지같은 소리냐 하시겠지만,
   파울로 님도 결코 보지 못했을
   그런 이상한 일이 있었습니다.
   저기 나무가 우거진 해변에는
   맹수들이 들끓고, 수정 같은

맑은 물이 햇빛을 반사할 뿐 아니라,

기암절벽에는 큰 파도가 치고 있습죠.

거기서 그놈들을 나무에 매달고 나서

셀리오와 제가 잠시 지체하고 있을 때,

어디서 사람 목소리가 갑자기 들려

저희 두 사람은 혼비백산하고 있는데,

다시 "물에 빠져 나 죽는다" 하는 소리에

그쪽을 쳐다봤더니, 두 남자가

허우적대고 있는 게 아니겠습니까.

한 사람은 입에 칼까지 물고 말입니다.

그래, 그 사람을 건지러 달려갔습죠.

그런데 바다에는 폭풍우가 불고 있었고

바람도 피에 굶주린 듯 거세게 불고 있었습니다.

이미 별들은 하늘에 총총히 박혀

있을 시간이었는데, 마침내 두 사람의 얼굴이

차디찬 수면 위로 보이기 시작했죠.

마치 파도가 목을 자르는 것처럼 보이더군요.

아무튼 그들은 간신히 뭍으로 올라왔는데,

파울로 님도 놀라 자빠질 일이 있지 뭡니까.

글쎄, 그중 한 사람이 바로 엔리코였습니다.

파울로   그럴 리가 있겠느냐.

페드리스코   제가 장님이 아닌 다음에야

어찌 잘못 보겠습니까.

틀림없이 엔리코였습니다.

파울로 분명히 그를 보았느냐?

페드리스코 분명합니다.

파울로 뭍으로 나와서 무엇을 하던가?

페드리스코 목숨을 구해 줬다고,

하느님에게 감사하고 있었습니다.

파울로 (자신에게) 목동이 말한 것처럼

하느님이 그를 용서해 주셨단 말인가!

판단이 서질 않고 뭐가 뭔지 모르겠구나.

내 직접 만나 알아보리라.

페드리스코 그에게 부하들을 보내시지요.

파울로 그렇게 하도록 해라.

(파울로가 약간 떨어져 페드리스코와 얘기를 한다.)

제14장

(파울로와 페드리스코. 온몸이 젖고 두 손이 묶인 엔리코와 갈반이 산적들에 의해 끌려온다.)

엔리코 나를 어디로 데려가는 것이냐?

산적 1 대장님이 여기 계시다.

목숨이 아깝거든 그분의

말을 듣는 게 좋을 거야.

파울로 (페드리스코에게 작은 소리로)

이렇게 해라.

(퇴장한다.)

페드리스코 분부대로 하겠습니다.

산적 1 대장님은 가셨는가?

페드리스코 그렇다네.

당신들 바다를 헤엄쳐

이동하는 게 무척 위험한 일인데,

어디로 가고 있었소?

엔리코 지옥으로 가고 있었소.

페드리스코 지옥으로 가는데 그렇게 힘들게 가는가?

세상에는 악마들이 지천에 깔렸는데

무엇 하러 그런 헛된 짓을 하시오?

엔리코 악마의 수고를 덜어 주고 싶었소.

페드리스코 말은 청산유수로군.

아주 현명하게 대답하는데.

악마에게 짐이 되기 싫어서 그랬다.

형씨 이름이 뭐요?

엔리코 악마라 하오.

페드리스코 그래서 악귀를 적시려고

바다에 몸을 던졌단 말이군.

엔리코 거센 파도와 바람 때문에

그만 칼을 놓쳐 버렸기 망정이지

그렇지 않았다면, 당신에게

그 칼로 나와 한판 해 보자 했을 거요.

나는 말 많이 하는 걸 싫어하거든.

페드리스코   이보시오, 신사 양반, 성질부리지 말고,

나한테 고분고분 대하는 게 좋을 거요,

하느님께 맹세코, 내 화를 돋우면

당신 몸에 수천 개의 구멍을 내 주겠소.

하긴 그러잖아도 당신을 보아하니

태어날 때부터 상처투성이였나 본데.

당신은 지금 잡혀 있다는 걸 명심하시오.

그대가 용감하면, 나 역시 헥토르만큼이나

용기에는 뒤지지 않는 놈이오.

헥토르가 수없이 목숨을 건졌던 것처럼

나도 수많은 배고픔과 위험을 이겨 냈소.

당신이 도둑이면, 나도 도둑이고,

나 역시 악마인 거요.

산적 1   그렇고말고요.

엔리코   (혼자서) 자식 말도 많네.

페드리스코   자, 이제는 당신을 나무에 묶어야겠소.

엔리코   가만있을 테니 뜻대로 하시오.

페드리스코   (갈반을 가리키며)

저자도 묶어라.

갈반　(혼자서) 이렇게 죽는구나.

페드리스코　(갈반에게) 당신 얼굴을 보아하니

　　　아주 심술궂게 생겼는데,

　　　자, 이자도 단단히 묶어 두어라.

　　　대장님이 좋아하실 거다.

　　　(엔리코를 가리키며)

　　　저놈을 나무로 데려가라.

엔리코　그게 바로 하늘이 내게 원하는 것이다!

　　　(산적들, 엔리코와 갈반을 나무에 묶는다.)

페드리스코　단단히 묶어라.

갈반　자비를 베풀어 주시오.

페드리스코　두 놈의 눈을 천으로 가려라.

갈반　(혼자서)

　　　정말 단단히도 조이네.

　　　(큰 소리로)

　　　여보시오, 나도 당신들과

　　　같은 일을 하는 사람이오.

　　　나 역시 도둑이란 말이오.

페드리스코　그렇다면 우리의 수고를 덜어 주고

　　　벌도 만족스럽게 받을 터이니

　　　더 잘된 일이다.

산적 1　이제 묶고 얼굴도 가렸소이다.

페드리스코　그럼 활과 화살을 들자.

너무 많이도 말고, 두 다스만 사용해서

한 놈에 한 다스씩 맞혀 볼까.

산적 1   그럽시다.

페드리스코   (낮은 목소리로 산적들에게)

겁주려고 그러는 것이니

정말 그러면 안 된다.

산적 1   (낮은 목소리로, 페드리스코에게)

대장도 알고 있는 거지요?

페드리스코   (낮은 목소리로 산적에게)

자, 이제 저들을 두고 가자.

제15장

(엔리코와 갈반, 나무에 묶여 있다.)

갈반   이제 우리에게 화살을 무수히 쏘아 댈 거야.

엔리코   그렇게 약한 모습을 보이지 말게.

갈반   벌써 내 배 속이 찢어지는 것 같은데.

엔리코   정의로운 하느님, 저를 벌주소서.

회개하기를 원하기도 했으나

이제 회개하고 싶어도

그럴 수 없게 되었구나.*

제16장

(파울로, 수도자의 모습으로 십자가와 묵주를 들고 있다. 엔
리코와 갈반.)

파울로 (혼자서)

자, 이번 기회에 저자의 운명이 어떤 것인지

알아볼 수 있을 거야. 그렇게 나쁜 짓을

저지른 인간도 회개하고 하느님께 갈 수 있을까?

엔리코 사람이 목숨을 잃을 때는

들리지도 보이지도 않는 법!

갈반 모기가 지나갈 때마다

꼭 화살이 지나가는 느낌이야.

엔리코 내 심장이 불타고 있다.

내 힘이 계속 억눌려 있기를!

행운이 나타나지 않기를!

파울로 하느님에게 경배.

엔리코 영원히 경배를 받으시옵소서.

파울로 그대의 용기 때문에

이렇게 행운의 세례를 받은 줄 아시오.

엔리코 그렇게 말하는 당신은 누구요?

파울로 당신이 죽음을 기다리고 있는

이 광야에서 수도하던 수도사요.

엔리코   그런데 도대체 우리에게

무엇을 원하는 겁니까?

파울로   당신들을 나무에 묶어 죽이려던

그 사람들은 이미 떠나 버렸소.

잔인하게 당신들을 죽이려던

그들에게 머리 숙여 간청하여

이렇게 당신들을 두고 떠나게 했소.

엔리코   왜 우리에게 그런 호의를?

파울로   당신이 회개하는 걸 보고 싶었소.

그럴 수 있다면 나도 믿음을

다시 찾을 수 있을 거요.

엔리코   신부님, 저는 지금이 좋습니다.*

파울로   뭐라고 했소? 그대는 하느님을 믿지 않소?

엔리코   하느님을 믿습니다.

파울로   내가 보기에는 아닌 것 같소.

내가 제의한 마지막 선의를

받아들이지 않는 걸 보면 알 수 있지.

도대체 왜 이 상태로 있겠다는 거요?

엔리코   그러기 싫으니까요.

파울로   (혼자서) 세상에, 이럴 줄 알았다니까.

저들이 당신을 죽일 수도 있는데?

엔리코   신부님, 이제 그만 애쓰시고

저를 그냥 두시지 않겠습니까?

만일 그 도둑 선생들이 나를 죽이려 한다면

그대로 받아들이겠습니다.

파울로 (혼자서) 이처럼 혼란스러울 데가 있나!

엔리코 나는 누구의 말도 듣지 않소.

파울로 하느님의 말씀도?

엔리코 내가 이렇게 큰 죄인인 걸

하느님이 아시는데

순종한들 무슨 소용이오?

파울로 당신은 지금 막 큰 죄를 저질렀소.

그분의 사랑으로 죄를 사함 받을

기회를 놓치게 된 것이오.

엔리코 내가 평생 하지 않았던 것을

지금 와서 할 수는 없지 않겠습니까.

파울로 당신 가슴은 진정 단단한 바위 같구려.

엔리코 갈반, 셀리아는 무엇을 할까?

갈반 이런 어려운 상황에서

누가 그런 걸 생각하겠어?

파울로 지금은 그런 생각을 할 때가 아니오.

엔리코 신부님, 저를 화나게 하시는군요.

파울로 당신을 도와주려는 이런 말도

당신을 화나게 하는 거요?

엔리코 다 성가실 뿐입니다.

내가 이렇게 묶여 있지만 않았다면,

벌써 신부님을 저 바다에

던져 버렸을 겁니다.

파울로　저들이 당신을 죽이고 말 거요.

엔리코　이제는 기다리는 것조차 귀찮습니다.

갈반　신부님, 이제 죽음이 다가온 것 같으니,

제게 마지막 기도를 해 주십시오.

엔리코　신부님, 답답한 천이나 치워 주시지요.

파울로　그렇게 해 주겠소.

(엔리코와 갈반의 눈을 가리고 있던 천을 풀어 준다.)

엔리코　앞이 보이니 좋구나.

갈반　나도 그래.

파울로　볼 수 있어 좋기는 하겠지만

그래 봐야 당신들을 죽이려는

사람들만 보게 될 텐데.

제17장

(소총과 큰활을 들고 오는 산적들 그리고 앞 장면의 모든 사람들.)

엔리코　그런데 왜 주저하는 겁니까?

페드리스코　당신은 아직도 진의를 모르고 있군.

왜 고해를 안 하려는 거요?

엔리코 고해하고 싶지 않소.

페드리스코 셀리오. 저자의 가슴에 활을 쏴라.

파울로 그가 말을 하게 두어라.

이대로 가면 절망이다.

페드리스코 그러면 죽여 버리라는 말씀?

파울로 멈추어라. (아, 이렇게 비통할 수가!)

이자가 벌을 받으면

내게는 더 이상 희망이 없다.

엔리코 죽일 거요, 안 죽일 거요?

당신들, 그렇게 겁이 많은가?

페드리스코 자, 이번에는 더 이상

망설이지 말고 죽여라.

파울로 기다리게. 그가 다치면

내게 남는 건 혼란뿐.

이보시오, 그대가 죄인이라는 건 알고 있소?

엔리코 세상에서 나보다 더 큰 죄인은 없소.

파울로 아직도 그대의 선의를 기대하고 있소.

어서 하느님 앞에서 속죄하시오.

파울로 당신 참 피곤한 설교자로군.

그러고 싶지 않다고 하지 않았소.

파울로 내 모습을 그대로 보여 주겠소.

하느님을 불신하면서부터

내 영혼이 얼마나 많은 눈물을
흘렸는지 모를 거요.
자 두꺼운 천아, 이제 내 몸을
더 이상 덮어 두지 말아 다오.
거짓된 수정 위에 놓여 있는 찌꺼기처럼
내 마음은 사악하게 변해 버렸다.
(성직자의 옷을 벗는다.)
나는 우둔함에 빠져
뱀 같은 자가 되었고,
내 생각조차 저주하며
뱀이 그 껍질로 악하게 보이듯이
나는 그 옷으로 선을 가장하고 있다.
내 불운한 운명을 거역할 수 없고,
결국 내 불행을 보았노라.
내가 저주받은 사람이며
그리스도의 사람이 아니라는
뚜렷한 증거가 있으니,
차라리 저 옷을 나무에 걸고
그 옷으로 하여금 이렇게 말하게 하니,
"파울로, 이 자리에 나를 걸었구나,
내가 감싸고 있는 그 영광이
네게는 가당치 않다"
하고 말하게 하려다.

내게 단검과 칼을 주고

그대가 이 십자가를 가지라.

내게는 더 이상의 희망이 없다.

그리스도의 성스러운 피를

나는 제대로 사용하지 못했다.

자, 저들을 풀어 줘라.

(산적들, 엔리코와 갈반을 풀어 준다.)

엔리코 　내가 지금 본 모든 것을 믿을 수가 없소.

갈반 　하느님, 감사합니다.

엔리코 　진실을 말해 주시오.

파올로 　내 불운을 다 어찌 말하겠는가.

엔리코, 너는 차라리 태어나지 말았어야 했다.

나와 같은 운명을 타고난 너를

네 어미가 세상에 낳지 않았어야 했다.

아니면 하늘에 두 손 모아 기도했어야 했다.

네 육체와 영혼이 합칠 때

그분의 두 손에서 죽음을 맞게 해 달라고.

사자가 너를 잡아먹거나

아직 어려 부드러운 너의 사지를

곰이 갈기갈기 찢어 버렸어야 했다.

그도 아니면, 네 집의 가장 높은 곳에서

몸을 던졌어야 했다.

네가 나타나 내 희망의 밧줄을

끓어 버리기 전에 그랬어야 했다.

엔리코 그런 일이 있었다니, 금시초문이었소.

파울로 나는 파울로라는 수도사로

15년 전 사랑하는 고향을 떠나

이 황량한 산속에서 하느님께

오로지 기도하며 10년을 지냈소.

엔리코 큰 축복이오!

파울로 천만에, 큰 불행이지!

구름을 뚫고, 하늘과 지상 사이의

금과 은으로 만든 커튼을 뚫고

천사가 내게로 오지 않았겠소.

그때 나에 대한 하느님의 뜻이

무엇인지 물어보았소.

천사 말하길, "고행을 멈추고,

이제 속세로 가라. 가서 엔리코를

만나라. 그는 아나레토의 아들로

나폴리에서는 모르는 사람이 없는 자다.

그의 행동을 주의 깊게 보고,

그의 말을 경청하라.

그가 천국에 가면

천국이 너를 기다리고,

그가 지옥에 가면

너도 함께 가게 되리라."

그 말을 듣고 나는 엔리코가
성인일 거라 생각했소.
그런데 예상과는 전혀 다르게
나폴리로 가서 당신을 봤을 때,
당신이 이 세상의 누구보다
악인이라는 걸 알게 되었지.
그래, 당신과 같은 사람이 되려고
신부복을 벗고, 무기를 들고
산적들의 대장이 된 것이오.
당신의 그 죄에 물든 삶 속에서
하느님을 경배하는 어떤 구석이
있지 않을까 알아보고 싶어,
온갖 시도를 했지만
모두 소용이 없었소이다.
그리고 조금 전 당신이 본 것처럼
여기서 그 신부복을 벗었던 거요.
그때 내 영혼은 비탄에 빠지고
하느님은 나를 벌하셨소.

엔리코 천사가 말한 하느님의 말씀에는
인간이 도달할 수 없는 뜻이
숨어 있기 마련입니다.
제가 신부님이었다면
그 수행의 길을 포기하지 않을 겁니다.

어쩌면 그렇게 포기하려 했기 때문에
하느님이 신부님을 벌하실지도 모릅니다.
그렇게 포기한 것, 하느님의 말씀을
배반처럼 받아들인 것,
무한한 그분의 권능에 함부로 대적한 것,
그것이 절망일 뿐입니다. 그런 걸 보시고도,
하느님은 아직 심판의 칼집에서 칼을
꺼내지 않으시고 계신 것을 모르시겠습니까.
저는 보입니다, 그분이 아직도 당신의 구원을
원하시고 계시다는 것을. 어떻게 성령의 자비로움과
경배받아 마땅한 그 징후를 못 보십니까.
저는 이 세상에서 인간이 저지를 수 있는
모든 악행을 저지른 악인이요,
입으로 내는 소리마다 저주일 뿐 아니라,
수많은 인간을 잔인하게 죽인 자입니다.
한 번도 그리스도와 성모 마리아의
뜻을 따른 적이 없었습니다.
보셨듯이 내 살아 있는 가슴팍에
칼을 대고 고해하라는 위협을 받을
때조차 그러지 않은 사람입니다.
그런데도 하느님이 저를 구원하실 것이라는
기대를 저버린 적이 없습니다.
그 이유는, 구원이란 저의 행위에 달린

것이 아니라, 가장 극악무도한 죄인조차

그분의 자비로움으로 구원받을

수 있다는 믿음 때문입니다.

파울로 신부님, 그러나

신부님이 이제 그런 오류를 범했으니

우리 두 사람이 이 산에서

목숨이 다할 때까지 함께

지내는 것은 어떻겠습니까.

즐겁고 행복하게 말입니다.

우리가 같은 운명을 타고 태어났다면,

비록 선한 이에게 보이시는 그런

영광이 아직 부족하고, 아직은 그분의

은총을 느낄 수 없다 하더라도

저는 그분의 자비심을 믿습니다.

왜냐하면 하느님의 자비하심은 언제나

그분의 정의로움을 능가하니까요.

파울로   그대의 말이 내게 조금은 위안이 되는구려.

갈반   세상에, 저 인간이 저런 말을 할 줄이야.

파울로   자, 이제 쉴 곳으로 가지요.

엔리코   (혼자서)

아, 이렇게 선한 사람이 있나!

(큰 목소리로)

자, 파울로 이제 우린 친구가 되었네.

그런데 내가 도시에다 놓고 온

보석이 하나 있어서, 거기로 가는 게

위험하기는 하지만 다녀와야겠네.

보고 싶어 죽을 지경이야.

자네 부하 중 한 사람이

나와 함께 가면 좋겠는데.

파울로 씩씩한 페드리스코가 좋겠군.

페드리스코 (혼자서)

지금까지 함께 다녔는데,

나를 보내고 싶을까?

파울로 엔리코에게 가장 좋은 칼을 주어라.

그리고 바람처럼 달리는 저 암말을 타고 가게.

그걸 타면 두 시간이면 족히 갈 거야.

갈반 (페드리스코에게)

그동안은 내가 대신

당신이 하던 일을 하고 있겠네.

페드리스코 (갈반에게)

그럼 나는 당신이 도시에서

저지른 죄에 대해 혼나러 가는 거야?

엔리코 자, 그럼.

파울로 이름을 부른 것만으로도

각별한 인사를 한 셈이네.

엔리코 나는 악인이나 하느님을 믿네.

파울로 나는 이제 저지른 죄가 많아서

하느님을 믿지 않네.

엔리코 그런 불신앙을 가지고 있으면

벌을 받게 되는 거야.

파울로 아무튼 나는 그래. 어쨌거나 괜찮네.

아! 엔리코, 자네가 태어나지 않았다면!

엔리코 사실이야. 하지만 내가 가진 믿음이

언젠가는 증명될 거라 믿네.

제3막

(창살이 안쪽으로 있는 감옥. 창문 밖으로 거리가 보인다.)

제1장

(엔리코와 페드리스코.)

페드리스코 우리가 이렇게 되다니, 꼴좋다!

엔리코 빌어먹을, 왜 울고 그래!

페드리스코 어떻게 안 울 수가 있소?

　　억울하게 다른 놈 대신

　　여기에 들어왔는데.

엔리코 인생이란 게 다 그런 것 아닌가?

페드리스코 몸이나 성해야 인생이고 뭐고 있지!

엔리코 여기서도 먹을 걸 찾나?

온종일 탁자를 끼고 사는군.

페드리스코 먹을 것도 없는데

탁자만 끼고 있으면 뭐 합니까.

엔리코 먹을 것 좀 그만 밝혀.

페드리스코 당신이나 혼자 먹을 것을 멀리하시오.

엔리코 나만큼이나 힘들까?

페드리스코 죄지은 사람이 자기

죄를 치르는 건 당연한 일,

그러나 저지르지도 않은 죄를

치르고 있는 나는 어떻겠소?

엔리코 페드리스코, 이제 그만 투덜대지.

페드리스코 알겠소. 그만두리다.

그러나 배가 고프면 죽은 자도

입을 여는 법이고, 반대로 청산유수로

말하던 사람도 입을 다무는 법.

엔리코 이 감옥에서 나갈 수

없을 거라고 생각하나?

페드리스코 그건 착각이었소.

여기 들어올 때는 우리가

나갈 수 있다고 생각했었는데…….

엔리코 우리에게 제일 두려운 게 뭘까?

페드리스코 사형당할지도 모른다는 것이지 뭐겠소.

하느님이 우리를 구하지 않으신다면…….

엔리코   두려워 말게.

페드리스코   두려워하는 건 아니지만,

　　　풍악도 없이 춤추게 될까 두렵소.

엔리코   운이 되면 무슨 수가 나겠지.

제2장

(거리에 셀리아와 리도라. 엔리코와 페드리스코.)

셀리아   (감옥 창문을 둘러보다, 그중 하나에 멈춰 서며)

　　　눈치를 보는 건 아니지만

　　　너를 여기까지 따라오게 해서 미안하구나.

리도라   별말씀을. 아씨의 몸종인데

　　　당연히 따라와야죠.

엔리코   드디어 셀리아가 왔군.

페드리스코   누구라고요?

엔리코   자신보다도 나를 더 사랑하는 셀리아…….

　　　이제 구원자가 온 거야.

페드리스코   구원이고 뭐고

　　　허기져서 견딜 수가 없소.

엔리코   셀리아가 가지고 올 돈으로

내가 무엇을 할지

벌써 생각해 두었다는 걸 알고 있나?

페드리스코 오래 굶다 보니

내가 큰돈을 가지고 있다는 걸

깜박하고 있었네.

(돈 자루를 꺼낸다.)

엔리코 많지도 않은데.

페드리스코 우리 둘 다 제정신이 아니야.

당신은 그 여자한테 돈을 원하고

나는 그녀에게 이렇듯 돈을 꺼내 주려 하고.

엔리코 너무나 예쁜 셀리아!

셀리아 (혼자서)

내 정신 좀 봐!

(리도라에게)

엔리코가 저기서 부르고 있다.

(창문으로 다가가며)

엔리코 씨.

페드리스코 엔리코 씨라고?

가정 교육 한번 지나치게 잘 받았군.

엔리코 절망하고 있었는데,

이제야 살 것 같군.

셀리아 내가 무엇을 도와주어야 하나요?

몸은 괜찮아요?

엔리코 당신이 와서 이제 한결 나아졌어.

당신을 보지 못해,

눈은 석 자나 나오고

입에서는 나오는 게 한숨뿐이었지.

셀리아 사실 할 말이 좀 있는데…….

페드리스코 멋진데!

저렇게 아름다운 여자일 줄은!

목소리는 또 얼마나 부드러운가!

돈 주머니 크기를 보아

셀리아가 가지고 온 돈이

다 안 들어갈 것 같은데.

엔리코 셀리아, 그런데 내게 무엇을

가지고 왔는지 알고 싶은데.

셀리아 조금 있다 줄게요.

엔리코 (페드리스코에게)

자, 보라고.

페드리스코 당신 정말 복 터진 남자구먼.

셀리아 내일이면 두 사람

사형장으로 가게 된대요.

페드리스코 자루 하나가 차서

다른 자루를 찾아야겠다.

엔리코 그런 말을 들으려는 게 아니야.

셀리아, 내 말을 들어 봐.

페드리스코 그래, 그게 낫겠다!

셀리아 나 결혼했어요.

엔리코 결혼을 하다니…….

그게 무슨 말이야?

페드리스코 진정하시오.

엔리코 내가 당신을 얼마나 보고 싶어 했는데…….

도대체 누구와 결혼했다는 거야?

셀리아 리산드로하고요. 제게 너무 잘해 주고 있어요.

엔리코 개자식, 죽이고 말겠어.

셀리아 사형을 피하기는 어려워 보여요.

부디 신의 가호가 있기를.

엔리코 미치겠군. 셀리아, 나를 봐.

셀리아 이제 가 봐야 돼요.

페드리스코 이제 마지막 희망까지.

셀리아 당신이 지금 하고 싶은 말은

마지막 미사를 갖고 싶다는 것이겠죠.

그렇게 할게요. 신의 가호가 있기를.

엔리코 이 창살을 부수고 말겠어.

리도라 아가씨, 더 이상 상대하지 마세요.

자, 이제 가야지요.

엔리코 이런 고통을 어떻게 견딜 수 있겠나!

이렇게 잔인한 운명이 또 있을까?

페드리스코 이 자루가 더 무거워지는군!

셀리아 무서워!

엔리코 이제는 아무것도 보이는 게 없다.

나를 이렇게 배신해?

(셀리아와 리도라가 퇴장한다.)

제3장

(엔리코와 페드리스코.)

페드리스코 돈이라는 게 뭔지.

저 많은 돈이 이제는 지푸라기보다도

무게가 나가지 않게 되었네.

엔리코 하늘도 무심하시지!

고통과 배신감이 나를 갈가리 찢는구나!

이 쇠창살을 어떻게 부숴야 한단 말인가!

페드리스코 진정하시오.

엔리코 닥쳐라, 멍청한 놈.

창살을 부수고

내가 당한 배신을 꼭 갚을 것이다!

페드리스코 간수들이 오고 있소.

엔리코 올 테면 오라지.

제4장

(문지기 두 명과 죄수들. 그리고 엔리코와 페드리스코.)

문지기 1 이 흉악한 살인범아,

　　머리가 어떻게 되었느냐?

엔리코 이러지 않으면 도리가 없소,

　　자, 이 사슬로 칼을 만들어…….

　　(자신을 묶고 있던 사슬을 부수고, 사슬을 문지기 1과 죄수들
　　에게 들이댄다.)

페드리스코 제발 부탁이오! 그만두시오.

문지기 1 이놈을 잡아 죽여라!

엔리코 파렴치한 놈들아, 질투의 힘을,

　　절망에 빠진 인간의 분노를 보여 주겠다.

　　(간수 1과 죄수들, 도망간다. 엔리코가 무대 밖으로 그들을
　　쫓아간다.)

문지기 2 내 동료가 쇠사슬에 맞아

　　쓰러지고 말았다.

엔리코 (무대로 돌아오며)

　　겨우 이걸 보고 도망을 쳐, 겁쟁이들.

페드리스코 문지기 하나가 죽었소.

목소리들 (안에서)

　　저놈을 죽여라!

엔리코 나를 죽이겠다고?

사슬에 쓰인 철이 낡아 빠져서

쇠사슬이 풀린 것뿐인데

혼자 겁먹고 도망가다 그런 건데…….

페드리스코 소동을 듣고 간수장이 일어난 모양이오.

제5장

(간수장, 간수들, 엔리코, 페드리스코와 문지기 2.)

간수장 이게 무슨 일이야?

(간수들, 엔리코를 체포한다.)

문지기 2 저놈이 피델리오를 죽였습니다.

간수장 어차피 내일이면

공개 처형을 당할 텐데,

교수대에 매달아

네 흉악한 가슴에 수없이

난도질을 할 것이다.

엔리코 이놈들이 나를 어찌 보고,

이렇듯 나를 화나게 한단 말인가.

눈에서 불이 나오는구나.

더러운 간수장 놈아,

네 직책을 보고 두려워

조금이라도 존중해 줄 줄 알았느냐?

내 두 팔로 너를 잡아

몸뚱어리를 도륙 내고

살을 갈기갈기 찢어

살점을 먹어도, 성이

차지 않을 것이다.

간수장   내일 10시를 기대해라.

백정 중의 상백정을 보내 주겠다.

자, 어서 저놈을 다시 묶어라.

엔리코   그거 좋지, 백정 중의 백정이라.

그도 운명을 피할 수 없을 것이다.

간수장   저놈을 독방에 처넣어라.

엔리코   아주 적절한 상을 주시네.

하늘을 노하게 한 놈인데

어찌 하늘을 보겠는가.

페드리스코   아, 불쌍하고 불운한 엔리코!

포졸 2   쇠사슬에 잔혹하게 맞아

골수가 터져 죽은 포졸이 있는데

그게 무슨 황당한 말이냐!

페드리스코   먹을 것을 주기는 하는 겁니까?

간수   (안에서)

야, 이놈들아, 식사 시간이다.

페드리스코 내일도 내 목숨이

부지해 있을지 알 수 없으니.

마지막 식사 시간이 될지도 모르겠구나.

여행용 식량이라도

차고 갈 수 있으려나 모르겠다.

그걸로 지옥문에 서 있을

저승사자들에게 대접이라도 해야지.

(모두 퇴장한다.)

제6장

(독방.)

(엔리코 혼자 있다.)

엔리코 용감한 척하던 엔리코,

결국 올 데까지 왔구나.

그러나 정신을 놓지는 말자.

이럴수록 강한 마음을 가져야 해.

가장 어려울 때일수록 기회가 있는 법.

너의 용기를 십분 발휘해서

이름을 높이고 명성을 널리 알릴 기회지.

어디 두고 보자……

목소리 (안에서)

　엔리코.

엔리코 누가 나를 부르는 거지?

　그런데 목소리가…….

　머리가 곤두서고

　온몸이 떨리는구나.

　그 큰 용기는 다 어디로 갔는가?

　과거의 내가 저질렀던 그 광포함은?

목소리 엔리코.

엔리코 내 영혼으로 하여 모든 신경을

　곤두서게 하고, 내 마음 깊은 곳에

　공포심을 일으키는 저 목소리는?

목소리 엔리코.

엔리코 내 연약한 곳을

　날카롭게 찌르는 저 목소리는

　사슬에 묶인 어떤 죄수의

　신음 소리일까?

제7장

(악마와 엔리코.)

악마   (엔리코에게는 보이지 않는다.)

　　　너의 비통한 처지에 가슴이 아프구나.

엔리코   내가 극도로 혼란스러운 걸까?

　　　내가 나를 어떻게 할 수가 없구나.

　　　마음은 한없이 불안하고

　　　내 용기는 온데간데없도다.

　　　두려움이 심히 날갯짓하니

　　　천둥소리가 들리는 듯하구나.

악마   엔리코, 내가 너를 자유롭게 해 주겠다.

엔리코   목소리 양반, 당신이 누구인지,

　　　어디에 있는지 모르는데,

　　　내 어떻게 그 말을 믿겠소.

악마   그렇다면 내 모습을 보여 주겠다.

　　　(모습을 드러내는데, 그림자 형태로 나타난다.)

엔리코   아니요, 보고 싶지 않소.

악마   두려워 마라.

엔리코   두려움이 넘치다 못해

　　　내 혈관 구석구석마다

　　　차가운 피가 흘러넘치고 있소.

악마   오늘 너는 다시 유명해질 것이다.

엔리코   내가 당신을 어떻게 할지

　　　나도 장담할 수 없으니

　　　가까이 오지 마시오.

악마   두려울 때가 바로 기회다.

엔리코   심장아, 제발 가만 좀 있어라.

(악마가 신호를 보내자, 벽에 작은 문이 열린다.)

악마   저 작은 문이 보이지 않느냐?

엔리코   보입니다.

악마   자, 무엇을 주저하느냐.

어서, 저기로 나가라.

엔리코   당신은 누구십니까?

악마   저곳을 넘어가면 그뿐,

내가 누구인지는 묻지 마라.

다만 나는 여기 죄수의 한 사람으로

너를 구해 주려는 것뿐.

엔리코   무슨 말씀이신지?

나를 구해 주다니?

두려움에 떨어 내가 죽음의

힘을 느끼고 있는 것인가.

나가겠습니다. 그런데 나를

주춤하게 하는 저 목소리는?

(안에서 합창 소리)

거친 그 발걸음을 멈추어라.

이곳을 벗어나지 말고

감옥에서 은신하라.

그것이 너의 살길이다.

엔리코 허공을 가르는 저 목소리는
저더러 나가지 말라고 합니다.
제 발목을 잡습니다.
당신은 나가라 하고
저 목소리는 나가지 말라 하고.
악마 네가 두려움에 지쳐
헛것을 듣고 있는 것이다.
엔리코 여기 있으면 죽을 운명,
당신의 말을 따라
나가는 것이 당연한 일.

(합창)
어리석은 엔리코,
감옥을 나가지 마라.
나가면 죽는 길이요,
있으면 사는 길이다.

엔리코 나가면 죽고
남아 있으면 살 것이다.
목소리가 그렇게 말합니다.
악마 결국 안 나가려느냐?

엔리코 머무르는 것이 좋겠습니다.

악마 두려움 때문에 그러는 것이다.

    너는 지금 판단력을 잃었다.

    그럼 죄수여, 머물라.

    네게 어떤 일이 있을지

    곧 알게 될 것이다.

제8장

(엔리코 혼자 있다.)

엔리코 그림자가 사라졌구나.

    나를 이렇게 혼란에 빠뜨려 놓고…….

    그 작은 문은 정말이었을까? 아니야.

    이런 기괴한 일을 겪다니,

    내 머리가 이상해진 것일까?

    아니면 벽의 그 문을 정말 본 것일까?

    내 안에 이렇게 큰 두려움이

    있었다니 놀랍기만 하다.

    내가 나갈 수 있었을까?

    그래, 나갈 수 있었지.

    그런데…… 목소리가 그랬지…….

나가면 죽을 거라고.

지금 당한 일은 아마 영원히

지울 수 없는 상처로 남겠구나.

그러나 아무튼 나는 여기에 남았으니

더 이상 그 일은 중요하지 않아.

제9장

(간수장이 판결문을 가지고 들어온다.)

간수장 나 혼자 들어가겠다.

너희들은 여기서 기다려라.

엔리코!

엔리코 판결문을 읽으시오.

간수장 최후의 순간이 왔으니

진정한 용기를 보여 줄 때다.

자, 잘 들어라.

엔리코 어서 읽으시오.

간수장 (혼자서) 아직 얼굴색 하나 안 변하는군.

(읽는다.)

"국왕 폐하로부터 권한을 위임받은 검사는 피고 엔리케에 대

해 소송 과정에서 밝혀진 대로, 그를 상습적인 살인자이며, 도덕

적으로 구제할 수 없는 극악무도한 범죄인으로 판단한다. 이에 그를 사형에 처할 것을 선고하는 바이다. 사형은 교도소에서 그를 꺼내 몸에 굵은 밧줄을 걸고 그의 죄를 모든 이에게 고하도록 한 후, 죄인을 광장으로 끌고 가 땅 위에 높이 세운 세 개의 기둥으로 만든 교수대에 매달도록 한다. 검사의 허가 없이는 어느 누구도 그의 시체를 교수대에서 분리하거나 가지고 갈 수 없다. 이렇게 판결문은 엔리코에게 사형 집행을 언도하는 바이다."

엔리코   지금 내가 무엇을 듣고 있는가?

간수장   죄인이 무슨 말을 하는가?

엔리코   이보시오, 간수장,

당신 몸을 보아하니, 내가 보기에는

너무 빈약해 보이는데.

그렇지만 않았다면, 벌써⋯⋯.

간수장   겉으로 우쭐대는 것은

아무것도 도움이 안 된다.

특히 여기 감옥에서 중요한 것은

하느님의 뜻에 너를 맡기는 일이다.

엔리코   선고를 하러 오신 거요?

아니면 설교를 하러 오신 거요?

에이, 쓰레기 같은 인간,

당신의 목숨을 끊어 놓고야 말겠소.

간수장   악마가 너를 지켜 줄 것이다.

(퇴장한다.)

제10장

(엔리코 혼자 있다.)

엔리코 마침내 사형 선고가 내려지고,
이제 남은 내 목숨은 두 시간뿐이다.
이 꼴을 만든 목소리여,
여기에 남아야 살 수 있다고
네가 그렇게 말하지 않았던가?
슬픈 내 운명! 이 감옥에서 죽네.
자유로워지면, 내 반드시 그대를 찾아
이유를 물어볼 것이다.

제11장

(문지기 2와 엔리코.)

문지기 2 성 프란체스코 종단의 두 신부님이
너의 고해를 받아 주시기 위해
밖에서 기다리고 계시다.
엔리코 좋아! 아주 친절한 배려야!
하지만 신부님들에게 전하게.

속히 수도원으로 돌아가시라고.

문지기 2 네가 죽는다는 사실을 모르는가?

엔리코 고해하지 않고 그냥 죽겠다.

내가 받을 고통을 그 누가

대신 갚아 줄 수 있단 말인가?

문지기 2 더 하고 싶은 말이 있는가?

엔리코 더 이상 할 말은 없다.

나를 자꾸 성가시게 하면,

네 몸에 쇠사슬 자국을 내 주겠다.

문지기 2 너는 정말 갈 데까지 간 인간이구나.

(퇴장한다.)

엔리코 이제야 알아듣는군.

제12장

(엔리코 혼자 있다.)

엔리코 삶이 얼마 남지 않은 이 순간,

나에 대해 하느님께

무엇을 말씀드릴 수 있겠는가?

고해를 꼭 해야 된단 말인가?

그건 미련한 짓이다.

지나간 그 많은 죄들을

누가 기억할 수 있으며,

하느님을 욕되게 한 적이

얼마나 많은데, 그것을 일일이

다 기억할 수 있단 말인가?

그런 일은 차라리 하지 않는 것이 좋다.

하느님은 자비하시고 위대하시다.

그분의 자비하심에 경배를!

그 자비하심으로 나 구원받으리!

제13장

(페드리스코와 엔리코.)

페드리스코 잠시 후면 죽는다는 것을 모르시오?

밖에는 당신을 기다리다

지친 두 신부님이 계시오.

엔리코 내가 언제 기다려 달라고 했느냐?

페드리스코 하느님을 믿는 사람 아니오?

엔리코 그리스도께 맹세코 말하는데,

신부들과 너에게

내 고통을 복수라도 해 줄까?

빌어먹을! 도대체 내게 원하는 게 뭔가?

페드리스코 　전에는 당신에게 그 말을

해 줄 사람은 천사밖에 없다고 생각했었소.

엔리코 　더 이상 나를 귀찮게 하지 마라.

너를 차서 감옥 밖으로

내동댕이칠지도 모르니까.

페드리스코 　그래 준다면 기꺼이 고마워하겠소.

엔리코 　나를 귀찮게 하지 말고 이제 가라.

페드리스코 　결국 지옥으로 떨어지는군,

가여운 엔리코.

(퇴장한다.)

제14장

(엔리코 혼자 있다.)

엔리코 　허공의 저쪽에서 내게

말을 건네던 목소리여,

그대는 내게 복수를 위해

적이 보낸 자인가?

감옥에서 나가지 말라고

하지 않았던가? 대답을 해 보라.

이제 누가 나를 이곳에서
꺼내어 살려 줄 수 있단 말인가?
너는 가짜였다. 그러나 나 역시
겁쟁이였음을 고백하노라.
나갈 수 있었지만 나가지 않았으니,
이제 누구에게 원망을 하겠는가.
내게 자비의 충고를 던졌던
슬픈 그림자여, 다시 돌아오라.
이제는 어둠 속에서 무서운
목소리를 내던 너를 가슴 펴고
능히 따르겠노라.
사람 소리가 나는 걸 보니
이제 내 죽음이 가까이 왔구나.

제15장

(아나레토, 문지기 2 그리고 엔리코.)

문지기 2 말이나 건네 보시구려. 선생의 그 백발이
　　저 단단한 다이아몬드를
　　움직일 수 있을지 모르겠지만.
아나레토 사랑하는 아들, 엔리코,

여기저기 쇠사슬에 묶인

너를 보니 마음이 참담하구나.

하지만 네가 죄의 대가를 치르는 것을

볼 수 있어 한편으론 기쁘기도 하다.

이승에서 단호한 회개로

자신의 죄를 씻는 자는

얼마나 행복한 사람이냐!

저승까지 가서도 고통으로 얼룩지는

사람을 생각해 봐라.

도와주는 사람이 있어

자리보전하던 침대를 박차고

내 이곳까지 왔으니,

다리에 힘을 내어

그곳까지 함께할 것이다.

엔리코   아, 아버지!

아나레토   엔리코, 그런데 내가 이렇게 말하면

네가 실망하겠지만, 아버지란 불림을

내가 받아도 되는지 모르겠구나.

엔리코   아버지라 불리는 것을요?

아나레토   하느님을 믿지 않는 아들이

나를 아버지라 부르는 것을

나는 원치 않는다.

엔리코   아버지, 그게 무슨 말씀이십니까?

아나레토 내 말을 따르지 않는

너는 이제 내 아들이 아니다.

우리는 서로 남남이다.

엔리코 무슨 말씀이신지…….

아나레토 가여운 아들아, 죽음이 예고되는

이 순간, 그 죽음을 도구 삼아

네 광기 어린 생각을

꾸짖으려 하는 것이다.

오늘 사람들이 너를 처형할 텐데,

너는 아직도 고해를 원하지 않느냐?

악이 너에게 임하고

고통이 너와 함께하는구나.

그것은 하느님께 대적하는 것이다.

그분의 권능은 천상에서

어디에나 미치는 것을 모르느냐.

엔리코, 그런 거만함 안에

이미 지옥이 존재하는 것이다.

산과 바위를 네가 치겠느냐,

손이 그것에 가 닿을 때,

아픈 것은 바로 손임을 정녕 모르겠느냐.

그것은 백해무익한 고통을 자초하고

하늘에 침을 뱉는 것이다.

그로 인해 그분을 노하게 하고

그분의 눈에 침을 뱉는 것과 같다.

오늘 너는 이 세상을 떠난다.

이제 운명이 다했음을 알고,

하느님께 내 죄를 고백해라.

그럴 때, 네 죄가 용서받고

죽음으로 생명을 얻게 될 것이다.

네가 진정 내 아들이라면,

내 말을 따라 줄 거라 믿는다.

만일 그렇지 않으면,

그 고통은 말할 수 없겠지만,

너는 더 이상 내 아들이 아닐뿐더러,

나는 너를 알지도 못하느니라.

엔리코 사랑하는 아버지,

아버지의 고통이 얼마나 큰지

영혼 깊이 느끼고 있습니다.

하느님이 아실 겁니다.

고백하건대, 저는 큰 죄인입니다.

저의 죄를 고백하고, 그분의 발에

입맞춤하여, 저의 믿음을 보이고자 하니,

사랑하는 아버지여, 부디

그 말을 거두어 주십시오.

아나레토 이제 다시 너는 내 아들이 되었다.

엔리코 다시는 아버지를 슬프게 하지 않겠습니다.

아나레토 고해를 했으니 이제 가자.

엔리코 아버지를 두고 가야 하다니, 제 마음이……

아나레토 너를 떠나보내야 하니, 내 마음이……

엔리코 당신의 거룩한 나라에서

별이 총총한 하늘 밑에서

천진한 산을 거닐고 계실

영원하시고 자비로우신 주님,

제 기도를 들어주옵소서.

저는 빛이 도달할 수 있는

세상천지에서 가장 악한 사람이었습니다.

바닷가의 모래보다 더 많은

죄를 지은 사람이었습니다.

그러나 당신의 자비로움은

이 모든 것을 능히 덮고도 남습니다.

아담으로부터 시작된 세상의 죄를

속죄하시고, 마침내 십자가에서

매달리시고 거룩한 피를

흘리시기까지 하셨습니다.

거룩한 천사에 둘러싸인

하늘의 여명이시며,

모든 죄인들의

평안한 안식처가 되시는

성모 마리아여, 죄인 중의

죄인인 저를 불쌍히 여겨 주옵소서.

주님께서 이 세상에서

순례를 시작하셨던 그때를

하느님 아버지께

상기시켜 주십시오.

타인의 의지로 인하여

무고하게 죗값을 치를 수밖에

없었던 자들을 구원하시려고

주님께서 이 세상에서 겪은 고초를

말씀해 주십시오.

제가 판단력과 이성을

사용하기 시작했을 때부터

저는 수많은 사람들을 살해했고

헤아릴 수 없이 많은 여자들을

괴롭혔다는 사실을 말씀해 주십시오.

아나레토   저기서 빨리 서두르라는구나.

엔리코   자비롭고 위대한 주님,

더 이상 말을 이을 수가 없습니다.

아나레토   아, 어떤 아버지가 이런 모습을 볼 수 있을까!

엔리코   이제는 알겠어.

목소리와 그림자의 비밀을.

목소리는 천사,

그림자는 악마였던 거야.

아나레토   가자, 아들아.

엔리코   두 눈으로 바닷물을

　　　　만들어 보지 않은 이가,

　　　　아들이란 그 의미를 알겠는가?

　　　　아버지, 제가 마지막 숨을

　　　　내쉴 때까지 제 곁을 떠나지 마세요.

아나레토   하느님이 너를 보호하시니

　　　　두려워하지 마라.

엔리코   저는 죽으러 가지만

　　　　바다 같은 자비를 느낄 수 있습니다.

아나레토   용기를 가져라.

엔리코   하느님을 믿습니다.

　　　　자, 아버지 함께 가요.

　　　　아버지가 이 세상에 주었던

　　　　이승의 존재를 가져갈 사람들에게.

제16장

(산속.)

(파울로 혼자 있다.)

파울로   내가 다루기에는 무척이나 힘들었던

그 인간들을 뒤로하고

험준한 산을 뛰어왔더니

피곤하기 그지없구나.

이제 이 수양버들 밑에 앉아

조금만 쉬었다 가야겠다.

안 그러면 내 기억의 무게를

잊어버릴지도 몰라.

조약돌 사이를 유유히

흘러가는 시냇물아,

너의 은밀한 소리에

새들도 나무들도 흥겹구나.

내게도 기쁨을 좀 나누어 주렴.

그 차가운 흐름 속에

나를 잠기게 해 주렴.

아무 의미 없이 노래하는

저 흥겨운 새들아,

요란한 부리질과

부드러운 목소리로

동시에 나의 곤고함과

눈물 밴 사건들에

영광을 입혀 다오.

수정으로 천을 덧댄

푸른 식탁보 같은 숲 속에서

슬픈 종말을 예고하고 있는

내 불운을 즐기고 싶다.

(잠이 든다. 앞 장에 나왔던 꼬마 목동이 아까 짰던 꽃 왕관을 하나씩 풀면서 등장한다.)

제17장

(꼬마 목동과 파울로.)

목동 험준한 산속과

초록빛 나무들은

아말테아*가 나타나

희망으로 수놓은 듯하고,

시냇물은 중얼거리듯 흘러

자잘한 조약돌과

부드러운 모래사장을

빠르게 흘러간다.

이제 나는 다시 이곳으로 와

산속을 응시하고

오르기 힘든

계곡들을 다시 밟게 되었구나.

목동으로서 내 소임은
순진무구한 양 떼들에게
이 강변과 숲 속에서
행복한 시간을 보장하는 것.
초록빛 비로드에 놓인
순백의 양털들은
내 눈에 마치
은빛 천을 댄 듯 아름답다.
산속을 누비고 다니는
수많은 젊은이들의
수호천사로 보냈고,
나를 보내신, 하늘에
계신 대장 중의 대장이신
그분은 내게 큰 의지를 주시어,
눈덩이처럼 하얀 양들을
나를 통해 보시기를 원하시네.
그러던 어느 날, 착하기
그지없던 양 한 마리
무리에서 도망하니
내 눈물은 강이 되어 흐르고,
내 모든 기쁨은
슬픔으로 조각나고,
생생했던 삶의 희열이

죽은 기억으로 변했구나.

계곡을 향해 노래를 부르고

시를 읊어 보지만

비통한 통곡으로 변하니

그 또한 의미 없구나.

죽지 않을 저 천일홍

꽃이 흐드러진 이 천지에서

사랑을 얻고자 하였으나

이루지 못하니,

유혹에 지고 타락하여

신앙이 큰 자에게

그 모든 것을 뺏기고 말았도다.

파울로 목동이여, 이제

그대를 다시 보니

그리 기쁘지도, 슬프지도

않은 듯하니 놀랍구려.

목동 아, 길 잃은 양이여!

하느님의 영광에서 도망쳐,

고작 이런 악에 빠지다니요!

파울로 그대가 여러 가지 꽃으로

그렇게 열심히 짰던

그 꽃이 바로 천일홍입니까?

목동 바로 그 꽃입니다.

그런데 타락한 양이

천일홍을 기다리지 못하고

악으로 돌아가니

내가 다시 풀어 버렸지요.

파울로　젊은 친구,

그 양이 다시 집에 오면

그 천일홍을 받을 수 있답디까?

목동　나는 실망하여 그리하였으나

더할 수 없는 자비를 지니신,

주님이 말씀하시기를,

예전에 흰 양털이었다가

이제 검은 양털로 변했다 하더라도

돌아오기만 하면

두 팔로 그들을 맞이하고

낯설지 않도록

부드러운 말과 속삭이는 듯한

사랑의 말을 주신다 하셨습니다.

파울로　그러니 절대자가 아니겠습니까?

그러나 당신도 내 처지가 되면

그분에게 복종하는 일이 쉽지 않을 것입니다.

목동　저라면 복종합니다.

하지만 그 양은

악에 눈이 멀어

제 목소리에 귀를

기울이지 않았어요.

저 산정에 있는 험준한

바윗덩어리 사이에서

저는 휘파람으로 손짓으로

길 잃은 그 양을 불렀습니다.

거친 수풀 사이를 헤치고

야생의 숲 속을 뛰어다니며

그 양을 찾아 헤매었습니다.

얼마나 힘이 들던지!

그러나 제가 얻은 것은

날카로운 가시투성이의

찢기고 피투성이가 된

나무뿐이었지요.

이제는 더 이상 아무것도

할 수가 없습니다.

파울로 목동의 아름다운 두 뺨을

뜨거운 눈물로 적시고 있군요.

하지만 그 양은 당신을 알지 못합니다.

이제 그 양을 잊어버려요

그리고 눈물을 거두어요.

목동 그럴 수는 없지요.

아름다운 꽃이라면 다시 돌아와

대지를 수놓아야 합니다.
그게 꽃의 아름다움에 걸맞은 거지요.
저 새 땅에 예쁘고 건강한
천일홍이 다시 필 수 있을지……
나의 산들아, 사막과 수풀들아, 잘 있어라.
나는 다시 슬픔을 안고
주님에게 돌아가려 하나,
이 사실을 아신 주님은
당신이 받으신 큰 모욕보다는
죄인의 고통을 먼저 생각하시지.

저는 두려움과 수치심으로
그분을 보게 될 것입니다.
이렇게 물어보시겠지요.
"목동아, 너는 내가 맡긴
그 양을 잘 인도하였느냐?"
그때 제가 무슨 말을 할 수 있겠습니까?
그분 앞에 제가 쏟아 낼 한숨과
눈물로도 충분할 것입니다.

제18장

(파울로 혼자 있다.)

파울로 그게 내 운명인걸.

그런데 그 꼬마 목동은
특별한 데가 있기는 해.
그렇다고 그의 말이
내 어두운 운명의 수수께끼를
풀어 주는 건 아닐 테고…….
그런데 태양보다 더 밝게 빛나는
저 빛은 도대체 뭘까?
(음악 소리와 함께 엔리코의 영혼을 들고 하늘로 가는 두 명
의 천사가 보인다.)
바람을 타고 천상의
음악이 들린다.
저기 보이는 저곳에
두 명의 천사가
영광을 입은 영혼을
거룩한 곳으로 데려가는구나.
나보다 백배 천배 복을
받은 사람이로다.
오늘 지상에서의 그대의 노고가

끝나고 그 기쁨의 보상을 받는구나.

(영혼이 사라지고, 파울로는 계속 말을 한다.)

저것 좀 보게, 하늘의 커튼이

갈라지는 것인가?

두꺼운 구름이 갈라지고

그 안의 투명한 베일마저 갈라지네.

축복받은 영혼이여, 그대는 영광과

행복 속에 하늘로 가는구나.

행운이 그대에게 베푼 종려나무를

실컷 즐기겠구나.

그대가 능히 받은 그 축복을

도저히 받지 못한 자는

얼마나 비통한지 아는가…….

제19장

(갈반과 파울로.)

갈반　저명한 도둑이신 파울로 님,

　저 산 밑에 당신을 체포하기 위해

　무장한 사람들 한 떼가 몰려왔소.

　죽고 싶지 않거든 빨리 여기를

뜨는 것이 상책입니다.

파울로 한 부대가 왔다고?

갈반 그렇습니다. 깃발을 들고 일렬로
걸어 올라오는데, 이대로 있으면
죽임을 당하거나, 적어도 포승에 묶여
끌려갈 것이 분명합니다.

파울로 그들을 이끌고 오는 자가 누구인가?

갈반 촌놈들 같은데,
아마도 이 주변 마을
사람들이 몰려오고 있는 것 같습니다.

파울로 그들을 죽여 버리겠다.

갈반 기꺼이 그들과 맞붙겠습니까?

파울로 너는 나 파울로를 뭘로 아는 게냐.

갈반 저들의 기세가 만만치 않습니다.

파울로 상관없다. 그런 촌놈들이 제아무리 많아도
괜찮은 장수 한 사람만 있다면
능히 그들을 처리하고도 남는 법이다.

갈반 꽹과리 치는 소리가 들리지 않습니까?

파울로 닥쳐라! 죽음을 두려워하랴?
수도자가 아니었던 그 시절부터
나는 전투가 무엇인지를 알았던 사람이다.

제20장

(판사, 무장한 마을 사람들, 파울로와 갈반.)

판사 너희들이 저지른 만행에 대해

오늘 그 대가를 치르게 될 것이다.

파울로 이렇게 억울할 수가! 만행으로 따지면

엔리코를 따를 자가 누구인가?

시골 사람 도적들아, 무릎을 꿇지 못하겠느냐.

갈반 이렇게 개죽음을 당하느니

줄행랑을 놓을 수밖에.

내가 그 방면에는 소질이 좀 있지.

(갈반이 도망하자, 여러 명의 마을 사람들이 그를 따라간다.

파울로, 남은 시골 사람들에게 칼을 겨눈다. 그러자 모두 도망

가며 함께 퇴장한다.)

파울로 (무대 뒤에서)

고작 스무 명도 되지 않는 우리를 잡으려고

2백 명 넘는 장정들이 몰려들고

게다가 화살을 수없이 쏘아 대니

이제는 더 이상 물러날 데가 없도다.

판사 (무대 뒤에서)

저자가 산으로 달아나고 있다!

(파울로, 피를 흘리며 산에서 굴러 떨어진다.)

파울로   모든 발과 손을 동원해도

이제는 더 이상 버틸 수가 없다.

내 비겁함으로 수치스럽게

천민들의 손에 죽음을 맞게 되다니······.

내 신세가 어찌 이럴 수 있을까.

당신을 불신했던 저를 하늘이시여,

주어진 운명으로 처벌하소서.

제21장

(페드리스코와 파울로.)

페드리스코   (땅바닥에서 죽어 가고 있는 파울로를 보지 못한 채)

엔리코의 죄가 너무 커서 그런지

사람들이 내게는 죄를 묻지도 않더군.

그를 공개적으로 심판하고 나서는

아무 말 없이 나를 풀어 주는 게 아니겠어.

그런데 산속이 왜 이 난리란 말인가.

저기 손에 칼을 들고 뛰어다니는

촌놈들 꼬락서니하고는.

어라, 저 친구는 피데오 아닌가

상처가 심한 것 같은데,

저기 죽어라 도망가는 자들은

　　　셀리오와 파비오가 아닌가.

　　　무슨 일이 벌어졌기에 이 모양인가!

　　　아니, 이분은 파울로 님이 아니신가!

파울로　이보시오, 촌놈들이 돌아갔소?

　　　내 손에 칼을 들고 있는 한,

　　　나는 죽지 않을 거야.

　　　숨을 쉬기가 힘들긴 하다마는

　　　아직 나는 살아 있는 거야…….

페드리스코　주인님, 소인은 페드리스코이옵니다.

파울로　페드리스코, 결국 내 품으로 돌아왔구나.

페드리스코　그런데 어쩌다 이렇게 되셨습니까?

파울로　촌놈들이 나를 죽이려고 했다.

　　　이제 죽어 가고 있지만,

　　　아직 눈을 감지 못한 것은

　　　엔리코의 운명을 알아야 되겠기에…….

페드리스코　나폴리의 광장에서

　　　교수형을 당했습니다.

파울로　그렇다면 그자는

　　　지옥으로 갔음에 틀림없다.

페드리스코　주인님, 제 말을 잘 들어 보세요.

　　　그 사람은 하느님의 사람으로 죽었습니다.

　　　고해 성사를 하고 임종 미사도 받았죠.

그리고 그리스도의 품 안에서,
십자가에 못 박힌 그분의 두 눈을
응시하며, 그분의 용서와 자비를
구하면서 참회의 눈물을 흘렸습니다.
그 자리에 있던 모든 사람들에게
큰 놀라움을 주면서 말이죠.
그뿐만이 아닙니다. 그가 눈을 감자,
맑은 하늘이 갈라지고
거룩한 음악이 들리더니
날개 달린 두 명의 시종이 나타나
엔리코의 영혼과 함께
하늘로 올라가더이다.

파울로 엔리코를 말이더냐? 이 세상에서
가장 사악한 그 인간을!

페드리스코 주인님도 그 광경을 보시면
하느님의 무한한 자비심에
찬양을 바치실 겁니다.

파울로 페드리스코, 착각한 거야.
사람들이 본 것은 엔리케의 영혼이 아니라
다른 이의 영혼이 분명하다.

페드리스코 주인님은 하느님을 과소평가하고 있어요.

파울로 나는 죽어 가고 있다.

페드리스코 하느님을 기쁘게 한 엔리케를 본받아 주인님도 그분께 용서를 빌어야 합니다.

파울로 나처럼 하느님에게 불경했던 자가

어찌 그럴 수 있단 말이냐?

페드리스코 엔리코 같은 인간도 용서하셨는데

주인님은 왜 믿지 못하십니까?

파울로 그래, 하느님은 자비하신 분이시지……

페드리스코 이르다뿐이겠습니까.

파울로 그러나 나 같은 인간에게는 아니다.

자, 이제 죽는구나. 팔을 뻗어 다오.

페드리스코 그분의 뜻을 헤아려야 합니다.

파울로 하느님이 내게 약속하시기를,

엔리코가 구원되면 나도 그리된다 하셨다.

(파울로, 숨을 거둔다.)

페드리스코 불행한 사람. 온몸에 활을

가득 맞고 결국 죽었구나.

운명이란 이렇게 알 수 없는 것.

극악무도한 엔리코는 구원을 받고

이 사람은 불신자가 되어 지옥에 떨어졌구나.

가련한 사람. 버드나무 가지라도 꺾어

덮어 주는 게 도리일 것이다.

(가지를 꺾는다.)

그런데 저기 오는 저 사람들은 누구인가?

제22장

(판사와 시골 사람들, 갈반, 페드리스코, 죽어서 나뭇가지에
숨겨진 파울로.)

판사 두목이란 놈이 도망가 버렸다는데
　　별 대단한 놈도 아니었구나.

시골 사람 수많은 화살을 맞고
　　산 아래로 구르는 것을
　　소인이 보았습니다.

판사 여기도 한 놈이 있구나.
　　저놈을 체포하라.

페드리스코 (혼자서)
　　아, 재수도 지독하게 없는 페드리스코,
　　이젠 정말 꼼짝도 못하게 생겼구나.

다른 시골 사람 (갈반을 가리키며)
　　저자가 파울로의 하인으로
　　범행을 같이한 자입니다.

갈반 촌놈아, 네가 무엇을 아느냐?
　　나는 엔리코의 하인이었다.

페드리스코 의형제 갈반, 날세.
　　(갈반만 들릴 수 있게)
　　제발 하느님의 사랑으로

내 신분을 덮어 주게나.

판사　(갈반에게)

두목이 어디에 숨었는지

이실직고하면 네놈 목숨은 살려 주겠다.

페드리스코　그 사람은 벌써 저세상 사람이 되었는데

찾은들 무엇 하겠습니까.

판사　어떻게 죽었느냐?

페드리스코　수많은 화살과 칼을 맞고

바로 저 자리에서 고통을

받으며 죽었습니다.

판사　어디라고?

페드리스코　버드나무 가지로 몸을 가린 저곳입니다.

(가서 나뭇가지들을 치우자, 파울로의 시신이 나타나는데
온몸이 불꽃에 싸여 있다.)

내 눈앞에 있는 이 무서운 환상은

도대체 무엇이란 말인가?

파울로　그대들이 나 파울로를 찾는 것인가?

자, 이것이 자네들이 찾고 있는 나의 진실이다.

온몸이 화염에 휩싸여 타고 있는

뱀들에 의해 온몸이 감긴 내가.

내가 겪고 있는 이 지독한 고통을

구태여 누구의 탓이라고는 하지 않겠다.

모든 잘못은 나의 것이며

내 잘못이 이 종말의 원인일 뿐이다.

언젠가 하느님께 내가 겪을

마지막 순간이 어떤 것인지

물어본 적이 있었다.

그런데 죽음의 날이 다가올수록

불행하게도 그분에게 불경스레 대했으니

이는 누가 보아도 명백한 일이었다.

무엇보다 천사로 위장한 악마의 거짓

구원의 유혹에 넘어가,

결국은 하느님의 자비하심을

불신하는 죄를 저지르고야 말았도다.

이제 심판의 순간이 왔을 때

말하길 "하느님으로부터 저주받은 자여,

이제 저 지하로 내려가 어둡고 어두운

심연 속에서 고통받을지어다"라고 하였다.

이제 나를 낳아 준 부모님을 저주하노라!

나 역시 저주받아 마땅하니

하느님을 불신한 죄로다!

(땅으로 들어가고 그 자리에 불기둥이 솟는다.)

판사 하느님의 신비요, 경이로다.

갈반 아, 불쌍한 파울로!

페드리스코 하느님의 은혜를 누리고 있는

엔리코는 얼마나 축복받은 자인가!

판사　너희들은 이것으로 충분히

　　벌을 받은 것이니

　　더 이상 문책하지 않겠다.

　　어서 각자의 길을 가라.

페드리스코　판사 나리, 만수무강하소서.

　　여보게 갈반 형제, 우리가 풀려났으니

　　자네는 이제부터 무얼 하면서 살겠는가?

갈반　오늘부터 나는 성인이 될 참이네.

페드리스코　내가 지금까지 자네를 보아 왔지만

　　그럴 재목이 될지 심히 의심스럽네.

갈반　하느님만 믿으면 되지 별거 있겠나.

페드리스코　불신하려는 자들은

　　더도 말고 덜도 말고

　　바로 이 사건이 큰 모범이 되겠지.

판사　나는 나폴리로 빨리 돌아가

　　내가 겪은 이 얘기를 들려줘야겠다.

페드리스코　이런 사건은 이처럼 진실하게

　　증명되고 있지만,

　　사람들이란 사실일수록

　　믿질 못하는 법이지.

　　그래서 호기심 많은 자들은

　　꼭 벨라르미노*를 찾아보려는 것이 아닐까.

　　사관(史官)이 쓴 것이 아니면

일어난 것도 믿지 않으려는 법이지.
어쩌면 성인들의 삶 속에서
더 쉽게 진실을 발견할 수 있으니까.
자, 이걸로 세상에서 가장 큰 불신자의
이야기를, 고통과 영광이 교차된 그의
인생 얘기를 마칠까 하네.
하느님의 축복이 영원히 함께하시길!

(끝)

10 **이름 없는 남자** 돈 후안의 정체성을 짧은 문장에 드러내는 유명한 대사다. 원문은 "¿Quién soy? Un hombre sin nombre"로, '이름 없는 남자'를 의미하는 문장 "Un hombre sin nombre"에서 '-ombre'의 반복은 한편으로는 말장난으로 희롱의 분위기를 강화시키고, 다른 한편으로는 익명성을 가진 돈 후안의 정신세계를 더욱 명료하게 보여 주고 있다.

16 **고맙게 생각해라** 돈 페드로의 독백. 이사벨라라는 이름을 거론하며, 이제는 더럽혀진 그녀의 이름을 불러 주는 것조차 그녀가 고마워해야 한다는 것이다.

22 **맑은 거겠지** 자고 있을 때도 의식이 깨어 있어야 한다는 것으로, 돈 페드로는 자기가 왔는데도 옥타비오가 금방 달려오지 않은 것을 책망하고 있다.

26 **나타난다** 티스베아가 등장하는 이 부분에서 작품은 도입부를 지나 새로운 국면으로 접어든다. 지금까지의 극적인 분위기가 서정적 분위기로 바뀌고 있다.

29 **비구엘라** vigüela. 기타와 거의 같은 기능을 가진 옛 악기의 이름.

31 **안키세스에게 하듯** 로마 시인 베르길리우스의 로마 건국 서사시 『아

이네이스』에서 트로이 전쟁의 용사 아이네이아스가 아버지 안키세스를 구하는 장면을 인용하고 있다. 十출이라는 행위를 제외하면 돈 후안과 카탈리논 그리고 타라고나 앞바다는 신화의 부자 관계, 트로이라는 장대함과는 별 연관이 없다. 스페인 황금 세기 당시 그리스 로마의 신화나 서사시가 얼마나 광범위하게 또 애매하게 사용되었는지를 잘 보여 주고 있다. 특히 티스베아라는 바닷가 움막에 사는 하층 인물을 통해 신화가 인용되고 있는 것은 신화가 일상에서도 사용되었음을 보여 주고 있다.

32 **젖어 있다** 바닷가에서 물에 빠져 허우적대는 카탈리논을 돈 후안이 구해 주었는데, 정작 해변에 이르렀을 때 지친 사람은 돈 후안이었다. 카탈리논이 자신을 구하다 지친 돈 후안을 품에서 풀어 주는 장면이다.

헤엄치면 되겠어 바닷물이 얼마나 짠지를 「마태오의 복음서」 15장 22절에 나오는 가나안 여인에 빗대어 말하고 있다. 소금물은 썩지 않고, 따라서 사람의 죄를 씻어 줄 수 있다는 의미로 보인다.

33 **소나무를 심고** 스페인의 시와 희곡에서 배는 소나무로 자주 표현되곤 했다.

저주를 신화에서 이아손은 배로 바다를 횡단한 최초의 사람이었고, 티피스는 그 배의 항해사였다.

36 **없지 않소** 돈 후안은 말장난을 통해 자신의 마음을 전하고 있다. 스페인어에서 사랑하다(amar)와 바다(mar) 사이에는 한 글자의 차이만 있다.

37 **품고 오셨어요** 트로이의 목마를 말하고 있는 것이다.

41 **도시였습니다** 리스본은 현재 포르투갈의 수도이다. 전반적으로 이 희곡의 시대적 배경은 정확하지 않다. 티르소의 많은 작품들이 중세를 배경으로 하고 있는데, 이 작품의 시대적 배경 역시 중세인지, 아니면 작가의 동시대인지가 명확하지 않은 것이다. 그러나 돈 곤살로의 대사로 미루어 포르투갈이 스페인에 합병되었던 시대임을 알 수

있는데, 포르투갈은 1580년부터 1640년 사이에 스페인에 합병되었고 희곡의 집필 시기가 1630년대라는 것을 고려할 때, 작품의 시대 배경이 티르소의 동시대라는 것을 알 수 있다.

42 사에티아 바르카(Barca)는 배에 대한 일반적인 명칭. 남성형인 바르코(barco)가 큰 배를, 여성형인 바르카는 비교적 작은 배를 가리킨다. 나베(Nave) 역시 배에 대한 일반적인 명칭. 카라벨라(Carabela)는 세 개의 마스트로 된 배로, 선체의 크기에 비해 속도가 빠르다. 콜럼버스가 신대륙을 찾아갈 때 이 배를 탔다. 갈레라(Galera)는 영어로는 갤리(galley)선. 중세 후반부터 전투에 사용되던 배로 노예나 죄수가 노를 젓는다. 사에티아(Saetía)는 상선으로 보통 돛대가 세 개로 이루어져 있다.

43 레구아 legua. 거리 단위로, 약 5.5킬로미터에 해당된다.

아펠레스 Apeles. 기원전 358년부터 305년 사이에 실존했던 고대 그리스의 화가로, 후대의 화가들에게 큰 영감을 주었다. 알렉산드로스 대제가 그의 그림에 반해 궁전 화가로 초빙했다는 일화가 있다.

45 정도라 했습니다 파네가는 곡물의 무게를 재는 단위. 결국 돈이 너무 많이 오가서 일일이 세지 못하고 무게로 달아 계산한다는 뜻이다. 물론 시장이 그만큼 풍성한 교역을 이루고 있다는 사실을 강조하기 위한 것일 뿐, 실제로 그렇다는 뜻은 아니다.

48 이름이옵니다 익살꾼(El gracioso)은 스페인 황금 세기 연극의 핵심 캐릭터이며 주인공의 시종으로서 많은 대화를 나누고, 익살과 해학, 지혜를 가진 인물로 코메디아(comedia)의 분위기를 이끄는 역할을 한다. 작품에서 익살꾼으로 나오는 카탈리논이란 이름은 두 가지 의미가 하나의 메타포를 이루며 관객에게 다가간다. 하나는 여자 이름 카탈리나(Catalina)에 상응하는 남자 이름 카탈리노(Catalino)인데, 카탈리나는 자주 쓰이는 이름(영어의 캐서린)이지만 카탈리노라는 이름은 거의 쓰이지 않는다. 그렇게 인위적으로 만든 카탈리노라는 남자 이름에 스페인어의 증대사 -ón을 붙여 만든 것이 카탈리논이

다. 카탈리나의 또 다른 의미는 사람의 배설물이라는 뜻인데, 뜻은 있지만 스페인 사람들에게도 일상적으로 받아들여지는 의미는 아니다. 카탈리나라는 여자 이름을 배설물로 받아들이면, 카탈리논의 뜻도 함께 그런 뉘앙스를 가지게 된다. 결국, 카탈리논은 카탈리나라는 여자 이름이 성적으로 대칭화된 남자 이름인 동시에 어떤 비속한 이미지를 내포하고 있는 것이다.

59 **헥토르** 호메로스의 『일리아스』에 나오는 트로이의 용사.

60 **무어인들** 북아프리카에 거주하는 이슬람교도들로 711년부터 1492년에 걸쳐 스페인 안달루시아에 정착한 적이 있었다.

62 **별로 떨어진** 카탈리논이 주인의 행위를 은근히 비난하고 있다. 옥타비오 공작이 가해자(사수)가 아니라 피해자(산양)임을 암시하면서.

63 **푸촐이면 어떤가** 푸촐(Puzol)은 이탈리아의 도시 이름. "강변이면 어떻고 푸촐이면 어떤가"에서 강변은 세비야의 과달키비르 강변을 말하는 것으로, 세비야면 어떻고 이탈리아면 어떤가 하는 의미이다.

65 **베헬** Vejel. 카디스 지방에 있는 마을로, 베헤르 데 라 프론테라 (Vejer de la Frontera)를 줄여 부른 것이다.

66 **안다니까** 포르투갈어로 벨랴(velha)는 스페인어로 비에하(vieja), 즉 늙은 여자라는 뜻. 발음이 비슷한 베야(bella)는 예쁜 여자를 뜻한다.

많은 곳이지 칸타라나스(Cantarranas)는 개구리(ranas)가 노래하다 (canta)의 합성어인데, 지명을 가지고 말장난을 하고 있는 것.

바알세불의 노파 바알세불은 희랍어의 바알 신에서 유래된 말로, 고기를 썩게 방치하는 바알의 풍습과 관련되어 파리들의 왕자 혹은 악마의 화신이란 뜻으로 사용된다. 바알세불의 노파란 노련한 창녀를 의미한다. 송어(trucha), 대구(abadejo), 개구리(rana), 노파(vieja) 등은 당시 창녀를 지칭하는 속어들이다.

69 **선생도 안녕** 모타와 하인의 얼굴을 익살맞게 표현한 것이다.

말을 한다 스페인 고전극에는 장면 전환이 지금처럼 갑자기 나타나는 경우가 종종 있다. 돈 후안이 아나에게 접근하게 된 과정은 몇 가지 단계로 구성되어야 한다. 돈 후안이 1) 모타로부터 아나에 관한 얘기를 듣고, 2) 그녀의 편지를 얻는 개연성 있는 스토리가 전개되고, 3) 아나의 집을 확인한 다음, 4) 아나를 부르는 단계가 당연히 필요할 것이다. 이 모든 단계가 드라마투르기로 설명되어야 하는 것은 아니지만, 모타가 돈 후안에게 처음 아나에 대해 말을 꺼낸 직후, 아나와 돈 후안이 대화하는 장면이 나오는 것은 시간 처리 혹은 시간 경과의 묘사에 있어 미숙한 점이라고 평가할 수 있다. 아니면 당시의 관객들은 이런 '시간의 점프' (영화의 점프 컷처럼)에 익숙해 있었을 것이다.

77 긴 여정이지요 태어나서 죽을 때까지의 시간을 말하고 있다.

80 리스본이지 곤살로 데 우요아는 카스티야 왕실이 파견한 리스본 대사이다. 바라보는 집이 리스본이라는 것은 모타의 아나에 대한 애정을 표현한 것이다. 여기서 두 개의 리스본이 대조되고 있다. 실재하는 포르투갈의 도시 리스본과, 세비야 안에 있는 매춘의 거리 리스본이 그것이다. 이러한 대조를 통해 한편으로는 해학을, 다른 한편으로는 성(性)의 양면성을 보여 주고 있다.

몰랐단 말인가 위의 설명처럼, 세비야 안의 리스본 거리를 놓고 두 사람이 시시덕거리고 있는 장면이다.

81 꼬여야겠네 원문은 "개 한 마리를 주다(dar un perro)"이다. 성에 관계된 어떤 의미를 내포하고 있는 듯한데, 정확한 의미는 알 수가 없다.

잘하는 성적 비유.

83 아나의 목소리 도냐 아나는 연극 내내 무대에 등장하지 않는다. 그녀의 존재는 오직 목소리로만 전해진다.

84 나를 죽였구나 작품 전체에 나타나는 '서사적 결핍'이, 이 장면에서 극단적으로 나타난 것을 볼 수 있다. 그 결핍은 스토리 측면에서, 보여 주어야 할 부분을 축소하고 간결하게 전개시키는 데서 발생한다.

돈 후안과 도냐 아나가 마주보는 장면을 보면, 돈 후안이 그녀에게 접근해서 어떻게 유혹하려 했는지에 대한 설명이나 제시 없이, 그 모든 정황을 관객이 다 알고 있다는 듯이 생략되어 있다. 그래서 관객이 이 두 사람의 관계에서 처음 마주 대하는 것은 아나의 반응뿐이다. 그녀가 돈 후안이 가짜 모타라는 것을 어떻게 알았는지, 그녀의 정조를 더럽혔다는 것이 실제 어디까지 훼손되었다는 건지 알 길이 없다. 분명한 것은 작품에 등장하는 네 명의 여인 중에서 돈 후안은 아나에게만 어떤 약속이나 유혹의 말을 던지지 않았다는 점이다. 장면을 그대로 해석하면, 도냐 아나가 더러워졌다는 것은 자신이 사랑하는 남자 모타의 정체성을 다른 남자가 대신하려 했다는 정도이다. 여기서 이 작품에 나타나는 서사적 리듬의 불균형이 드러나기도 한다. 네 여자와의 관계에서, 실제로 가장 덜 상처 받는 인물은 도냐 아나이다. 그런데 (아버지의) 복수가 이 장면에서 일어나는 것이다. 복수심의 크기로 보면 다른 세 여자를 농락하는 부분에서 더 자연스럽게 발생하는데도 말이다. 또 장면만 보면 도냐 아나와 돈 곤살로의 관계가 명확하지 않다. 도냐 아나는 무대에 등장하지 않고 목소리만 등장하는데, 그 목소리만 듣고 돈 곤살로가 갑자기 복수의 칼을 든 것이다. 연극의 서스펜스라는 국면에서 볼 때 이런 설정들은 치명적이다. 관객들이 예상하는 것은 결투에 패한 돈 곤살로의 죽음이다. 주인공은 아직 죽지 않기 때문이다. 그렇다면 관객이 이 장면에서 기대하는 것은 극적인 결투 장면과 의미 있는 대사의 교환이라 할 것이다. 비중 있는 장면과 비중 없는 장면이 평면적으로 처리되는 것, 서스펜스에 대한 무관심, 액션 장면에 대한 생략, 인과율의 결핍 등등. 이런 것들은 스페인 황금 세기 연극의 관습일까? 아니면 몰리나 연극의 관습일까? 혹은 이 작품에만 국한된 구조일까? 우선 현대극에 비해 16~17세기 연극이 전반적으로 서사적 치밀성이 덜한 것은 확실하다. 그것은 서사적으로 치밀하지 못해서가 아니라, 연극이 지향하는 방향과 관객의 관람 방식이 다르기 때문이다. 당시 연극은 일종의 뮤지컬 형태였고, 따라서 산문이 아닌 시적 리듬으로 대본이 구성되었다. 다시 말해, 당시 연극은 인물의 성격과 스토리의 전개 그리고 무대 장치 못지않게, 대사의 리듬이 중요시되었다. 어쩌면 대사의 내용보다는 대사가 앞뒤 맥락 속에서 갖는 리듬의 효과가 당시 관객에게는 더 크게 의미화되었던 것으로 보인다. 그렇기 때문에 현대 연극의 관점에서 보면 낯선 부분들이 발견될 수밖에 없다. 필요 이상으로 같은 말이 반복되는 반면 있어야 할 설명은 제시되지 않는 것이 대표적이다. 중세를 벗어나 연극 공연이 일상적으로 실행된 지 1세기 가까이 흐른 시점에서도 구두 문화의 영향력이 여실히 살아 있는 것이다. 당시 관객들은 오늘날의 관객처럼 작품 전체를 아우르는 정교한 플롯이나, 작품의 주제적 의미화에는 큰 관심이 없었고, 또 그런 관람 방식의 관습도 형성되지 않았던 것이다. 그보다는 개별적 장면에서 얼마나 웃음을 줄 수 있고, 혹은 얼마나 음악적인 흥겨움을 줄 수 있는가 하는 것이 더 중요했다. 셰익스피어 연극도 이런 면에서 크게 벗어나지 않는다.

93 로도스의 청동 거상 로도스는 에게 해에 있는 그리스 섬으로, 헬레니즘 문명이 절정에 이르렀던 곳이다. 마케도니아 제국의 땅이었으나 알렉산드로스 대제가 세상을 떠나자, 섬의 원주민들이 마케도니아에 저항해 군사들을 섬에서 추방하였다. 이 과정에서 아폴론의 거상을 바닷가에 세웠는데, 이것이 로도스의 거상이다. 아폴론 거상은 훗날 지진으로 파괴되었다.

요한 사제 El Preste Juan. 12~13세기 중반에 널리 유포되었던 환상 문학 속의 주인공. 판본에 따라 부족의 추장이나 마술사 혹은 성직자로 등장한다. 가장 잘 알려진 판본은 에티오피아의 왕으로 등장하는 요한 사제이다.

같을 뿐 아니라 바빌로니아는 함무라비 대왕이 세운 제국의 도시였다. 예술적 경건함과 지적 융성함의 상징으로 베이컨과는 전혀 어울리지 않는 곳이라 할 수 있다. 평민인 가세노가 자신의 지식을 과시

하는 이 장면에서 앞의 부분은 그런대로 무리가 없었지만, 바빌로니아의 베이컨은 당시의 관객뿐 아니라 바빌로니아를 잘 알고 있는 현재 관객들에게까지 웃음을 불러일으킨다.

101 편지를 썼다네 아민타가 편지를 썼다는 것을 듣고 당시 관객은 폭소한다. 왜냐하면 아민타는 당연히 글을 쓸 줄 모르기 때문이다.

106 블랑카 니냐 Blanca niña. 햇빛처럼 흰 소녀. 익명의 로만세(스페인의 중세 시 형식)에 등장하는 환상적 캐릭터의 소녀.

112 아내가 아니던가 낮에는 할 수 없었던 행동도 밤에는 할 수 있음과, 어두워지면 찾아오는 욕망을 암시하고 있다. 그러나 밤의 욕망은 그에 상응하는 대가를 치러야 한다. 작품 도입부에서 돈 후안은 밤의 어둠을 이용해 이사벨라를 유혹했다.

114 애절해지겠지요 이 행의 원문은 "lamentaréis las dos más dulcemente"로 스페인 르네상스를 대표하는 시인 가르실라소 델라 베가의 「목가시 1편」에 나오는 구절을 인용한 것이다. 이를 통해 티르소 데 몰리나는 조국의 선배 시인에게 오마주를 보내고 있다.

메데이아 이아손의 아내로 숱한 남자들의 욕정을 자극한 마녀이다.

115 에우로페 페니키아의 공주로 제우스의 청혼을 거부한다. 그러자 제우스는 황소로 변신한 뒤 그녀를 크레타 섬으로 납치해 그곳에서 그녀와 관계를 맺는다. 이 신화는 유럽 문명의 탄생 과정을 암시하고 있는데, 유럽 문명이 중동 문화의 자극으로 시작되었고, 그 발상지가 크레타 섬이라는 해석을 가능케 하고 있다. 유럽이라는 이름도 물론 이 신화에서 유래한 것이다.

119 모르겠소만 여기에서도 스토리가 갑작스레 바뀌고 있다. 무덤을 발견하고 바로 초대하는 식이 되었다. 마치 오래전부터 초대하겠노라 마음에 두고 있었다는 듯이.

120 먹으러 올 거야 현대 관객들에게는 배우가 이미 식탁을 차리면서 이런 대사를 했다는 게 어색하게 보일 것이다. 대부분의 연극은 17세기까지도 소수의 궁전 극장을 제외하고 코랄(corral)이라는 노천극장

에서 공연되었다. 코랄에서는 배우들의 연기가 지금보다 더 커야 했고 섬세한 연기를 담아내기가 힘들었다. 또 정확하게 전달하기 위해서는 대사가 단순하고 반복적일 필요가 있었다.

121 다녀오겠습니다 원문에는 이 대사가 누구의 것인지 명시되어 있지 않다. 문맥으로 보아 하인 중 한 사람의 대사일 것이다.

124 산 안톤 산 파눈시오(San Panuncio), 산 안톤(San Antón) 등 성인의 이름이 저절로 입에서 나오고 있다. 감탄이나 두려움, 놀라움 등의 감정을 표현할 때 잘 알고 있는 성인의 이름이 나오는 것은, 기독교가 삶의 일상을 지배하던 당시로는 자연스러운 표현이다. 가톨릭 국가인 스페인이나 이탈리아 등에서는 지금도 성인들의 이름이 여러 의미로 표현되고 있다.

그렇단 말이네 아주 심각한 장면에서도 웃음을 자아내려는 이런 대사들이 현대 관객들의 정서에 잘 맞는 것은 아니다.

125 초대한 석상 convidado de piedra. 카탈리논의 입을 빌려 처음으로 돈 우요아의 정체성을 표현하고 있다.

126 구신님 el seor muerto. 카탈리논은 너무 떨려 señor라고 발음하지 못하고 seor라고 부르고 있다. 우리말로 '구신'으로 번역했다.

133 원한다고 말이오 이 대사에는 도냐 아나가 옥타비오 공작과 모타 후작 중에서 누구와 결혼하게 될 것인지가 명확히 나타나 있지 않다. 뒤에 가서야 옥타비오와 도냐 아나의 결혼이 결정적으로 언급된다.

137 알카사르 alcazar. 성채. 여기서 알카사르는 실재적인 성채의 의미보다는 귀족 사회 혹은 궁전 생활 같은 넓은 의미다.

정통한 기독교인으로 당시에는 정부의 종교적 압력으로 어쩔 수 없이 기독교로 개종한 유대인이나 무슬림이 많았는데, 그로 인해 사회 문제가 되었다. 그래서 새로운 기독교인(cristiano nuevo)과 정통한 기독교인(cristiano viejo) 사이에 차이가 존재했고, 정통한 기독교인은 새로 개종한 사람들과 자신들을 구별하려 했다. 새로운 기독교인들 대부분이 스페인에서 인종적으로 경멸의 대상이었던 유대인들이었기 때문이다.

141 에스톨라 estola. 신부가 예배를 집전할 때 두르는 기다란 목도리.

142 기네아식 식탁 문맥으로 보아 더럽고 초라한 식탁을 의미하고 있다.

147 발에 입맞춤 왕에게 경의를 표한다는 관용적 표현. 여기서부터 작품의 대단원이 시작된다. 앞에서 벌어졌던 모든 인물 관계, 감정들, 해결되지 않은 사건들이 하나씩 마무리되는 것이다. 모타 후작이 왕에게 경의를 표하러 왔고, 결혼식 때문에 왕이 찾고 있는 돈 후안은 죽어서 오지 못한다. 그리고 돈 후안에게 당한 모든 사람들이 군주에게 탄원하고, 이를 듣고 군주가 모든 것을 해결해 주는 과정이 전개된다.

158 베르베르인 북아프리카의 부족으로 7세기 말부터 이슬람을 받아들였고 주로 유목 생활이나 대상(隊商)에 종사한다. 베르베르인의 양탄자는 유럽에서 명성이 높았다.

161 하몬 jamón. 돼지 뒷다리를 소금에 절여 만든 것으로, 스페인에서는 중세 때부터 먹기 시작한 주식의 하나.

164 무게를 쟀어 밀턴의 『실낙원』에는 사탄에 대항하는 천사들의 우두머리인 대천사가 죄와 선행의 무게를 재는 저울을 가지고 나타난다.(원주)

172 파티오 patio. 집 안이나 밖에 있는 작은 마당.

178 벨레르마 Belerma. 16세기 스페인 연애시에 이상적인 여인으로 등장하는 문학 속 인물이다. 벨레르마는 두란다르테(Durandarte)와 사랑에 빠졌을 때 그를 전쟁터에 보내야 했고, 두란다르테의 사촌인 몬테시노스(Montesinos)는 벨레르마에게 죽은 남편의 심장을 가져다준다.

204 높은 나무들 거룩한 행동이나 하느님에 대한 헌신처럼, 두 사람이 지금까지 가려고 했던 삶을 비유하고 있다.

207 에스쿠도 escudo. 스페인과 포르투갈에서 통용되던 옛날 화폐.

244 그랬던 것처럼 아이네이아스는 안키세스와 아프로디테 사이에서 태어난 아들이다. 로마 시인 베르길리우스의 서사시 『아이네이스』의

영웅으로. 트로이가 몰락하자 이곳저곳 전전하다 로마를 건국하게
된다. 트로이가 몰락할 때 아버지 안키세스를 끝까지 구출했다.

227 **떨어지지는 않습니다** 페드리스코의 이 대사는 내심 주인이 엔리코처
럼 악에 빠지는 것을 원치 않음을 보여 준다.

228 **파에톤** 태양의 아들로 불의 수레를 몰고 다니는 그리스 신화의 신.
지구에 너무 가깝게 수레를 모는 바람에 지구를 태울 뻔했고, 그 죄
로 추방당한다.

230 **로만세** romance. 중세부터 현재까지 가장 대중적인 스페인 시 형식.
서사시에서는 영웅들의 모험 이야기를, 서정시에서는 남녀 간의 사
랑 이야기를 표현하는 데 두루 사용되었다. 넓은 의미에서 로만세는
지금처럼 특정한 의미 없이 노래와 동의어로 사용되기도 한다.

234 **다섯 개의 강** 여기서 피가 흐르는 다섯 개의 강은 십자가 수난에서
다섯 군데의 못 박힌 상처를 말한다.

243 **없게 되었구나** 엔리코의 이 대사는 이 작품이 예정 조화설(영혼 구원
예정설)을 담고 있다고 주장하는 학자들에게 중요한 단서가 되고 있
다. 엔리코의 의지는 회개하는 것이지만, 그럴 수 없다고 말함으로써
회개 자체가 자신의 의지가 아님을 말하고 있는 것이다. 티르소는
"원하기도 했으나"라는 표현을 사용해 의지가 약하기는 하지만, 엔리
코가 회개하려는 의지를 갖고 있음을 보여 주려 한다.

245 **지금이 좋습니다** 이런 장면은 엔리코의 구원이 그의 의지에 관계없
이 신의 선택에 의한 것이라고 주장하는 학자들에게 타당성을 부여
하고 있다. 그러나 이렇게 논리적으로 추론하는 것 자체가 복음에 대
한 신앙에 위배되는 것이다.

287 **아말테아** 유피테르를 자신의 젖으로 키운 산양(山羊)의 요정으로, 그
녀의 뿔은 희망과 풍요를 의미한다.

304 **벨라르미노** Roberto Belarmino(1542~1621). 이탈리아 예수회 소
속의 신학자이자 추기경.

세속과 성직 사이에서

전기순(한국외대 스페인어과 교수)

1. 티르소 데 몰리나(Tirso de Molina)

1580~1615

가브리엘 테예스(Gabriel Téllez)는 1580년 마드리드에서 태어났다. 아버지 안드레스 로페스(Andrés López)와 어머니 후아나 테예스(Juana Telléz)에 대해서는 가난한 평민이라는 것뿐, 알려진 것이 없다. 이름에 부모의 성 모두를 사용하는 관례에 따르면 가브리엘 로페스 테예스가 되어야 하는데, 무슨 이유인지 티르소는 아버지의 성을 사용하지 않았다. 출생 증명서로 사용된 유아 세례 증명서 말고는 유년 시절이나 청년 시절에 대해 다른 기록은 남아 있지 않다.

유아 세례 증명서 이후 테예스에 대한 다음 기록은 20년을 훌쩍 뛰어넘는다. 1600년 과달라하라 수도원에서 메르세드 종단의 견습 신부로 입문했고 1604년까지 견습 생활 중에도 틈틈이 톨레도와 살라망카를 오가며 예술과 신학을 공부했다. 이 시기에 로페 데 베가(Lope de Vega)의 연극을 보고 깊은 감명과 영향을 받았다. 1610년 소리아 수도원의 부사제(副司祭)로 봉직한 것이 그의 첫 직함이었다. 1611년 정식으로 메르세드 종단의 신부가 되었고, 마드리드 수도원에서 1년간 봉직했으며, 이 무렵부터 희곡을 쓰기 시작했던 것으로 보인다. 특히 마드리드에서는 당시 로페 연극이 1년 내내 공연되었기 때문에 로페의 걸작들을 충분히 접할 수 있었다. 성직에 대한 '의도적' 열망과 희곡에 대한 '타고난' 재능 사이에서의 갈등은 이렇게 성직 생활 초기부터 시작되었다. 티르소 데 몰리나라는 필명을 사용하게 된 것도 두 가지 생활을 분리시키고, 교회 내에서의 비판적 시선을 조금이라도 완화시키기 위한 조치였다. 1611년 가을 무렵 마드리드 수도원에서 톨레도 수도원으로 자리를 옮기게 된다.

이 무렵 발표한 초기 작품으로는 「우울한 남자(El melancólico)」(1611), 「라사그라의 시골 처녀(La villana de la Sagra)」(1611) 그리고 「궁전의 수치(El vergonzoso en palacio)」(1612)가 있다. 「우울한 남자」는 귀족 가문의 사생아로 태어난 한 남자에 관한 이야기로, 마드리드 수도원 생활 중에 집필한 것이다. 「라사그라의 시골 처녀」는 제목이 주는 인상과는 다르게 티르소의 '도시 연극'의 시작을 알리는 작품으로 톨레도 극장에서 공연되었다. 이 작품은 티르소의 코메디아 중 공연 기록이 남아 있는 최초의 작품이기도 하다. 「궁전의 수치」는 티르소의 초기 걸작 중 하나로 뽑히며, 높은 작품성 때문에 1630년 무렵 집필되었을 거라는 주장도 있다. 작가가 된 지 불과 몇 년 만에 이런 작품을 낼 수 있겠느냐는 것이다.

당시에는 예수의 피와 살을 기리는 성체절(Corpus) 행사가 스페인의 중요한 국가적 사업이었고, 성찬극(혹은 성찬 신비극(El auto sacramental))이 공연되는 것이 관례였다. 때문에 작가라면 성찬극을 쓸 수 있는 능력이 요구되었다. 신부이자 희곡 작가였던 티르소에게는 성찬극이야말로 더없이 중요한 희곡 장르였다. 국가가 기획한 성체절 행사에 공연되는 성찬극은 가장 능력 있는 작가가 맡기 마련이었고, 마드리드, 살라망카, 바야돌리드, 톨레도 등에서 공연되는 성찬극은 상당한 권위를 인정받는 극작가에게만 역할이 할애되었다. 1615년 성체절에 톨레도 시는 티르소의 성찬극「너무 닮은 형제들(Los hermanos parecidos)」을 무대에 올렸는데, 이는 그가 극작가로서 어느 정도 인정받기 시작했다는 것을 말해준다. 같은 해 톨레도의 메손 데 라 푸르타(la Mesón de la Fruta) 극장에서「초록색 양말의 돈 힐(Don Gil de las Calzas Verdes)」이 공연되기도 했다.「초록색 양말의 돈 힐」은 티르소의 작품 중 가장 경쾌하고 극적인 스토리로, 티르소의 천재성이 충분히 발휘된 것으로 평가되고 있으며, 지금까지도 관객들이 가장 선호하는 작품이다.

1616~1625

티르소는 1616년 메르세드 종단의 신대륙 선교 사업의 일원으로 에스파뇰라 섬(현재의 도미니카 공화국)에 파견되어, 3년간 신학 교수로 강론했다. 신대륙 선교 활동으로 티르소는 신대륙과 스페인 정복자들에 대한 관심을 새롭게 가지게 되었고, 이를 계기로 훗날 잉카 제국을 정복했던 프란시스코 피사로(Francisco Pizarro)의 이야기를 소재로 작품을 쓰기도 했다. 에스파뇰라 섬 선교 기간 중인 1618년 도시 희곡의 하나인 「바예카스의 시골 처녀(La villana de Vallecas)」를 집필했고, 1619년 톨레도로 복귀했는데, 여기서 로페 데 베가를 직접 만났을 가능성이 크다. 로페는 이 무렵 톨레도에 거주했고 티르소로서는 문학적 스승인 그를 당연히 만나고 싶어 했을 것이다. 1622년부터 1625년까지 다시 마드리드 수도원으로 돌아와 봉직했다.

신대륙에서 돌아온 이후 종단으로부터 징계받는 1625년까지가 작가로서의 절정기였다. 이 기간에 발표된 작품들로는 「사랑이 최고의 치료(El amor médico)」(1620), 「톨레도의 별장들(Los cigarrales de Toledo)」, 「자신을 질투하는 여자(La celosa de sí misma)」(1622) 등이 있다. 그 이후에 출판되거나 공연된 작품들도 실제로는 이 기간에 집필되었을 가능성이 높다. 1626년에 발표된 것으로 알려진 유명한 세 작품, 「이 세상 최고의 귀머거리(No hay peor sordo)」, 「톨레도에서 마드리드까지(Desde Toledo a Madrid)」, 「후안 페르난데스의 과수원(La huerta de Juan Fernández)」 등도 이 기간에 집필되었을 가능성이 높다. 1625년 징계를 받은 이후에는 다작을 하지 않았기 때문이다.

1625년, 평탄해 보이던 그의 삶에 첫 번째 시련이 닥쳤다. 세속적인 성공 때문에 티르소는 성직 생활 내내 동료들의 비판과 질투를 감내해야 했음에도 불구하고, 그는 내면에 존재하는 두 가지 욕망 중 어느 하나도 포기할 수 없었다. 1625년 메르세드 종단은 징계 위원회를 열어 세속적인 작품을 쓴 책임을 물어 티르소를 징계하고, 향후에는 성직에 몰두하고 오로지 종교극만 쓸 것을 명령했다. 징계 이후 그는 마드리드를 떠나 세비야에서 여러 수도원을 전전하며 생활했지만, 이듬해 복권되었고 작품 활동도 계속할 수 있었다. 이 사실은 징계 수위가 크지 않았음을 보여 주기도 하지만, 이후 작품 수가 현격히 줄어든 것은 이 일로 적지 않은 정신적 타격을 받았음을 보여 주기도 한다. 징계 이후 그는 메르세드 종단의 연대기를 집필하거나 주로 종교적 성향의 희곡을 썼다. 출판 연도만 보면 징계 이후에도 많은 작품을 쓴 것으로 되어 있지만, 징계 이후에 출판된 작품의 대부분은 이전에 집필되었다가 1635년에 출간된 『티르소 데 몰리나 코메디아 선집 2부』에 실리게 된 것들이다. 실제 징계 이후 집필한 것으로는 여기서 소개하는 「돈 후안, 석상에 초대받은 세비야의 유혹자」와 「불신자로 징계받은 자」 정도를 들 수 있다. 「돈 후안, 석상에 초대받은 세비야의 유혹자」는 징계 직후 세비야 생활 중에 구상한 작품으로, 티르소의 의도는 돈 후안이라는 인물을 통해 신의 의지를 저버리는 자가 어떤 심판을 받는지를 보여 주고 싶었던 것으로 보인다. 「불신자로 징계받은 자」는 티르소의 신학적 갈등을 직접 반영한 것이다. 적지 않은 성찬극과 종교극을 썼지만, 이 작품만큼 신학적 이데올로기를 직접 반영한 작품은 없었다. 다시 말해, 「돈 후안, 석상에 초대받은 세비야의 유혹자」와 「불신자로 징계받은 자」는 스토리와 인물의 성격은 판이하지만 종단으로부터 신앙을 의심받고 나서, 이를 극복하기 위한 의도가 상당히 작용한 작품들이었다. 따라서 작가로서의 욕망이 상대적으로 크지 않은 작품이었다. 그런 이유 때문에 자신의 이름으로 작품집을 출간할 때 「돈 후안, 석상에 초대받은 세비야의 유혹자」를 한 번도 수록하지 않았을 것이라는 주장이 있지만 확실하지는 않다. 작가의 의도와 상관없이 「돈 후안, 석상에 초대받은 세비야의 유혹자」와 「불신자로 징계받은 자」는 「초록색 양말의 돈 힐」, 「궁전의 수치」와 함께 티르소의 대표적인 희곡이 되었을 뿐 아니라, 「돈 후안, 석상에 초대받은 세비야의 유혹자」는 유럽 문학이 낳은 대표적 신화로 발전했고, 「불신자로 징계받은 자」는 신부와 작가 사이를 줄다리기하던 티르소의 정체성이 깊게 스며 있는 작품이라 할 수 있다.

1626~1648

티르소는 1626년부터 3년 동안 트루히요(Trujillo) 수도원의 수도원장을 지냈고, 1630년 메르세드 종단 연대기를 집필하라는 명령을 받고 수년간 연대기 집필에 몰두하게 된다. 『메르세드 종단의 연대기(*la Crónica de la Orden de la Merced*)』[1]는 귀중한 신학적, 역사적 사료로 현재 스페인 학술원에 소장되어 있다. 1632년에는 다시 마드리드 수도원으로 돌아와 봉직하였고, 이 무렵 조카 프란시스코 루카스 데 아빌라(Francisco Lucas de Ávila)의 이름으

---

1) 종단의 연대기는 수고(手稿)로만 보관되어 있다가 1970년대 중반에 와서야 책으로 출판되었다.

로『코메디아 선집 1부』를 발간하였다. 그러나 조카라는 사람은 역사적으로 그 존재가 증명되지 않았다. 자신의 이름을 감추기 위해 가명을 사용했을 가능성이 높다. 1633년에는 대표작의 하나이며 중세 실화를 소재로 쓴 역사극 「여자의 신중함(La prudencia en la mujer)」을 발표했다. 1635년에는 다양한 형태의 글 모음집 『글쓰기의 즐거움(Deleytar aprovechando)』을 집필했는데, 몇 편의 희곡과 잡문들이 수록되어 있을 뿐 아니라, 유일하게 자신의 연극론을 담아 귀중한 자료로 평가되고 있다.

그러나 연대기를 마칠 무렵부터 티르소의 인생은 갑작스러운 황혼기를 맞는다. 1640년부터는 작품이 거의 나오지 않았고, 같은 해 메르세드 종단에서 오랫동안 경쟁 관계에 있던 마르코스 살메론(Marcos Salmerón) 신부에 의해 쿠엔카(Cuenca)로 근무지를 옮겨야 했는데 티르소에게는 일종의 유배지 같은 곳이었다. 1641년 「심술쟁이 고메스(Bellacos, sois Gómez)」를 끝으로, 이 천재 작가는 더 이상 작품을 남기지 못했다. 이후 티르소의 행적은 톨레도, 과달라하라 등의 수도원을 전전하고 카스티야 고위 성직자 회의(1645) 등에 참석하는 등 일상적인 성직의 임무를 통해서만 알려져 있다. 1647년 소리아의 알마산(Almazán) 수도원 원장으로 발령받았고, 1648년 2월 20일 그곳에서 눈을 감았다. 탄생만큼이나 죽음의 원인이 아직까지 베일에 가려 있다.

출생의 의문

지금까지 티르소의 일대기를 간단하게 정리해 보았다. 역사적 기록보다는 그의 작품 안에 어떤 구절이나 다른 작가들이 그에 대해 써 놓은 것, 혹은 메르세드 종단에 남아 있는 얼마 되지 않는 기록들을 짜 맞춘 것이다. 그의 전기에 대해 객관적으로 증명되지 않은 부분이 많기 때문이다. 이런 사실은 그가 메르세드 종단의 고위 성직자였으며 스페인 황금 세기 연극의 3대 거장의 한 사람이었음을 고려할 때 쉽게 납득이 가지 않는 부분이기도 하다. 특히 출생 시기를 둘러싸고 논쟁과 가설이 난무했는데, 지금도 학자들에게 적지 않은 연구거리를 제공하고 있다.

티르소의 출생 시기가 자주 논의된 것은, 시기의 정확성 자체가 중요해서라기보다는 태어난 해를 어떻게 설정하느냐에 따라 작품의 집필 연도가 달라지고, 성장 배경과 연관되기 때문이다. 티르소의 출생 연도에 대해서는 1580년, 1583년 그리고 1584년의 세 가지 설이 있다.

1) 1580년에 태어났다는 주장은 작가가 남긴 한 편의 보고서 때문이다. 1638년 1월 15일에 테예스 신부는 교회의 상관에게 보고서를 작성했다. 보고서 한 귀퉁이에 테예스 신부는 자신의 나이를 57세로 적고 있는데, 이에 따르면 그는 1580년에 태어난 것이 된다.

2) 위에서 말한 것처럼, 1616년 메르세드 종단에서는 일곱 명의 신부를 에스파뇰라 섬으로 파견하는데, 선박 여권 명단 두 번째에 가브리엘 테예스라는 이름이 있고 나이가 33세로 적혀 있

다. 이에 따르면 테예스는 1583년에 태어난 것이다.

3) 1920년대에는 평생을 티르소의 전기 연구에 몰두했던 한 학자에 의해 티르소 유아 영세 증명서가 마드리드의 한 교회에서 발견되었다. 그 학자가 훗날 티르소 전집을 출간한 블랑카 데 로스 리오스(Blanca de los Ríos)다. 영세 증명서에 의하면 티르소는 마드리드의 명문가 출신으로 당대의 세력가였던 오수나 공작의 사생아로 1584년에 태어났다.

이 세 가지 가설 중에 두 번째 가설은 가장 신빙성이 떨어진다. 선박 여권은 관료에 의해 작성된 것이고, 얼마든지 출생 연도를 잘못 적을 가능성이 있기 때문이다. 더구나 선교 리스트에는 일곱 명의 성직자들로 구성되었기 때문에 세세하게 기록하지 못했을 수 있는 것이다.

평생을 성직자로 생활했던 가브리엘 테예스와 극작가 티르소 데 몰리나 사이에는 상당한 간극이 존재한다. 예를 들어, 「궁전의 수치」나 「여자의 신중함」 같은 작품들은 궁전 생활이나 귀족의 사생활을 모르고서는 쓸 수 없는 작품들이기 때문이다. 거기다 테예스는 사생아를 주인공으로 한 작품을 세 편이나 썼다. 「우울한 남자」, 「이것이 타협의 이유지(Esta sí que es negociar)」(1618), 「사랑이야말로 존재의 이유(Amar por razón de estado)」(1621) 가 그것들이다. 또 티르소는 같은 또래의 레르마 공작과도 깊은 친분이 있었는데, 그가 만약 비천한 평민 출신이었다면 가능하지 않은 일이었다. 그래서 그랬는지, 티르소는 어떤 지면을 통해서도 자신의 고향이나 가족에 대해 글을 남긴 적이 없었다.

이런 모든 것들이 그가 사생아였을 가능성을 높여 주고 있지만, 이 가설을 부정하는 학자들은, 사생아는 원칙적으로 성직에 들어 갈 수 없었다는 것을 이유로 든다. 다만 사생아라도 종단의 특면 조치가 있으면 가능했다는 게 영세 증명서를 진본으로 보는 사람들의 주장이다. 티르소가 당대 세력가의 사생아였다면 오랫동안 그에게 가졌던 많은 의문들이 사라진다. 평민 출신이 어떻게 궁전의 권모술수와 귀족 여인들의 사생활을 그토록 잘 알고 있었는지, 왜 자신의 부모나 가족에 대해 언급하지 않았는지, 초기에 사생아를 소재로 한 작품에 몰두했고, 귀족에 대한 반감을 작품 속에 반영한 것 등등.

그러나 1584년을 가정했을 때도, 여전히 몇 가지 문제들은 남는다. 무엇보다 작품의 성숙함인데, 그의 걸작 중 하나인 「궁전의 수치」를 불과 스물일곱 살에 집필한 것이 되기 때문이다. 반면에 1580년 출생을 기점으로 하면 이런 문제도 해결되고 성직자 생활, 도미니카로의 파견, 극작가로서의 시기 등등이 어느 정도 논리성을 가지게 된다.

이 글에서 필자는 1580년을 출생 연도로 설정했다. 왜냐하면 티르소에 대한 대부분의 해설과 연보 등이 이해를 기준으로 작성된 것이고, 아직은 사생아 설이 폭넓게 인정된 것은 아니기 때문이다. 그럼에도 불구하고 삶의 몇 가지 단면들, 작품의 천재성과 특별함이 사생아라는 가설적 정체성과 깊은 연관이 있다는 것 역시 부인할 수 없다.

작품 경향

티르소의 연극적 기법은 당시 대부분의 극작가들이 그랬던 것처럼 로페 데 베가가 제시한 『연극의 새로운 기술(*Arte nuevo de hacer comedia en este tiempo*)』(1609)에 기초한 것이다. '국민 연극' 혹은 '대중극'을 표방한 로페는 르네상스 연극의 토대가 되었던 아리스토텔레스의 삼위일체, 즉 연극의 공간, 시간, 행위가 사실에 가깝게 유지되어야 한다는 법칙에서 벗어나기를 제안한다. 거기에 무대에 대한 집중력을 높이기 위해, 두 개의 플롯을 동시에 진행하거나, 핵심 플롯과 관계없이 코메디아 전체에 활력과 해학을 제공할 수 있는 익살꾼(El gracioso) 같은 새로운 인물들을 창조했다.[2] 특히 신화적, 목가적 소재에 기초하던 르네상스 연극의 한계를 극복하고, 관객들의 일상을 반영하고 그들이 선호하는 역사적 소재를 택하게 된다. 스페인 황금 세기 연극은 이렇듯 다양한 소재를 끌어오는데, 관객들이 가장 좋아하던 소재는 '사랑의 분규를 다룬 코메디아(comedia de enredo)'였다. 이 하부 장르는 여러 인물과 사건들이 뒤엉켜 심각한 문제를 제공하고 극이 진행되면서 실타래 풀듯 사건을 하나씩 해결하는 방식이었다.

---

2) 16~17세기 유럽 연극에서 코메디아(comedia) 장르는 지금의 코미디와는 다른 의미를 가지고 있었다. 코메디아는 아리스토텔레스가 분류한 희극의 의미도 내포하고 있었지만, 넓게는 연극 일반을 가리키는 의미로 사용되었다. 비극과 희극이 뚜렷하게 섞여 있는 연극을 특별히 트라히코메디아(tragicomedia)라 부르기도 했다.

미스터리와 서스펜스가 뒤섞인 이 전략은 현대 관객들에게는 지극히 낯익은 방식이지만, 16세기 말에야 비로소 시작되었다. 할리우드 영화도 이런 종류의 연극적 전략의 연장선에 위치한다 할 것이다.

　백여 년 동안 진행된 스페인 황금 세기 연극은 16세기 말 로페에 의해 시작되어 17세기 말 칼데론 데 라 바르카에 의해 완성되었고, 르네상스의 고전주의에서 벗어나 다양한 측면의 바로크 연극의 혁신을 이루었다. 로페에게 전 시대 르네상스의 연극은 이탈리아 연극을 모방하고 아리스토텔레스의 원칙에 지나치게 얽매여 있었으며, 소수의 귀족들만을 겨냥한 것이었다. 때문에 일반 관객들은 어떤 식으로든 거리감을 느낄 수밖에 없었던 것이다.
　무대에도 혁신적인 변화가 일어나, 르네상스 연극이 귀족의 궁전에서 진행되는 실내극이었던 데 반해 스페인 바로크 연극은 밝은 햇살이 비치는 코랄(corral)이라는 노천극장에서 공연되었다. 로페에서 시작된 스페인 바로크 연극은 이렇듯 보다 많은 관객을 지향하며 연극의 반아리스토텔레스적인 비전을 코랄이라는 새로운 무대 속에 맞추어 나가는 과정으로 볼 수 있다. 그 과정은 대중적인 로페에서 티르소를 거쳐 칼데론에 의해 마침표를 찍는 것이었다. 칼데론의 연극 세계는 이제 로페의 대중적 연극론에서 진화하여 로페가 지향했던 대중성의 정반대 지점까지 이르게 된다. 「인생은 꿈이다(La vida es sueño)」, 「세상이라는 위대한 연극(El gran teatro del mundo)」 등 칼데론의 희곡들은 제목에서 쉽게 감지할 수 있듯이, 유럽 연극 사상 가장 심오한 신학적, 철학적 개념들을 내포하고 있다. 공간적인 면에서도 칼데론 작품의 일부는 코랄에서 점차 벗어나 현대 연극의 공간인 프로시니엄(prosceni-um) 무대와 유사한 공간에서 공연되기 시작했다. 로페의 대중적 연극과 칼데론의 철학적 연극 사이에 '성격 연극'이라는 티르소의 자리가 있다.

로페와 비교할 때 티르소는 한 인물에 대한 특별한 성격 묘사에 탁월한 능력이 있었다. 로페의 인물들은 별개로 존재할 때는 아무 힘이 없지만 군무를 추듯 그 인물들이 특별한 플롯 속에 연결될 때 비로소 빛을 발하게 된다. 반면 티르소에게 연극은 주인공의 특별한 성격을 분석할 때 의미를 얻는 것이다. 특히 그동안 스토리 전면에 등장하지 않았던 여성 인물들의 심리와 내면에서 상당한 깊이에까지 도달한 것은 티르소 연극의 커다란 매력이라 할 것이다.

티르소에 대한 평가에서 가장 논의가 활발했던 주제는 심리 묘사의 깊이에 대한 것이었다. 스페인 연극의 주요 이론가 중 한 사람인 보슬러(Vossler)는 티르소의 강점이 심리 묘사 특히 여성 심리 묘사에 있다는 것을 강도 높게 주장했다. 르네상스 연극이나, 로페 연극을 생각하면, 티르소는 분명 여성 심리를 분석하는 능력을 가지고 있었다. 「여자의 신중함」이나 「자신을 질투하는 여자」은 이런 평가에 어울리는 작품임에 틀림없다. 그러나 비교 대상을 동시대의 셰익스피어나 프랑스의 몰리에르에까지 확장했을 때 과연 티르소가 그 면에 있어 특별한 작가였는지는 장담하기 어려워진다. 티르소의 작품 안에서도 심리 묘사의 깊이가 크게 차이가 나는 것을 볼 수 있는데, 이 책에서 다루고 있는 두 작품만 비교해도 쉽게 확인된다. 「불신자로 징계받은 자」에서 주인공 파울로의 심리는 비교적 상세하게 분석되고 있는 반면, 「돈 후안, 석상에 초대받은 세비야의 유혹자」의 주인공에게서는 그렇지 못하기 때문이다.

티르소는 로페보다는 철학적이고 칼데론보다는 대중적인 노선을 띠며, 자본주의화 과정에서 아직도 구체제적인 사고에 사로잡힌 귀족 계급에 대한 반감을 유감없이 발휘했고, 여성들의 사회적 소외감을 간파할 줄 아는 인간에 대한 깊은 이해를 가지고 있었다. 무엇보다 티르소의 진정한 가치는 돈 후안이나 파울로 같은 불멸의 캐릭터를 창조하는 특별한 능력에 있다. 그러면서도 정작 자신은 성직과 작가로서의 욕망 사이에서 끊임없이 갈등했고 한순간도 안락한 삶을 살지 못했다.

대표작

― 성찬극(el auto sacramental)
「성스러운 양봉가(El colmenero divino)」
「너무 닮은 형제들(Los hermanos parecidos)」

― 사랑의 코메디아(la comedia de enredo)
「궁전의 수치(El vergonzoso en palacio)」

「경건한 마르타(Marta la piadosa)」

「초록색 양말의 돈 힐(Don Gil de las calzas verdes)」

「바예카스의 시골 처녀(La villana de Vallecas)」

「사랑이 최고의 치료(El amor médico)」

「자신을 질투하는 여자(La celosa de sí misma)」

「후안 페르난데스의 과수원(La huerta de Juan Fernández)」

— 역사극(la comedia histórica)

「여자의 신중함(La prudencia en la mujer)」

— 종교극(la comedia religiosa)

「돈 후안, 석상에 초대받은 세비야의 유혹자(El burlador de Sevilla y convidado de piedra)」

「불신자로 징계받은 자(El condenado por desconfiado)」

2. 「돈 후안, 석상에 초대받은 세비야의 유혹자」 해설

세비야의 기사 돈 후안 테노리오는 나폴리 주재 스페인 대사의 명을 받아 나폴리에 거주하고 있다. 그는 이사벨라 공작 부인을 유혹하기 위해 어둠을 이용, 자신이 그녀의 정혼자인 옥타비오 공작이라고 속인 뒤 관계를 갖는다. 어둠과 빛이 상징적으로 대비되는 첫 장면에서 관객은 연극의 분위기와 주인공의 정체성을 감지

하게 되고, 그 상징성은 연극 내내 관객을 이끌어 가는 서사적 힘으로 작용한다.

> **이사벨라** 제가 받은 영광이 진실이며
>
> 약속과 헌신이며
>
> 은총과 수행이며
>
> 의지와 우정인가요?
>
> **돈 후안** 그렇소, 내 사랑.
>
> **이사벨라** 불을 가져와야겠습니다.
>
> **돈 후안** 무슨 이유로 불을 밝히려 하오?
>
> **이사벨라** 제가 누린 이 행운이 진실인지
>
> 확인하고 싶습니다.
>
> **돈 후안** 가져온다 해도 내가 다시 꺼 버리겠소.
>
> **이사벨라** 그렇게 말하는 당신은 정작 누구십니까?
>
> **돈 후안** 나로 말하면, 이름 없는 남자.
>
> **이사벨라** 그렇다면 당신은 공작이 아니란 말입니까? (9~10페이지)

사랑을 나눈 후에야 이사벨라는 자신이 속았음을 알고 경비병을 부른다. 이 사실을 알게 된 나폴리 총독은 그를 체포하라고 명하지만, 우리의 바람둥이는 삼촌 돈 페드로의 도움으로 무사히 도망한다.

스페인으로 도망가던 중 배가 난파되고 돈 후안과 카탈리논은 타라고나 항구에 간신히 도착한다. 어촌 처녀 티스베아는 실신한 돈 후안을 치료하고 잠자리와 먹을 것을 제공한다. 결혼을 약속하며 유혹할 때, 티스베아는 그의 달콤한 약속을 믿고 모든 것을 맡기지만 돈 후안은 그녀를 소유하고 나서는 미련 없이 길을 떠난다.

세비야로 돌아온 돈 후안. 친구인 모타 후작과 함께 사창가를 배회할 때, 그는 모타가 도냐 아나를 사랑하고 있다는 것을 우연히 알게 되고, 손에 들어온 도냐 아나의 편지를 이용해 친구를 대신해 그녀가 청한 밀회 장소로 간다. 그러나 이번만큼은 성공하지 못한다. 아나가 그의 정체를 어렴풋이 알고 구원을 청한 것이다. 그녀의 목소리를 듣고 아버지 돈 곤살로 데 우요아가 나타나 돈 후안과 결투를 벌이게 되는데, 돈 후안은 그를 죽이고 만다.

돈 후안은 세비야 근처의 작은 마을 도스에르마나스로 피신한다. 그 마을에서는 이제 막 결혼식이 진행 중이다. 돈 후안은 신부가 된 아민타를 유혹하여 관계를 갖는 데 성공한다.

돈 후안의 행동에 대해 시종 카탈리논과 주변 인물들은 지속적으로 충고와 경고를 보내지만 그는 아랑곳하지 않는다. 그때마다 오히려 그는 이렇게 하늘을 조롱한다.

정말 오래도록 나를 봐주시는군! (120페이지)

한편, 그에게 유혹당했던 여자들은 세비야의 알폰소 왕에게 몰려가 그를 심판해 줄 것을 요구하고, 이 사실을 모르는 돈 후안은 세비야로 돌아온다. 돌아오는 길에 돈 곤살로의 무덤과 석상을 발견한 그는 석상을 희롱하며 저녁 식사에 초대한다. 돈 후안을 찾아온 석상은 거꾸로 자신의 저녁 식사에 돈 후안을 초대한다. 그때 들려오는 악사들의 음산한 노랫소리.

이승에 살아 있는 동안
정말 오래도록 나를 봐주시는군!
이런 말 하는 자 저주 있을지니.
그 말의 대가를 반드시 치르리라. (144페이지)

돈 후안은 일말의 두려움도 없이 초대 장소인 무덤을 찾아간다. 석상 돈 곤살로는 그의 손을 잡아끌고 영원한 지옥 불이 이글거리는 지옥으로 데려간다. 궁전에는 모든 인물들이 모여 있는 가운데, 카탈리논이 돈 후안의 비참한 최후를 알린다. 그들은 원래의 짝과 결혼하고 모든 문제가 해결된다.

세비야 명문가 출신의 돈 후안에게 살아가는 유일한 목적은 여인들을 유혹하는 것이다. 그는 '유혹-소유-도주'의 행위를 반복한다. 그 과정을 통해 삶의 쾌락과 의미를 얻는 것이다. 엄밀한 의미에서 그 행위를 통해 얻는 것은 찰나의 쾌락뿐이다. 그러나 돈 후안은 욕망을 스스로 억제하지 못할 뿐 아니라 억제할 의지도 전혀 가지고 있지 않다. 그 욕망이야말로 살아 있는 유일한 목적이며 의미이기 때문이다. 대개 이런 스토리는 유혹의 결과보다는 유혹의 과정에 집중하기 마련이다. 관객들이 보고 싶어 하는 것은 여인들이 유혹에 빠져드는 과정 자체이고, 그 부분이 서스펜스를 만들어 주기 때문이다. 그런데 작품에서 대부분의 여자들은 이미 유혹당해 있거나 쉽게 유혹에 빠져든다. 서스펜스의 여지가 없는 것이다.

작품의 비중은 유혹 이후의 여자들의 반응과 돈 후안의 징계 과정에 있다. 돈 후안이 석상의 만찬에 초대되어 최후를 맞이할 때까지, 수많은 인물들이 그에게 충고와 경고를 던진다. 카탈리논은 익살꾼의 역할이 그렇듯, 주인의 행동을 끊임없이 견제하며 비판한다. 귀족에게 세상의 권위는 친구 → 가문 → 아버지 → 군주의 순서로 진행되는데, 그 계급적 관계가 서스펜스를 이루면서 돈 후안에게 차례로 경고하는 인물들로 나타난다. 친구와 삼촌 돈 페드로, 아버지 돈 디에고의 충고를 무시한 그는 마침내 왕의 경고까지 저버리고 만다. 이것은 하느님의 대리자인 석상의 징계라는 최후 수단에 이르기 위한 서사 전략이다. 오직 하느님만이 멈추게 할 수 있는 한 남자의 욕망. 그 과정을 통해 우리는 상상을 뛰어넘는 욕망의 소유자를 대면하게 된다. 그는 이렇게 외친다.

세비야 온 천지가 나를
사악하다 부르지. 내 안에
있는 가장 큰 기쁨은
다름 아닌 모든 여자를 유혹하고
수치스럽게 만드는 것
바로 그것이 내 삶의 의미 (70~71페이지)

'돈 후안, 석상에 초대받은 세비야의 유혹자' 라는 타이틀에는 작품의 구조와 플롯이 그대로 반영되어 있다. 티르소는 중세에 민담으로 널리 유포되어 있는 이야기를 한 작품 속에서 재구성했다. 난장판 파티를 마치고 돌아오던 남자가 칠흑같이 어두운 무덤가에서 해골을 발로 차 버렸다. 그러자 해골이 일어나 그를 죽음의 만찬에 초대한다. 끝없는 성적 욕망을 가진 남자들에 대한 이야기는 유럽 전역에 다양한 판본으로 퍼져 있었다.[3] 티르소는 구전하던 해골의 초대와 끝없는 욕망을 가진 사나이를 한 작품 속에서 재창조해 낸 것이다. 이 과정에서 뚜렷한 형태가 없던 민담의 주인공은 바로크적인 캐릭터, 자유 의지의 극단을 보이며 오직 하느님의 징계에 의해서만 자신의 에고를 포기할 수 있는 인물로 거듭난다. 이 과정에서 돈 후안은 모든 사회적 제도와 금기를 초월하는 신화적 원형성을 획득하게 된다.

돈 후안의 가장 큰 매력은 그가 거침없이 세상을 본다는 데 있다. 그에게는 인간이라면 가질 수밖에 없는 최소한의 두려움도 없다. 석상이 그를 지옥 불에 던져 버릴 때조차 그는 두려워하지 않는다. 그는 모든 금기를 거침없이 저지른다. 가부장과 절대 군주

---

[3] 돈 후안이 실존 인물이었다는 주장도 있다. 예를 들어, 미겔 데 마냐라(Miguel de Mañara, 1627~1679)는 자신의 저서 『진실의 담론(*Discurso de la verdad*)』에서 자신의 애정 행각을 설명하고 스스로 자신의 매장을 목격했다는 진술을 남겼다. 여러 면에서 돈 후안과 유사하지만 그의 생존 연대가 티르소의 돈 후안 이후에 해당하기 때문에 설득력을 얻지 못하고 있다. 스페인의 역사학자이자 인문학자인 그레고리오 마라뇬(Gregorio Marañon)은 『돈 후안, 그 전설의 기원(*Don Juan. Ensayos sobre el origen de su leyenda*)』(1976)이라는 논문에서 성 플라시도(San Plácido)라는 별명으로 불렸던 비야메디아나 공작(el conde de Villamediana, 1582~1622)이 티르소의 돈 후안의 모델이었을 가능성을 설명하고 있다.

제를 기초로 이루어진 사회에서 아버지의 명령과 군주의 명령을 따르지 않는 것은 사회적 저항에 대한 최고의 표현이다. 이 무제한적인 저항력과 원시적 본능. 그것이 바로 여자들을 끌어들이는 힘이다. 극단적인 유혹의 행위만 존재하며, 그것이야말로 인간의 잠재의식 속에 숨어 있는 광기이다. 르네상스 시인들이 말한 것처럼 사랑은 이상적이며 순수한 것인가? 사랑은 자연의 모습을 닮아 숭고하며 자연스러운 것인가? 티르소는 절대 그렇지 않다고 말하는 듯하다. 돈 후안에게 사랑은 욕망의 또 다른 이름이며 트라우마로 얼룩진 어떤 것이다.

돈 후안의 신화성과 후속 작품들

티르소에 의해 바로크적 인물로 태어난 돈 후안은 여러 나라 여러 시대를 거쳐 재창조되었다. 그 과정에서 돈 후안은 햄릿, 돈키호테, 파우스트와 함께 유럽 문학이 창조한 신화적 캐릭터로 발전한다. 프랑스에서는 몰리에르(Molière)의 희곡 「석상에게 초대받은 자(Le Festin de Pierre)」로 재구성되면서 루이 14세 당시의 프랑스의 사회적·도덕적 가치를 수용했고, 스페인 내에서는 대중적 기질의 극작가인 소리야(Zorrilla)에 의해 신의 의지를 거역하는 저항적 캐릭터로 변용되었다. 돈 후안 신화는 스페인과 지리적으로 가장 멀리 위치한 러시아까지 건너가 푸시킨의 「석상 방문객」으로 탄생하는데, 러시아의 돈 후안은 냉소와 열정을 극단적으로 소유한 인물로 묘사되었다. 또한 돈 후안은 오페라 같은 고급 장르의 영역에서 만화와 영화 같은 대중 장르로 신화적 범위를 넓혀 왔다. 특히 돈 후안을 대중적으로 알리는 데 가장 기여한 작품은 모차르트와 다 폰테(Da Ponte)의 오페라 「돈 조반니(Don Giovanni)」일 것이다. 특히 사드 백작에 의해 유포된 사디즘과, 프로이트의 꿈의 해석과 성적 금기 따위의 20세기적 주제들이 논의될 때, 돈 후안은 인간의 성적 무의식을 지배하는 신화적 원형으로 자리매김하게 된다.

3. 「불신자로 징계받은 자」해설

작품에서 티르소는 평생 동안 고민했던 신학적 주제를 다루고 있다. 이 주제는 신부인 티르소 개인의 주제일 뿐 아니라 16세기 중반부터 17세기 후반에 이르기까지 중요한 신학적 논쟁거리였다. 지금도 이 주제는 기독교 신학의 핵심적 주제이기도 하다. 구원과 최후의 심판은 하느님에 의해 예정된 것인가, 아니면 개인의 선한 행위에 의해 결정되는가?

파울로는 산에서 수도 생활을 하고 있다. 신부인 그는 오래전에 도시를 떠나 시종 페드리스코와 이곳에 왔고, 구원을 받기 위해 모든 현세적 삶에 등을 돌린 채 오로지 기도에 몰두하고 있다. 반면, 나폴리의 엔리코는 평생 온갖 악행을 저지르며 살았다. 셀리아라는 연인이 있지만 사랑도 그에게는 자신을 위한 수단일 뿐이다. 파울로는 수도 생활을 하면서도 자신의 구원 여부를 늘 궁금해한다. 어느 날 천사로 위장한 사탄이 나타나 미래를 알고 싶으면 나폴리로 가서 엔리코를 찾으라고 유혹한다. 그리고 너와 엔리케는 같은 운명이며 그가 구원받으면 너도 구원받고 그렇지 않으면 너도 구원받을 수 없다고 사탄은 예언한다. 파울로는 천사/사탄의 말을 믿고 페드리스코와 함께 나폴리로 간다. 그리고 그곳에서 마침내 엔리코를 만난다. 파울로는 정말 구원을 받을 수 있을 것인가? 그리고 천사/사탄의 예언은 실제로 이루어지는가? 지옥불에 떨어져야 마땅한 엔리코의 최후는?

16세기 중반부터 스페인에서는 구원의 문제를 놓고 신학적 논쟁이 오래도록 지속되었다. 이 주제가 이처럼 중요하게 다루어진 것은 신학적 정의를 떠나, 당시 가톨릭 신도들에게 구원의 문제가 삶의 중심에 있었음을 방증하는 것이다. 이 논쟁은 주로 도미니코회와 예수회 소속 신학자들 사이에서 벌어졌고, 17세기에는 티르소가 소속된 메르세드 종단에서도 중요한 주제로 받아들여졌다.
도미니코회의 주장은 토마스 아퀴나스의 스콜라 신학의 정의를 받아들이고 그것을 확장한 것이다. 스콜라 신학에 의하면, 하느님은 무한한 존재이지만 피조물은 고유한 존재성을 가지며, 피조물의 존재성은 신성(神性)과는 다르다. 다시 말해, 모든 개개의 존재는 신성에 의해 창조된 것이지만 피조물인 그것은 무한한 존재로서의 신과는 다른 속성을 가지고 있다는 것이다. 인간은 근본적으로 신성에서 창조된 것이지만, 동시에 인간의 고유성을 가지고 있다는 것이다. 여기에서 모순이 발생한다. 하느님이 무한한 존재이며 따라서 우주의 전체(全體)라면, 인간이라는 존재의 의미는 무엇인가? 그리고 인간의 의지는 그 전체 속에서 어떻게 작동할 수 있는가? 이 질문에 대해 토마스 아퀴나스와 스콜라 신학자들은 인간은 하느님의 그림자이며, 하느님을 반영한 하나의 이미지라고 설명한다. 인간은 하느님에 의해 창조되었지만 무에서 창조된 것이며, 하느님의 그림자인 인간은 신성에는 참여할 수 없다는 것이다.

'존재'의 주제가 '행위'의 주제로 전이되면 더 어려워진다. 스콜라 신학을 근거로 하는 도미니코회 신학자들은 행위 문제에 대해서도, 아리스토텔레스의 원리를 적용한다. 아리스토텔레스는 모든 행위에는 타자가 존재한다고 주장했다. 내가 걸어가는 것은 걸어가게 만드는 어떤 타자가 존재하기 때문이라는 것이다. 이 이론을 적용하면 인간의 행위는 그 행위를 일으키게 하는 타자, 궁극적으로는 하느님에 의해 발생하는 것이 된다. 따라서 인간의 행위에는 신의 의지가 내재되어 있는 셈이다. 때문에 구원은 예정된 하느님의 의지(예정 조화)보다는 자신의 행위에 의해 결정된다.

반면, 예수회의 신학자들은 구원 문제에 있어 하느님은 동시적(simultaneous) 존재라고 주장한다. 영원성(eternity)은 현재, 과거, 미래를 아우르는 비시간성이며, 하느님의 시점에서는 하느님의 구원 선택과 인간의 행위가 동시적으로 읽힌다. 예정 조화설이 문제가 된 것은 만 년 전에 하느님이 개인의 구원을 결정한다고 했을 때, 예정되고 결정된 하느님의 의지 안에서 인간의 선한 의지가 무슨 의미가 있겠냐는 것이다. 예수회는 그런 논리의 충돌은 하느님의 시간을 인간적으로 해석하는 데서 오는 오류라고 말한다. 인간에게 예정 조화설의 시간은 과거와 현재와 미래라는 흐름 속의 시간이지만, 하느님에게는 그 세 가지 시간이 영원성 안에서 동시에 진행된다. 따라서 하느님은 자신만의 영역인 영원성 안에서 구원을 결정할 수 있고, 인간은 하느님의 고유 영역인 영원성에 논리적으로 도달할 수 없는 존재라는 것이다.

구원의 문제에 있어 예정 조화설과 인간의 행위에 대한 이 같은 논의 중에 티르소는 어느 이론을 지지하고 그것을 작품 속에 반영할 것일까? 「불신자로 징계받은 자」에서는 작가의 신학적 주장을 판단하기가 쉽지 않다. 파울로는 구원을 위해 거의 평생을 살았지만, 천사로 위장한 사탄의 유혹에 넘어가 죄에 물든 나폴리로 향한다. 그는 그곳에서 자신과 같은 구원의 운명을 가진 엔리코를 보고 스스로 죄에 빠지기로 결정한다. 엔리코는 인간이 저지를 수 있는 모든 악행을 저질렀지만, 그에게 남아 있는 유일한 사랑, 즉 아버지에 대한 사랑으로 구원의 불씨를 지피고, 나아가 죽음을 앞둔 시점에서 회개를 통해 구원받는다. 전체적으로 작품을 조망할 때 티르소는 예정 조화설을 지지하는 것으로 보인다. 파울로에게는 선택의 여지가 없기 때문이다. 그리고 인간적 한계에서 보면 엔리코의 구원은 예정된 것이 아니라면 있을 수 없기 때문이다. 그러면서도 파울로가 엔리코를 보았을 때, 그가 왜 하느님의 선한 의지를 믿어, 자기를 나폴리로 보낸 사탄의 정체를 의심해 보지 않았을까 하는 여지는 남는다.

「불신자로 징계받은 자」에서 파울로는 산에서 수도 생활을 하다 악마의 유혹에 넘어가 죄를 짓게 된다. 그때 악마가 엔리케를 유혹하는 방법은 그를 죄에 물든 나폴리로 가게 하는 것이었다. 성스러운 전원과 죄에 물든 도시라는 설정은 티르소 연극에서 반복적으로 등장하는 공간 구성이다. 「돈 후안, 석상에 초대받은 세비야의 유혹자」에서도 이 설정은 훨씬 복잡한 양상을 띠는데, 공간 구분은 나폴리-타라고나 해변-도스에르마나스-세비야로 세분화되고, 여기에 귀족과 평민의 배치가 덧붙는다. 즉 도시는 귀족들의 공간으로, 전원은 평민들의 공간으로 설정되어 있는 것이다. 도시와 전원 그리고 귀족과 평민의 대비를 통해 티르소는 자신의 계급적 이데올로기를 반영하고 있는 것이다.

1) 「돈 후안, 석상에 초대받은 세비야의 유혹자」

티르소의 「돈 후안, 석상에 초대받은 세비야의 유혹자」가 처음 모습을 드러낸 것은 1630년에 출판된 『로페 데 베가와 다른 작가들의 새로운 코메디아 12편(*Doce comedias nuevas de Lope de Vega y otros autores*)』에서였다. 이 책은 헤로니모 마르가리트(Gerónimo Margarit)라는 출판업자에 의해 바르셀로나에서 출간되었다. 문제는 이 책에 수록된 「돈 후안, 석상에 초대받은 세비야의 유혹자」가 어떤 작가의 것인지 명시되어 있지 않다는 것. 후속 판본은 1649년에 나왔는데, 이 판본은 수정한 부분이 많고 여러 쪽이 없어진 상태로 발견되었다. 티르소 데 몰리나라는 이름이 희미한 육필로 표지에 적혀 있다. 지금까지는 이 판본이 「돈 후안, 석상에 초대받은 세비야의 유혹자」가 티르소의 작품이라는 것을 유일하게 증명하고 있다. 1923년 스페인의 역사학자이며 인문학자인 아메리코 카스트로(Américo Castro)는 '카스티야 고전 시리즈'를 출간하면서 1630년과 1649년의 두 판본을 모아, 보다 완성도 있는 판본으로 재구성하였다. 본 한국어 판 「돈 후안, 석상에 초대받은 세비야의 유혹자」의 스페인어 원본은 1985년 카테드라 출판사에서 나온 것으로, 호아킨 카살두에로가 편집하고 해설을 단 것이다. 카살두에로는 1923년의 카스트로 판본을 근거로 했다고 밝히고 있다. 번역에 사용된 카테드라 판의 원제와 서지 정보는 다음과 같다.

Tirso de Molina, *El burlador de Sevilla y convidado de Piedra*, edición de Joaquín Casalduero, Madrid: Cátedra, 1985.

2) 「불신자로 징계받은 자」

이 책의 원전이 된 스페인어 원본은 1987년 카테드라 출판사에서 나온 것으로, 시리아코 모론과 롤레나 아도르노가 편집하고 해설을 단 것이다. 카테드라 판은 앞서 언급한 아메리코 카스트로의 1923년 '카스티야 고전 시리즈'에서 출간된 「불신자로 징계받은 자」의 판본을 근거로 한 것이다. 한편 카스트로는 1635년 판본을 중심으로 하르첸부슈(Hartzenbusch) 판본과 블랑카 데 로스리오스(Blanca de los Ríos) 판본 등을 종합적으로 참고했다. 번역에 사용된 카테드라 판의 원제와 서지 정보는 다음과 같다.

Tirso de Molina, *El condenado por desconfiado*, edición de Ciriaco Morón y Rolena Adorno, Madrid: Cátedra, 1987.

티르소 데 몰리나 연보

(＊작품에 대해, '공연'이라 한 것은 공연 기록이 남아 있는 경우이며, 나머지는 '발표'라고 적었다. 4백 편 가까운 티르소의 작품 중 대표작들만 기록하였다. 티르소는 선집 형태로 작품을 선보였고, 따라서 발표 시기와 실제 집필 시기 사이에는 1년에서 크게는 10년 이상 차이가 날 수 있다.)

1580 마드리드에서 비교적 낮은 신분의 안드레스 로페스와 후아나 테예스 사이에서 태어나다. 오수나 공작의 사생아로 태어났다는 추측도 있다.

1600 과달라하라 수도원에서 메르세드 종단의 견습 신부로 가톨릭에 입문하다.

1601 신부 견습 생활 중에 톨레도, 살라망카를 오가며 예술과 신학을 공부하다(~1604).

1610 소리아 수도원의 부사제(副司祭)로 봉직하다. 메르세드 종단의 정식 신부 서품을 받고, 마드리드 수도원에서 1년간 근무하다. 여러 정황으로 보아 이 무렵부터 작품 활동을 시작한 것으로 보인다. 「우울한 남자」를 마드리드에서 발표. 사생아를 주인공으로 한 희곡으로 티르소가 사생아일 가능성을 높여 주고 있다(~1611).

1611	톨레도 수도원에서 봉직하다(~1615). 희곡 「라사그라의 시골 처녀」가 톨레도 극장에서 공연되다.
1612	초기 걸작으로 평가되는 「궁전의 수치」 발표.
1615	성체절(Corpus)에 톨레도 성당에서 성찬극 「너무 닮은 형제들」 공연되다. 톨레도의 메손 데 라 푸르타 극장에서 「초록색 양말의 돈 힐」 공연되다.
1616	메르세드 종단의 신대륙 선교 사업의 일원으로 에스파뇰라 섬(현재의 도미니카 공화국)에 파견되다. 그곳에서 3년간 신학 교수로 강론하다.
1618	「바예카스의 시골 처녀」 발표.
1619	에스파뇰라 섬에서 톨레도로 돌아오다. 이 무렵 로페 데 베가는 톨레도에 거주했고, 티르소의 문학적 스승인 그를 이곳에서 직접 만났을 가능성이 크다. 세르반테스가 자신의 작품 「파르나소의 여행(Viaje de Parnaso)」에서 티르소를 언급하다.
1620	「사랑이 최고의 치료」 발표.
1621	「톨레도의 별장들」 발표.
1622	마드리드 수도원에서 봉직하다(~1625). 「자신을 질투하는 여자」 발표.
1625	메르세드 종단 징계 위원회에서 성직자가 세속적인 작품을 쓴다는 이유로 티르소에게 징계를 내리다. 징계 후 세비야 지역을 전전하다.
1626	종단으로부터 복권 처분을 받고 다시 희곡을 쓰기 시작하다. 징계 수위가 크지 않았음을 보여 주기도 하지만, 이후 작품 수가 현격히 줄어든 것은 이 일로 적지 않은 정신적 타격을 받았음을 보여 준다. 「이 세상 최고의 귀머거리」, 「톨레도에서 마드리드」와 「후안 페르난데스의 과수원」 발표. 트루히요 수도원장을 지내다(~1629).
1630	메르세드 종단 연대기를 집필하라는 명령을 받고 2년간 연대기 집필에 몰두하다(~1632). 「돈 후안, 석상에 초대받은 세비야의 유

혹자」 발표.

1632 다시 마드리드 수도원으로 돌아와 봉직하다. 조카 프란시스코 루카스 데 아빌라의 이름으로『코메디아 선집 1부』를 발표하다.

1633 「여자의 신중함」 발표.

1635 「불신자로 징계받은 자」 발표.

1640 다양한 형태의 글 모음『글쓰기의 즐거움』발간. 메르세드 종단에서 오랫동안 경쟁 관계에 있던 마르코스 살메론 신부에 의해 쿠엔카로 유배되다.

1641 마지막 희곡「심술쟁이 고메스」 발표.

1647 소리야의 알마산 수도원에서 수도원장을 지내다.

1648 2월 알마산 수도원에서 숨을 거두다.

새롭게 을유세계문학전집을 펴내며

을유문화사는 이미 지난 1959년부터 국내 최초로 세계문학전집을 출간한 바 있습니다. 이번에 을유세계문학전집을 완전히 새롭게 마련하게 된 것은 우리가 직면한 문화적 상황에 적극적으로 대응하기 위해서입니다. 새로운 을유세계문학전집은 세계문학의 역할이 그 어느 때보다 중요해졌다는 인식에서 출발했습니다. 오늘날 세계에서 타자에 대한 이해는 우리의 안전과 행복에 직결되고 있습니다. 세계문학은 지구상의 다양한 문화들이 평등하게 소통하고, 이질적인 구성원들이 평화롭게 공존할 수 있는 문화적인 힘을 길러 줍니다.

을유세계문학전집은 세계문학을 통해 우리가 이런 힘을 길러 나가야 한다는 믿음으로 만들어졌습니다. 지난 5년간 이를 준비하기 위해 많은 노력을 기울였습니다. 세계 각국의 다양한 삶의 방식과 문화적 성취가 살아 있는 작품들, 새로운 번역이 필요한 고전들과 새롭게 소개해야 할 우리 시대의 작품들을 선정했습니다. 우리나라 최고의 역자들이 이들 작품 속 한 문장 한 문장의 숨결을 생생히 전하기 위해 심혈을 기울였습니다. 또한 역자들은 단순히 번역만 한 것이 아니라 다른 작품의 번역을 꼼꼼히 검토해 주었습니다. 을유세계문학전집은 번역된 작품 하나하나가 정본(定本)으로 인정받고 대우받을 수 있도록 최선을 다했습니다. 세계문학이 여러 경계를 넘어 우리 사회 안에서 주어진 소임을 하게 되기를 바라며 을유세계문학전집을 내놓습니다.

을유세계문학전집 편집위원단(가나다 순)
김월회(서울대 중문과 교수)
박종소(서울대 노문과 교수)
손영주(서울대 영문과 교수)
신정환(한국외대 스페인어통번역학과 교수)
정지용(성균관대 프랑스어문학과 교수)
최윤영(서울대 독문과 교수)

을유세계문학전집

을유세계문학전집은 계속 출간됩니다.

을유세계문학전집 연표